长生塔

郝景芳 作品

贵州出版集团
贵州人民出版社

图书在版编目（CIP）数据

长生塔 / 郝景芳著. -- 贵阳：贵州人民出版社，2020.4
ISBN 978-7-221-15809-3

Ⅰ.①长… Ⅱ.①郝… Ⅲ.①幻想小说－小说集－中国－当代 Ⅳ.①I247.7

中国版本图书馆CIP数据核字(2020)第004076号

长 生 塔

郝景芳 /著

───────────────────────────────

选题策划：李　晃　陈　滔
责任编辑：祁定江
封面设计：刘　霄
出版发行：贵州出版集团　贵州人民出版社
社　　址：贵阳市观山湖区会展东路SOHO办公区A座
邮　　编：550001
印　　刷：天津行知印刷有限公司
开　　本：145mm×210mm　1/32
印　　张：10
字　　数：165千字
版　　次：2020年4月第1版
印　　次：2020年4月第1次印刷
书　　号：ISBN 978-7-221-15809-3
定　　价：42.00元

───────────────────────────────

本书如有印装质量问题，请与我们联系调换（010-6580 1127）。
版权所有　侵权必究

▶▶▶ 目录

- 永生医院 // 1
- 归家之路 // 49
- 长生塔 // 117
- 年终聚会 // 171
- 大地 // 191

- 好久没回家 // 215
- 写一本书 // 243
- 三根弦的小提琴 // 261
- 逆行 // 277
- 积极砖块 // 297

永生医院

病危

钱睿从来没有想到,自己会如此后悔。他原本以为,自己对母亲这些年的态度有理有据,完全是深思熟虑而问心无愧的。然而,直到在病床上亲眼见到脸色蜡黄、一动不动的母亲,他才觉得那些理直气壮都太过于浅薄了,浅薄到接近于一种自欺欺人的心理安慰。他这些年很忙碌,为母亲做的事实在是太少太少了,每次加班不回家,虽然都有足够说得通的理由,但实际上内心一直在逃避,逃避责任。他经常把自己的忙碌叫作"心系天下",但直到见到生命垂危的母亲,他才意识到他所谓的"天下",在一具躯体面前是多么虚无缥缈。

他想起自己有一次跟几个朋友聚餐,喝了点酒,原本答应晚上到母亲家坐坐,结果吃完饭就九点钟了,打车又耽误了一会儿工夫,到母亲家就快十点了。他上楼的时候,担心父母马上要睡觉,又担心母亲苛责他沉迷声色犬马,于是惴惴不安起来,想了一大串说辞,进门看到母亲脸色不好,就先声夺人,母亲还没来得及说他,他就说了一番自己近来如何忙,工作有多么不顺利,压力多么大,要求家人不要阻碍他的前程。他说着就看到母亲的脸越来越沉。他防御地抵抗着想象中的苛责,却没想到正是这番虚伪的防御最让母亲伤心。母亲没说什么,只说以后如果忙,不来也没关系,不用假意敷衍。

多重的话!他心里一阵钝痛。可他已然用托词竖起了一道笨拙的墙,这堵墙竖立在荒芜的夜,无处遁形。想起这些,再想到病床上脸色蜡黄的母亲,他的心就钻心地疼。他以前总在潜意识中觉得时间还长,等忙过了这段时间,总有机会多哄哄母亲。

可是谁料到,时间就这么不等人。

他想天天去医院,带很多很多水果、好吃的等在母亲身旁,让母亲醒来的时候第一眼看见的人就是他。这个念头在心里缠绕,几乎有点成了魔障,挥之不去。

可医院不让他进去。门口的身份识别装置异常灵敏,两扇玻璃大门看上去透明脆弱,但实际上坚不可摧。门口连能让他递红包求情的门卫都没有,只有他一个人趴在玻璃门上咚咚地砸。偶尔出来一个送人的护士,他拉住求情,对方也只是一句"我们有规定"就把他打发了。面对医院的冰冷,他的内心越发焦躁。

这是一家很昂贵的医院——妙手医院,有"妙手回春"之称。

多少以为得了不治之症的病患，送到了这里竟也慢慢好了。久而久之，名声就传了出去，天下人皆知"大病送妙手"。这种消息对绝症病人家属就是一把刀，知道有这样的地方，如果不把亲人送过来，就好像亲手用刀子捅死了病人，这比剜心还难受。多少病患家里人排队在门口求一个入院资格。这种情况下，医院强势也是可以想见的，"一切有规定，不想接受就走"。医院里确实纤尘不染，钱睿送人入院的时候进去过一次，米黄色的墙壁显得温和宁静，完全没有一般医院的嘈杂闹腾和人来人往，看来贵也有贵的理由。

　　医院不让探视，钱睿如热锅上的蚂蚁。父亲每天只是在家等消息，但他不甘心。他太想第一时间得到母亲的消息，也太想陪在母亲身边。除了关怀，另一个理由是不想面对歉疚，只要他在家待着，就想到自己多年来对母亲的怠慢敷衍。机会到来的时候，钱睿已经在医院外徘徊了十来天。他一下班就在医院外跑，总想瞅个机会溜进去，只是智能大门的面孔识别力度非常强，从来没有让他得逞。直到某天晚上，他瞥见医院后门运送器械的无人货车，只是在货仓门口停留了一下，就识别了身份开进货仓，他才意识到机会来了。第二天同一时间，他悄悄扒在货车车门上跟进了货仓，反正没有司机，也没有人表示反对。从货仓穿过两道门，刚好就是病房区。

　　他凭记忆找到母亲的病房，见没人，就推门进去。

　　母亲蜡黄的脸上毫无生气，整个人都缩小了，皮肤皱褶成一堆，像抽了气瘪下的气球，母亲的头发被剃掉，额头上贴满了电极，鼻子和身体上都连接着管子。看着这样的母亲，他的眼泪瞬间落下来。他从不知道自己是如此怯懦之人，竟会对母亲的躯体感到惊骇。在死亡的咄咄逼视下，他忍不住瑟瑟发抖。

他轻轻走到母亲身边，伸出手，触碰了一下母亲的手。只轻触了一下就缩回来，不知道是怕惊扰了母亲，还是怕母亲的反应让他猝不及防。过了几秒钟，观察到母亲还是一样的无声无息，他的心沉进肚子，不那么惊惧了。病房里是死一般的寂静。他又碰了碰她的手。随之而来的，就是排山倒海一般的哀痛，直到这个时候，他才真真切切意识到，他面对的是怎样的逝去。他眼看着母亲灰败的容颜，仿佛看到沙子堆的城堡不断被海洋吞噬，被死亡的海洋吞噬。他被那海浪裹挟得喘不过气，开始抓住母亲的手，放声哭泣。

他眼看着生命气息从他身前的躯体中一丝丝流走。

接下来几天，钱睿每天晚上十点钟准时来医院门口，扒在自动运货车门上混进医院。他悄悄去母亲病房，只在里面待一晚上，不随处乱跑，不引他人注意。他没有告诉父亲。父亲身体不好，观念也过于刻板保守，他怕这种私闯医院的违规行为，会引起父亲激烈批评。

母亲开始还偶尔会动一动，后来彻底成了无意识的植物人状态，被送进了危重病房，身体体征越来越差。钱睿每天夜晚给沉睡的母亲擦身翻身，喂她喝水。他越来越绝望，内心中被悔恨和爱煎熬，想在时间的河流里逆流而上，然而挥动手臂却只是徒劳。

发现

两周之后，一天晚上，钱睿拖着沉沉的脚步回父亲家去，想和父亲商量一下给母亲送终的事。他特意没有坐电梯，从封闭的楼梯兜兜转转地爬上去，想给自己一个静一静的空间。他心里百转千回，很多念头闪过，却不知道如何跟父亲开口。他前几日见父亲，父亲还一副充满期待的样子，准备着母亲的归来。父亲迷信有名气的事物，相信既然这家医院这样有名气，那就一定能将母亲治好。

该怎么告诉父亲呢？父亲的身子骨也不算好，之前就有高血压，心脏病说犯就犯，大夫警告过父亲情绪不要太过激动。该怎么才能让父亲心平气和地接受，即使是妙手回春的医院，有时候也无法拯救一颗渐行渐远的灵魂。

该怎样让父亲接受，母亲已经奄奄一息了呢？

站在父亲家门口，他踌躇了好一会儿。门上贴着的立体福字在楼道间的气流里微微颤动，似乎在揭露他内心的不安。他琢磨着要如何解释母亲的病情，如何解释自己是怎么知晓母亲的病情的。他几次把手放在门把手上，却都没下定决心转动。

就在这时，门却突然从里往外被推开了，铁门撞在钱睿额头上，撞得他眼冒金星。

"呃——"钱睿发出撕心裂肺的低吟。

"小睿，"父亲看清楚是他，有点诧异地问道，"你怎么在这儿站着？"

"我回家看看啊，"钱睿疼得钻心，"您怎么推门这么猛啊？"

"那你怎么不敲门啊？"父亲嗔怪道。

钱睿刚想回嘴，却突然从敞开的门里看到让他五雷轰顶的一幕。

他不敢相信他的眼睛，仔细揉了揉，那画面还在。他吓呆了，身子像磁场中的电子一般颤抖但动弹不得，心往下坠，后脊柱第一次有那种忍不住哆嗦的骇然。

他见鬼了。他见到母亲好端端地坐在沙发上吃晚饭。

他的嘴张大了，半晌合不上。他对父亲的招呼充耳不闻，死死盯着沙发上那个面色红润的身影。那人看上去健康平和，气色很好，正在专心致志夹菜，吃两口就抬头看看电视。她穿着母亲的长袖棉布家居服，外面系着母亲的黑白圆点围裙，还带着母亲亲手做的套袖。看电视的间歇，她有意无意把脸转向大门口这边，从侧脸变为正脸，他更加确定无疑那人就是母亲。钱睿惊骇得向后退了一步。父亲也注意到了他的不正常，皱了皱眉，也不管他答不答话，伸手把他拉入门内。他闷声撞在鞋柜上。这一番动静，让母亲终于把注意力投了过来。

"老钱，怎么了？"这个母亲问，接着，她看到了钱睿，"呀，小睿回来啦。"

她叫父亲"老钱"，称呼是对的。钱睿看着她一步一步向自己走来，眼珠子一直在转，在内心狂风巨浪波动的同时，面色紧绷着，警惕地观察一切。

"怎么这么多天没回家？"她神色如常地问他，"我出院这几天就没见着你。"

钱睿咽了咽唾沫，哑着嗓子艰难地吐出一句："爸没告诉我。"

"老钱，这就是你不对了。怎么不告诉小睿？"她一边说一边从鞋柜第二层隔板的右手拿出一双拖鞋，是钱睿的拖鞋没错。

"嗨，他平时太忙，"父亲说，"我想着周末告诉他的。"

钱睿整个晚上都处在魂不守舍的状态中。他一直死死盯着这个母亲，一切细节都一样，脸上的法令纹、痣和她做的事情都符合母亲的常态，他问她的事情也没有露出破绽。有那么一瞬间，他几乎怀疑自己了：这真的是母亲吧？是母亲回家了吧？也许昨夜到今晨，病恹恹的母亲奇迹般地好了起来？又或者他在医院搞错了，医院躺着的那个人不是他的母亲？他头脑中的思绪绕成了团，越想捋清楚，越系成了死疙瘩。他看着在他身前来来回回的这个母亲，总觉得有点什么地方不对，但哪里不对又说不上来。母亲问了问他近来的工作，还充满关心地叮嘱他好好吃饭，好好睡觉。

好容易熬到晚上九点半，钱睿抓起包落荒而逃。他回到医院，依往常的路径找到母亲，母亲还在。他的心咕咚咚地落回肚子，出了一身虚汗，似乎松了口气，起码证明自己的记忆真实，没有出现混乱。但随即他又开始犯嘀咕，近距离打量面前这具躯体，查验自己有没有可能认错人。母亲灰暗的容颜已经和往常不太像了，紧闭双眼、皮肤松弛、头发剃掉一半，只有面颊上的两颗痣和脖子上的一颗痣宣告她的身份。而这三颗痣不可能错。钱睿看到这里又有几分安心。他从小到大搂着妈妈的时候都记得她的这三颗痣。这个垂死的女人就是妈妈，他近日的守护没有错。他看着她孤零零的，眼泪忽然涌进眼眶。

如果这个女人是母亲，那么家中谈笑风生的女人是谁？

钱睿顿时产生了强烈的愤慨情绪：那一定是假冒的！

他猜测，一定是医院要了花招，送了一个假人回去。具体是怎么做到的他不知道，但是过程他能推断出：医院实际上什么都没有治，但用某种技术做了个赝品，假装是治好了病人。这就能解释为什么这家医院总是能够神奇地妙手回春，却又总是不允许家属的陪护——他们根本没有一点妙手回春的努力，他们就是骗子！

钱睿愤怒和不忍混杂在一起，心里像是辣和苦调在一起，一时间翻江倒海,几乎要吐了。他在狭小的病房里团团转,恨不得将医院砸了,但举起椅子的时候,又还有残存的理智告诉自己:不是冲动闹事的时候,如何斗争要想办法。

现在,假人已经占据了自己的家和父亲。钱睿下决心要当面揭穿医院的谎言,为临终的母亲讨回公道。

遗失

第二天下班,钱睿又来到父亲家吃晚饭。

他先是趁母亲在厨房的时候,悄悄跟父亲说,让父亲跟自己再去一趟医院。父亲说手续都办完了,为什么还要再去。他说到了就能知道。父亲不喜欢他的故弄玄虚,就说不必了,没有必要。

接着,席间,钱睿又第二次要求。他跟父亲说医院还有一些后续事宜要交代,一定要父亲本人过去。钱睿一边说,一边观察母亲的反应。母亲的脸上一团和气,看不出什么不安。钱睿说医院有让父亲震惊的事物。父亲问他是什么,他又不说。于是父亲有点恼,责备钱睿多天不回家,连母亲康复出院都不来看看,此时又来说些浮夸卖关子的话,令人生气。

母亲给钱睿夹菜,钱睿看了看,是自己小时候喜欢的。但他故意皱了皱眉,当着母亲面放到桌子上的垃圾盘里。父亲有点不悦。但母亲看见了,却没有介意,问他还想要吃什么。钱睿又故意讲了两条科技新闻,说现在某公司出品的机器人以假乱真,以后上街要危险了。他的语调暗含讥刺,母亲却没什么反应。钱睿看这个母亲怎么都不顺眼，就是找不到证据。钱睿想告诉父亲这个母亲是假人，但是因为假母亲总是陪在父亲身边，总说不出口。

"妈，"钱睿故意设了个圈套问，"我最喜欢的那件绿色T恤，上次是不是落在这儿了？"

却没想到母亲完全不上套。"你最不喜欢绿色啊，哪件绿色T恤？"

钱睿傻眼了。假母亲竟然如此滴水不漏！钱睿有点咬牙切齿。无奈中，他决定强行拉父亲去医院。

夜幕降临，钱睿找借口说，父亲家小区的保安这两天总找麻烦，还得要业主下去说情。他连哄带骗把父亲拉进自己的车子，径直朝医院开过去。父亲怒问他干什么去，钱睿不答，只是一门心思开车。

到了医院，他拉着父亲走货运通道，父亲见如此偷鸡摸狗，大怒，转身想走，但手臂被钱睿拉住又走不脱。钱睿推着父亲挤过货车和门之间的缝隙，沿楼梯向三楼跑，饶是夜里，工作人员大多已休息，他们还是险些被两个查房的护士撞见。钱睿不想节外生枝打草惊蛇，就拉父亲一起躲在一个墙角，等她们过去。父亲何尝做过这种见不得人的事，想大声训斥，又被钱睿堵上了嘴。一挣一压，父亲的脸都紫了。就这么一路跌跌撞撞，钱睿好不容易拖着父亲来到母亲的病房门口，父子两个人都已经大汗淋漓，父亲的脾气像即将绷断的铁丝。钱睿就一个心思：看到真相，一切就结了。

推开熟悉的房门，钱睿的心却咕咚一下坠到冰窟窿里。床上没人。床单干干净净，被人铺得一丝褶皱都没有。床头的所有仪器都关着，任何电极和插管都不见了。窗户开着小缝，夜风让所有气味一笔勾销。

母亲不见了。哪里去了？

钱睿瞬间出了一身虚汗。他一步跨到门边，看门牌号是不是走错了。门牌没错，他又去看床边有没有留下病人资料信息。一无所获。那么，只有一种可能，就是母亲被转移到其他地方了。钱睿想让自己冷静下来，思考其中蹊跷。难道是他的举动和怀疑被医院发现了？若不是为了掩盖真相，医院怎么会无缘无故转移一个重病病人？他的行动什么时候暴露的？又或者，医院送出了赝品病人回家之后，就将原来的病人杀人灭口？

想到最后这里，钱睿全身如入寒冰，禁不住颤抖起来。而父亲完全不知晓这些心思，只觉得折腾了一晚上偷偷摸摸，最后只给他看一张空病床，这孩子简直胡闹得不像样子了。他也没多问，只哼了一声，就扭头往外走。钱睿连忙追过去，语无伦次地解释，对天发誓说他亲眼看到母亲在这里病危。可父亲哪里会听，一边气呼呼地向外走，一边捂着心脏，像心脏病发快要晕倒在地。钱睿哪敢耽搁，连忙跨步去追。

离开病房的一刻，钱睿回头看了一眼。洒满月光的地面显得异常凄冷。他开始有点怀疑自己的记忆，怀疑一切是不是自己的一场梦。但是想起自己每夜在母亲病房里卧着她的手痛哭，又觉得有切肤之痛。他追上父亲，心里痛苦得喘不上气。

调查

第二天早上醒了，钱睿仔细回忆近日经历，怎么都觉得全都是疑点，如鲠在喉，早饭也吃不下，立刻电话一个做私家侦探的朋友。

这个朋友的昵称是白鹤，和钱睿偶然在一个商业诈骗案中相识，后来帮钱睿查过两起商业上的暗箱操作。钱睿不知道他的真名，只知道他交游很广，办事利落。

白鹤磨磨蹭蹭到九点才起床，钱睿在他家楼下走来走去，心里烦躁得如有静电呲呲啦啦。白鹤到达的时候，钱睿脸上的黑线可以直接写五线谱了。

"这是怎么了？火气这么大？"白鹤拉他一起去吃早饭，自己吃得津津有味，钱睿对着一桌子小吃却食不下咽。

"你懂黑客技术吗？"钱睿问他。

"还行吧。干吗？"白鹤漫不经心地夹起油条。

"能不能帮我黑进妙手医院的系统，查找医院二号楼3208房间近日的监控视频？"

"干吗？"白鹤问。

"你先说能不能。"钱睿道。

"你先说干吗。"白鹤坚持。

"呃，我不知道你信不信，"钱睿咽了口唾沫，"我觉得……我妈被人调包了。"他看着白鹤惊愕的目光，又低声解释道，"我妈前几天住进妙手医院，我天天溜进去看她，明明是病重到了最后关头，眼看着就不行了，我还痛哭流涕呢，结果呢，家里转眼又回来一个妈，健健康康的，医院里那个病人就不见了。我怎么都觉得不对，又没有证据。"

白鹤沉吟了好一会儿，似乎对钱睿的话感到惊诧，又似乎想到了什么相关的事情。钱睿耐心数着秒。"你这么一说，"白鹤过了好一会儿才说，"我倒是也想起一件往事，三年前，我曾经有个客户，身患重病，听说是癌症晚期了，我当时心里一沉，心想他还欠着我十几万委托费，可不能就这么去了。我去找了几次，都被他送了出来，可能是身体不好，脾气也差，就想把钱赖了。我实在没辙，也就不去了，心想吃个哑巴亏算了。但结果过了没几天，听说他从妙手医院活蹦乱跳出院了，病全都治好了，他还托人叫我过去，一次性还钱。我当时都傻眼了，心想，这医院不但治病，还治人心哪。现在想想，要是调包，更可信些。"

"是吧，是吧，"钱睿听了有点激动，"我就说嘛，这世界上总有人信我。"

"这要是真的，这可是个大案子。"白鹤也有点激动。他们做私家侦探的，十次有九次是抓出轨，难得碰到一两个让他觉得有意义的大案。

"是，没错！"钱睿也附和道，"可不是吗？这妙手医院势力多大，全国至少得有十家，收费又那么高，每年得赚多少钱。这要全都是造假的冒牌货，那得赚了多少黑心钱！"

"那你看……我要查哪些东西呢？"白鹤问。

"先查查我妈房间的监控录像。"钱睿压低了声音作部署，"尤其是11号白天的录像。我10号晚上去看她，她还躺在3208房间，11号过去就没人了，你查查当天发生了什么。再有，就是查查医院里有没有隐秘的地方，如果是病人被调包，就得弄清楚他们是怎么做的，怎么能神不知鬼不觉糊弄所有人。"

"据你观察，"白鹤皱皱眉，琢磨其中难解的地方，"这送回家的假货，到底是什么人？是机器人吗？"

"不像。太逼真了。"钱睿说。

"那就是克隆人咯？"白鹤道，"克隆可是犯法的。"

"也不像……"钱睿又摇摇头，"克隆人应该没有原来的记忆吧？"

"那就蹊跷了。"白鹤沉吟道，不过片刻之后就展颜拍了拍钱睿的肩，"放心吧，这事包在我身上，保证查他个水落石出。"

白鹤走后，钱睿的心并没有如他预想的那样一片轻松，反而因为袒露秘密而七上八下。他不知道这一步的后果如何。是毫无证据无疾而终，还是查出惊天大阴谋，与幕后黑手奋勇斗争。如果真到了揭开惊世之谜的时刻，他有没有实力去和这样的大集团去斗？那个时候，他的生活会不会发生剧烈改变？在网络上会不会掀起一轮话题的风暴？而这阴谋背后，还有没有更多秘密？他越想，越觉得忐忑不安。

推开这扇门，背后是什么？

迹象

钱睿没告诉父亲自己找私家侦探的事情。

上一次带父亲去医院，已经气得父亲心律不齐，如果再曝出他找人揭医院黑幕的事，父亲一定会再次大动肝火。他现在没有确凿证据，也不想跟父亲开口，不想显得太不靠谱。另一个原因是，钱睿渐渐发现，父亲对假母亲已经产生了依恋的感情。或许是死而复生之喜，让父亲的眷恋甚至比从前更浓。钱睿因而更不愿跟父亲讲，怕他向假母亲走漏风声。

有关后面一点，让钱睿有一点焦躁。日子越流逝，父亲和假母亲的感情就越深。假母亲在家里养病，大门不出，二门不迈，但实际上已经什么病都没有了，于是勤快得很，每日把房间收拾得干干净净，做一日三餐，和父亲相处得甚为和睦。父亲以前一直脾气不太好，对母亲常常态度粗暴，这次生离死别，大概也让他产生了负疚感，如今，父亲对母亲温柔了很多。这样的日子久了，父亲已经不知不觉陷入了新生活。

钱睿频繁地回到家里，看假母亲和父亲之间的互动。"俊生啊，"假母亲每每看着电视，对父亲说，"站起来走一走，活动活动腰，别坐太久。"父亲竟也总是听她的话，站起来走走。父母一向相互冷言冷语，从来不曾这样和睦，这互动看起来温暖却又怪异。钱睿越来越矛盾。当他察觉他自己的犹豫，就下决心迅速推进调查，速战速决，以免拖得久了父亲更无法自拔。他怕父亲知道真相之后接受不了，急火攻心，身体再出问题。

"妈，"钱睿找母亲刺探，"您还记得我小时候最讨厌的那个班主任吗？"

"哪个班主任？王老师、徐老师、还是古老师？"

"您知道的。就一个最讨厌。"

"古老师吧？她怎么了？"母亲不动声色地问。

钱睿有点尴尬，编了个理由说："她上礼拜找我回去参加同学会。我可不想去。"

"不去就不去吧。"母亲淡然一笑。

这里又不大对劲了。如果是以前的母亲，估计会生气，唠唠叨叨劝他去看老师。假母亲却温和淡然许多。这种脾气上的变化他从一开始就能感觉到。当他两天没回家，说自己很忙，以前的母亲会幽怨不满、悲伤生气，埋怨他对自己太过忽略。但是假母亲却大度地表示理解他的忙碌，不碍事，工作忙更要好好休息。这种不同寻常的宽容可以说是温和，但也透露着不真实的疏远。

他觉得不正常的地方很多，可是这种感觉太微妙了，捕捉不住，说出去也算不得证据。他还是抓不住切实的把柄。

假母亲什么都记得，但是似乎什么都不动情。他开始疑惑，不知道假母亲是怎样的机制制造出来的。

他越来越不想回父亲家。有时候一进门撞见父母坐在沙发上，母亲给父亲捏腿，那场面真的是多年没有的温馨。他有时心一动，想到母亲生前家里的争吵，心就像被揉成了一团，难过得像窒息。钱睿心里越来越矛盾。如果真相大白，该不该告诉父亲呢？让父母像这样再重新活一遍难道不好吗？他越来越不忍心对父亲戳穿真相。

只在下楼的时候，转过楼道灰暗的转角，他的眼前会浮现出最后几个夜晚孤单的病房。就像眼前的楼道一样充满被人遗弃的味道。那个时候的母亲，那么衰老、那么可怜，没有人知道，也没有人在意她的存在。母亲已经气若游丝，但长久不放弃，苦苦挣扎。像是还有人世间未了的心愿。在那些孤苦的夜里，只有他一个人陪在母亲身边，用哭泣诉说愧疚。那个时候，也许父亲已经在家里搂着这个面色红润的女人了吧。

想到这里，他的心重新坚硬了起来：鸠占鹊巢，这样的事情如果不揭穿，不足以给死去的母亲一个交代！

他又鼓起勇气，愤愤地下楼。

转机

没过几天，白鹤就约他再次见面。

钱睿来到约定的咖啡馆，找了个僻静的角落坐下，不知为什么，胃里有沉沉的感觉，像是吞了金块下肚，眼前的咖啡一口都喝不下去。等了半个多小时，白鹤才姗姗来迟。钱睿心急火燎地问他发现了什么。

白鹤打开笔记本，调出几段监控录像。

第一段是母亲的病房，11号下午四点左右。能看见母亲的心脏监控设备突然发出响声，心电图和脑电波指标都变成一条直线，那条线笔直刺目，宛若一柄割裂空气的剑，在寂静的房间里射出寒光。响声显然不只是声音，信号连接到不知道什么地方的控制室，很快，钱睿就听见病房外响起的脚步声。

房门被人推开了，他见到只有一个医护人员进屋，指挥医疗车把母亲的遗体转移上去，又指挥着自动小车无声无息滑出门外。钱睿忽然感到心里一阵疼，意识到母亲即将彻底离开人世，即便早已知道结果，但那种感觉很慌，就像被攻破的城池，恐慌一泻千里。

换了楼道里的监控摄像头。平稳滑行的自动医疗车，在护理员的指挥下，绕了两个弯，向走廊尽头的一扇门走去。他见小车和人消失在那扇门背后。白鹤把视频按下暂停，放大了画面，门上什么装饰都没有，只能分辨出低像素的五个没有温度的字：低温焚化室。

想也不用想，母亲的一切就消失在这扇门后了。

看到这里，钱睿的眼睛里又一次泛起了泪光。

白鹤不知道钱睿心里转动的心思，只对所有的发现摩拳擦掌。

仅凭这一段录像和钱睿家的赝品，就足够对医院提起立案侦查，甚至可能提起公诉。但他想要的更多，他想要从这条线索揭穿背后更大的阴谋。一战成名的快感，让他浑身战栗。当初放弃稳定的工作，执意要当这么一个隐身的角色，肯定不是为了查查老公老婆的出轨趣闻。他等的就是这样的机会。

白鹤做得很隐蔽，没有引起医院什么怀疑。他先是黑进了医院的电子监控数据系统，把前前后后相关视频都调出来一一查看，然后又在医院门口的人流中给一个小医生领口后贴了隐蔽的监听，还甩出去五六个自动飞行的摄像小蜜蜂，从医院后墙飞进去，每个窗口外拍摄，前前后后差不多积累了一周的素材。

"我跟你讲，吓死我了！"白鹤说，"内容足够了！我都没想到这次能揪出这么多细节。我先是看了低温焚化室拍摄的视频，你不知道，医院人体焚化装备超级大，整整一排房间都偷偷进行焚化处理，尽管他们做得非常隐蔽，但还是能从转移的细枝末节看出是人体焚化。这说明什么？说明他们经常焚化，肯定超过了他们声称的死亡率！"

"这是自然。"钱睿点点头。

"还有，"白鹤又卖个关子说，"你猜我从医院后面的实验科学楼里拍到什么了？"

"什么？"

"我拍到了人体躯体器官催化培养的照片！差不多有几十人每天在里面工作，说明人体培养催化的工作非常忙碌。要知道，当前法律体系中克隆人体器官是被禁止的，仅凭这些照片就可以对这个医院提起控告。"白鹤说，"只可惜还没有足够的证据显示他们在制造假人。"

钱睿听着白鹤兴奋的讲述,也感到略微的兴奋。他得到了期望中的证据,但出乎意料,他并没有得到期望中的喜悦和释然,心里反而有一种隐约的沉重和不安。

"你怎么了?"白鹤用胳膊肘捅了捅他,"有什么问题?"

"哦,哈,没问题。"钱睿无力地笑了一下,"没问题,你真厉害。"

钱睿拖着一百斤重的心事回了家。白鹤要他做好战斗的准备,可他就是犹犹豫豫很不安。进了家门,他发现假母亲去买菜了,破天荒地不在家。他立即决定,跟父亲谈一次。

"爸,"他犹犹豫豫地问父亲,"你有没有听说……妙手医院可能存在弄虚作假?"

"什么弄虚作假?"父亲把老花镜摘下来,疑惑地看着他。

"就是……没治好病,假装治好了。"钱睿不知道该怎么说了。

"这怎么可能?用眼睛看还看不出来吗?你看你妈,不是治得很好吗。"父亲皱皱眉,不明白他为何这么问,"这家医院开了这么多年了,一直也没什么问题。更何况二十多年前咱家就去过,一直不都挺好吗。"

钱睿不知道该怎么继续下去了,他想说母亲不是真的,但又莫名说不出口,话在嘴里,兜兜转转绕了七八圈,最后吐出来变成了:"爸,你有没有想过,如果当时母亲生病过去了,会是什么情景?"

"别瞎说。"父亲说,"你妈好不容易回来了,别咒你妈哈。"

"我不是……"钱睿连忙解释,"我就是……假设一下。"

"我可不敢想。"父亲摸摸自己的胸口,"你妈住院那几天,我有两次差点心肌梗死，但都缓了回来。大夫说的第一条，就是让我别胡思乱想。我当时真是觉得老天爷在罚我，怪我平时脾气太暴躁……唉，所幸最后老天开眼。"

父亲不说话了，习惯性地伸手到衬衫左上口袋里拿烟，父亲沉郁的时候总是抽烟。可是手一空，什么都没有捏到。父亲低头看看，愣了几秒才想起来是怎么回事。钱睿更加难受。他知道，前几天父亲为了感谢老天爷开恩，开始戒烟养生。他看着父亲，开始越来越犹豫。如果一个人信了谎言能快乐，那还要不要把他叫醒。

他刚想说话，门口响起了开门的声音。

斗争

三天后，白鹤又约钱睿见面。这次是在一家火锅店，白鹤似乎特意想把机密的信息隐藏在嘈杂的环境中，他埋首于氤氲的白气缭绕，似乎给自己一层虚无的屏障。

白鹤带来了关键性信息。他透过秘密线人引介，装作实习生打入了医院内部，通过三天卧底了解到医院的秘密。

"有假人的消息了？"钱睿问。

"嗯。"白鹤挑挑眉毛，"一点都不出所料，医院掌握了快速培育人体细胞生长的技术，能够催熟人体，利用病人的 DNA 短期快速复制躯体。我亲眼看到那些快速生长的人体部件，在培养基上如癌细胞扩散般复制的新的人体。哎呀，你不知道，可吓人了。"

钱睿打了个寒战。

"你说的记忆问题，我也想着了，发现了更惊人的事。"白鹤接着说，"他们这么制备的躯体，具备人体的各项功能，唯有大脑发育，因为缺少学习，停留在非常原始阶段。然后呢，医院用智能技术加以解决！他们对原病人的大脑连接进行多次扫描，记住大脑全部连接组，再将神经元的连接模式转化为程序，接入新躯体大脑，在程序的诱导下，新的脑神经组织也会按照过去的模式生长，相当于使新躯体快速掌握病人的大脑模式。这样就让一个人的基因和脑记忆保留，只更换了不同的身躯。"

"你都是怎么知道这些的？"钱睿有三分敬佩，七分惊恐地问道。

"这可不容易！"白鹤解释说，"我偷偷用微缩摄像镜头拍摄了关键性证据。这些年医院一直对病人家属加以阻拦，对自己如何治病也讳莫如深。为什么？实际上是在隐藏这些机密。他们的防护措施做得非常好，如果不是多年的刑侦破案技巧，很难穿透他们的信息防护。我两次差点失手！"

白鹤给钱睿看自己冒着风险录的一些视频，讲到如何从实验室里有惊无险，蒙混过关，他脸上充满得意。

这些秘密让白鹤异常兴奋，他已经联系了自己的律师朋友，准备给医院致命一击。钱睿吃了一惊，没想到自己的私家案件这么快已经被传播开来。白鹤集结了一个小分队，都是他这些年做调查认识的朋友，包括金牌律师事务所的合伙人、一家头条媒体的新闻总监、两个时常在网络上发表时事评论的意见领袖、两家有竞争关系的医院和政府医疗卫生管理部的监察处处长。白鹤多年帮各种人破解过难题，人脉十分广。

钱睿心里有隐约的不安，但他又不想顶撞白鹤。"现在是不是还有点早？这么早就找人，太冒失了吧？再调查调查再说吧？"

"够啦！"白鹤自信满满地说，"现在这些目击证据，已经表明他们在做非法实验，而且是用医院的病人做非法实验，这就足够告他们上法庭了，罚金够他们吃一壶的。把事情再闹大点，他们露出的破绽会更多。"

钱睿怔了怔："还有什么破绽？"

"现在我还没有足够的证据表明，他们之前治好的病人都是调包的，"白鹤靠近他说，"我还没拿到以前病人的病历，所以还不足以证明。如果没有这证据，最多告他们违法进行实验，但如果有足够证据，是可以告他们谋杀和诈骗的。谋杀和诈骗，这就不是医疗研究的违规，而是重大刑事案件，能把他们整个集团告得倾家荡产。"

"真要这么狠吗？"钱睿听了，脸色有点煞白。

"你不知道，不狠不行。"白鹤压下声音，开始揭露他找人暗自调查的医院财务信息，"这家医院这些年号称'专治绝症'，收的就都是那些快要死了、家里人不计成本的病人，因此可以漫天要价，利润超级高。我跟你讲，他们资金规模惊人，还在其他各相关领域广泛投资，包括收购上下游的一些技术企业和疗养中心，让他们的秘密永远不为人知，现在，他们已经是一个盘根错节的庞大医疗帝国了。你说这种机构不推翻行吗？他们医院的总裁是一个非常神秘的超级富人。可能是知道自己做的是见不得人的事，刻意把自己隐藏得很好，这么多年也没什么人见过。这次他们估计想不到能栽在我手里。"白鹤嘴角挂上一抹嘲讽的笑容，有种"这回我可是逮着大鱼了"的洋洋得意。

"这事估计不好办。"钱睿咕哝道。

"是不好办。所以,你得再帮我个忙,"白鹤套近乎地搭上他的肩膀,"跟我配合一下,帮我查查你妈妈的档案,她才出院没多久,档案应该还能查。你查查她每天的体征指标检验,拍下来给我看。病人如果有被调包,在之前的体征指标检查中应该有所体现,如果是造假,肯定也有迹可循。"

"这事……"钱睿推脱道,"我估计做不到。我当初想进去看人都不让,现在出院了,又要查档案,估计不行。"

"你试试,没试怎么知道不行?"白鹤继续怂恿道。

钱睿推辞了几次,都推辞不掉,心里不情愿,但还是应承了下来。

接下来几天,钱睿见到了白鹤召集而来的小分队,都是摩拳擦掌不嫌事大的犀利人物。整个小分队同仇敌忾,誓要把医院揭穿,从此搞臭。他们制定了行动步骤,先向检察院举报医院秘密杀人的罪行,在法院开始审理之后,媒体和名人开始集中爆料,吸引社会热点关注,然后是庞大医药帝国的财富曝光,最后由政府介入,保证将大厦推翻。钱睿在小组讨论中,越来越觉得不安。

回忆

夜晚,钱睿睡不着,躺在床上看天花板。他发现自己对母亲的刻骨铭心的记忆在消退,心里那种愤慨也不像最初那么强了。他有多日没有在夜里梦见母亲了,母亲刚刚过世的时候,他每天回来一闭眼就是母亲蜡黄的脸色,让他不能安眠。而现在,这种痛苦都少了。

他在床上辗转反侧，充满悲凉地思忖：为什么人会忘记呢？为什么曾经以为无比重要的记忆，过了一段日子还是会淡忘呢？他隐隐约约感觉到，忘记是对自己内心的隐瞒和保护，如果能把所有内疚忘掉，一个人可能比较容易开始新生活吧。

可是，真的能容许自己把那些内疚忘掉吗？

第二天一早，他来到父亲家，径直回到自己从前的小房间，想在从前的影像图片资料里寻找成长的记录，寻找有关母亲的一切记忆。

他翻动硬盘里的相册，老照片看上去那么陈旧，即使是电子存储，仿佛也会褪色一般。他越看，越觉得自己这些年愧对母亲的地方实在很多。他看到一些照片，想起当初曾经为了一个女孩跟母亲闹翻，说了很多刺激母亲的话，但后来事实证明，那个女孩并没有他以为的那么完美，面对另一个男人的追求，女孩开始心猿意马，他很快离开了那个女孩，但伤过母亲的话却收不回来了。他又看到一些照片，想起自己上班后过的第一次生日，办了一个小宴会请领导同事参加，母亲也来了，但他为了认识一些对自己工作或有帮助的人，一整个晚上都坐在一个客户领导身边，忙于觥筹交错，没顾得上照顾母亲，想起来的时候母亲已经走了。还有一张照片，母亲想要过生日，订了餐厅，请钱睿和父亲一同参与，但钱睿刚好赶上一个项目结题，忙得焦头烂额，有点不情愿过来，父亲那段时间戒烟，脾气也很坏，也来得很晚，钱睿刚到就看见母亲哭泣的样子。最后父亲还是来了，母亲哀怨地抱怨了一段时间，但还是擦了眼泪跟他们父子俩一起照了全家福。三个人的表情都是强颜欢笑。此时看起来异常刺目。回想这些事情，他的心又开始痛了。想到自己还没来得及好好弥补，母亲就去世了，他悔恨得无以复加。

他对白鹤的托付，又有了几分动力。

他打电话给医院，申请查看母亲生前的病历，得到的回复是可以预约时间来医院查看，不可以携带回去，理由是防止医院病人信息泄露。钱睿恳求未果，只得约了查看的时间。

从房间里出去，正好遇到假母亲准备去超市买菜，买的东西多，拿不准用什么交通方式。父亲于是让钱睿去帮忙。钱睿不好推辞，就跟着假母亲一起出门。假母亲跟他一前一后，保持着半个身位的距离，两个人没有接触，母亲走路时也不回头。钱睿觉得，自己像是在跟随某种无论如何追不上的东西——逝去的时光。

转过一个弯道，假母亲忽然转过头，对他说："你以前每天上学就是走这条路。"

钱睿忽然一愣，不明白母亲此话何意。而母亲的话像是一瞬间触到他过去的日子，眼前的路上出现了曾经穿着校服的他，骑着车子皱着眉头歪歪扭扭穿过小巷，车把上挂个饭盒，一脸冷冰冰的沉郁，远远望着那个梳马尾辫的女孩……那些日子，已经过去那么久了啊。

接着，他们走到离从前的中学很近的一个路口。他的眼前忽然又浮现出另外一个画面。那时他已经十三四岁，但母亲还总是不放心他。下午放学后如果玩得晚了或耽搁了，母亲就总会在这个路口等，有时候手里还会拎着吃的。那个时候，他看见挽着布袋子、穿红毛衣的母亲，只觉得母亲土得不行，想赶紧打发走掉，不让同学看见嘲笑。

他呆呆地站在原地，仿佛看到了二十年前那个一脸冰冷的自己，看到那张桀骜的小脸,和自己面对面,赌气地站着不动。而此时此刻的他,已经不自觉地代入了曾经的母亲角色,远远地看着,想前进又走不动,想后退又不放心。就那样呆呆地站着,被前方射过来的嫌弃的目光刺得体无完肤。

想起来这些,钱睿走不动了,他又一次感到悲切。为什么这些画面中所蕴含的感觉,他要到今天才能体会。一切都太迟了啊。

然而就在这个时候,在他身旁的假母亲突然转过头来,说:"曾经我经常到这里来接你,等你放学,但是你不想见到我。我知道你是不喜欢我的样子。你跟我说过,但我还是会过来。你是不是也想起了这些事?没关系。真的没关系的。"

钱睿惊诧地看着假母亲,看她平和淡然地说出所有这些记忆。最后的一句"没关系"像戳破气球的一根针,让他心里有什么东西瞬间爆掉了。那一刻,他的眼泪几乎涌出来。眼前这个人到底是谁,为什么她和他记忆中的那个人一模一样,却又好像什么都不一样。真的是没关系吗?那些年他对母亲的所有不敬,真的都被原谅了吗?

假母亲走到他身旁,温暖地拍了拍他的肩膀。他没有拒绝。

当天晚上,钱睿帮助假母亲买了菜,做好了饭,一家三口难得平和地吃了一顿晚饭。晚饭后,他们一起跟在美国留学的妹妹视频通话,妹妹比他小八岁,还在美国读研究生,正是青春烂漫,对家里的事知道得不多。她现在是早上刚起床,睡眼惺忪又眉飞色舞,给他们全家说着趣事,父母对妹妹有一些叮嘱,妹妹还跟假母亲说了几句私房话,可能是关于她新交往的男朋友。假母亲没说什么,只是微笑着点头。

从洗手间出来,钱睿刚好远远瞥见妹妹在 ipad 里跟假母亲说晚安的样子。那一刻钱睿忽然觉得，如果全家人就这么温馨过下去，也是一种很好的事情，不是吗？他闭上眼睛，再次回忆起在医院临终病房里母亲最后的日子，心里钝钝地痛起来。

召唤

再见到白鹤的时候，白鹤要求他提前提起公诉。钱睿吃了一惊，他还没有做好真正斗争的准备。

"为什么提前了？我还没有拿到我母亲的病历记录。"钱睿迟疑道。他尽量显得冷静，不想让白鹤感觉出他内心里的犹豫。

"来不及了，"白鹤说，"医院那边发现我们的探访了，在暂停工作，销毁证据，还派了人抢夺我们手里的证据。前天我们的人有两台电脑被黑了，里面存的信息都没了。还好不是太关键，而且还有大部分证据有备份。"

他们俩约在街边一家麦当劳前面，最初钱睿真的以为白鹤又要在这种熙熙攘攘的地方设置密谋，但这次却不是。白鹤带他七扭八拐，进了旁边一个老小区，从一栋红砖房门洞里摸黑爬上去，打开四楼一个单元门。这种老房子是上世纪遗留下的，现在住的人已经很少了，能搬走的都搬走了，整栋楼冷冷清清空空荡荡。在这里谈事情，倒真的不怕有摄像头监控，全城能有这么原始设施的地方也不多。

白鹤推开门，钱睿才发现公寓里装饰得还是非常完整，从壁纸到吧台，都是新近打理过的，看得出一直有人经营。屋子里已经坐了几个人了，讨论正热烈，屋子里烟雾缭绕，味道呛人。

钱睿在沙发上坐下。面前的茶几上有几个杯子，杯子里有啤酒，也有喝得见底的烈酒。他想找一个干净的杯子喝点水，但伸出手，就被茶几上一张报纸吸引了注意力。报纸上一行大字标题赫然醒目：某医院谋财害命以假乱真，坊间爆出惊天秘闻是否为真。

他的心怦怦跳动，来了吗，交锋这就开始了？

他有点紧张地拿起报纸，紧紧捏着读了起来。看得出来，这篇文章是精心设计过的试探和挑逗，说了些捕风捉影的猜测，抛了几个若有若无的疑点，没给出太多干货证据，也没有言之凿凿的指控，让人看过之后大呼标题党，但又抓不住什么造谣的把柄。这是引蛇出洞的策略吗？钱睿在心里揣测。从行文的思路看，明显是要把更多爆料留到合适的时候，这是山雨欲来的战斗策略。他看看屋里面的几个人，已经见过一两次了，但他还是不认识他们。这明明是他自己家的案子，为什么他们都比他还要兴奋？

"钱睿，这件事还是得以你的身份提起公诉。"白鹤把钱睿从自己的思绪里拽出来。

"可是……"钱睿有点心虚地说，"我还没拿到我母亲的病历……"

"不用了。我们这两天重新突破进入了医院系统。"白鹤说，"你还记得上次你让我去查医院的监控记录吗？我当时按照你的要求，调取了11号晚上的录像，但第二天才想起来，我应该把那段时间的所有录像都拷出来。可是我第二天再黑入系统的时候，发现那段时间的所有录像都被删除了。我以为是定期清理，后来没过多久，医院的网络防火墙系统就升级了。直到最近这两天，我们重新进入系统，才又在另一个盘里找到那几天的监控录像备份。有这些录像，就足可以证明你说的证词是真的。也足以把医院一举告倒。"

"那你们……既然证据确凿，"钱睿说，"你们去告行不行？别让我打头阵。"

旁边一个方脸中年男人开口说话，钱睿认得他是一个相当有来头的律师。"你不用害怕，我们既然决定出击，就肯定保你安全，"他声音和缓，"医院的势力再大，也不敢在我们眼皮底下打击报复。"

钱睿摇了摇头，不知道怎么形容自己复杂的心情："我倒也不是怕打击报复……"

"那你是担心什么？"白鹤急躁地问。

"我是想……"钱睿说出口的时候，又斟酌了一下，"我是想，咱们能确定这医院真的是恶的吗？咱们要不要先找医院的老板私下谈谈？"

"你是想庭外和解，私下要求赔偿？"律师问，"我劝你最好不要，现在是斗争的关键时期，最好不要轻易和解。你现在找他，拿不到什么好果子。他们做了这么大的局，肯定不会轻易受你胁迫。到时候咱们过早暴露了底牌，反而让他们做足了防备。你跟我们一起把势头做足了，一下子扳倒他们，法院的赔偿足够你的。"

"不是要赔偿，"钱睿知道自己现在云山雾罩的态度令他们烦躁，埋了埋思绪道，"我是在想，他们做的事，真的是完全错的吗？就算是造了一个假人送回给病人家，真是罪行吗？咱们告倒他们，是不是做得也有点极端了？"

"这怎么不是罪行？！"白鹤恼怒道，"真人和假人是两个人，让一个人死去，换另一个假人回家，这第一是犯了欺瞒消费者的罪，第二是罪大恶极的屠杀和对生命的不尊重。假人好端端地回家了，让得了病的真人孤零零死去,这不是谋杀是什么?你现在可别动摇。"

钱睿叹了口气,心里还是有点疑惑,又说:"我只是觉得,这真的算是两个人吗?基因和记忆都一样,就是身体换了一个,是不是还是能看作是同一个人呢?"

"这种时候,别想这种哲学问题。"坐另外一端的一个资深老记者插嘴道,"多想无益。假人不是人,他们是机器人。他们不是由芯片和程序控制的身体吗?那就是机器人。"

"你与其想他们一个人还是两个人的哲学问题,还不如想点实际的。"律师继续补充,"你知道妙手医院的总裁身家多少吗?说出来吓死你。几千亿!他一个做小生意起家的老板何德何能?他就靠最早一家妙手医院,一下子富起来了,现在控制整个医疗产业链,还包括几家媒体,把幕后真相藏得死死的。你说这种靠草菅人命发家的人,咱能忍吗?"

"是啊!"白鹤附和道,"现在是关键时期,咱可不能左右摇摆。你再好好想想你妈妈,你现在要是不发声了,就这么认了你新妈,你对得起你死去的妈妈吗?她老人家泉下有知,还能含笑九泉吗?你想想还有多少家像你一样的,你可不能对医院心慈手软。"

钱睿听了,心里又沉重了起来,点点头,不再说什么了。

对话

开庭前一天,侦探给钱睿打电话,交代了一些出庭时必要的事项。当时钱睿在自己的公寓,有些心神不宁,对电话里的声音也听得心不在焉。他的眼皮直跳，心跳也莫名加速。挂了电话，他看到手机报的推送，赫然有妙手医院的名字，头条首页的新闻，山雨欲来的重磅报道。他点开看了看，虽然还没有真正重磅的爆料，但已经把话头挑明了，他自己的名字也出现在文章里，作为第一个勇敢发声的受害者，率先发起刑事诉讼，颇有一副要为所有受害者代言的架势。他喉咙发干，不知道自己什么时候被架到了这么一个火烤的位置上。

他站在阳台上透气，想让风冷却自己躁动的情绪。突然之间，电话响起来，他心里一惊。是假母亲打来的，说父亲在家的时候突发心脏病，正在送往医院，父亲指定要去妙手医院。钱睿的心一下子提到了嗓子眼，挂了电话连忙往医院跑。

出了什么事？父亲为什么会心脏病突发？怎么又是妙手医院？

钱睿的思绪一片混乱。

到了医院，他看到假母亲坐在病区外的等候室里，连忙上前问发生了什么。假母亲说，父亲在家的时候，看到了手机报上面的什么消息，突然就变得异常激动，开始时脸色铁青，后来又火冒三丈，还没来得及说什么就心脏病犯了，只是艰难地告诉她要来这家医院。

钱睿顿时猜出父亲是看到了什么消息。他呆立在等候室，咽了咽唾沫，喉咙火烧火燎地疼，心更疼。这让他更踌躇不决，不知道自己是不是正在做一件对父亲残忍的事情。

他不断问门口的看护能否进入病区，但都遭到拒绝。他有点颓丧地和假母亲坐在等候室里，双手搭在双膝上，头埋在双手之间。偶然间抬头，他发现假母亲神态平静，刚刚升起的对她的亲近又开始衰落，重新产生了一些拒斥。她怎么能如此平静，他想，果然是假的夫妻，没有真感情。他感到头痛欲裂。

"你不用太担心。"假母亲见他望着她，开口说道。

他问她："刚刚大夫怎么说？"

假母亲笑了笑："大夫说了，差不多到了该做移植手术的时机了，现在的器官培养技术非常发达，做手术替换一颗心脏并不是难事。"

"替换一颗心脏？"钱睿听了心里微微一动，问她，"如果身体上的每个部分都换了，一个人还是原来的人吗？"

假母亲仍然不动声色，说："还是啊，我听说人身上的每个细胞所有物质隔一段时间就完全替换一次，你现在身上的物质已经都不是一年以前的了，但没有人觉得不是自己了。人的大脑和记忆还是连贯的。"

"那大脑就是一直保持不变的吗？"他直勾勾地看着她。

母亲摇摇头说："也不是啊，大脑也是每天在变，虽然有记忆连续，但人的每个思想都是变化的。大脑也是可以变化的。"

钱睿仔细琢磨她的话，不知为什么，他觉得她话里有话。他于是又问："那一个人到底有什么东西是不变的呢？"

"如果说具体的元素或者思想……那没有什么吧。"母亲说，"但不用太纠结这种问题，纠结可能没有答案。变化的是部分，不变的是整体。你总还是你。"

"可是我怎么知道我是我呢？"钱睿死死地盯着她，像要从她的脸上打个洞钻进去，钻到她大脑里看看里面都有什么。

"其实重要的不是你知道你是你，"母亲似乎完全不介意他打哑谜的说话方式，也跟他一起打着哑谜，"而是你周围其他人都知道你是你就行了。"

"什么叫周围人知道你是你?"钱睿逼问道。

"就是字面上的意义。"母亲似乎想通过眼神告诉他什么,"周围人知道你是你。"

钱睿的心跳得很快,他不知道她为什么这么说,只是在回答他字面的问题,还是她完全知道他隐含的意思。也许她知道自己的身份?

钱睿发现,他看不透她。她什么地方都和真的母亲一模一样,包括说话说到一半停下、欲言又止的样子也都一模一样。只是她远比母亲更淡然,似乎什么事情都触不到情绪神经。也许她的情绪还没有发展完全,但是她的思维和记忆又分明都是母亲。他发现他同样看不透母亲。母亲这些年絮絮叨叨在他耳边说的都是什么来着,他很想回忆,但回忆不起来。直到较真的时候,他才发现他对身边人的了解根本没有他以为的深。这让他分外忧伤。她的话是什么意思呢?是想让他接受她的一种求和吗?钱睿觉得他和假母亲之间的那层窗户纸几乎要捅破了,但不知道为什么,他却不觉得对抗,反而似乎有一些好的地方。

"只要周围人都接受就可以吗?"钱睿顺着她的话继续问下去。

就在这时,他的手机响起来,他看了看,一个陌生号码,于是站起身,走到一旁接听。电话恰恰来自妙手医院,通知他预约的查看病历时间到了,下午五点可以准时到病历档案室,会有工作人员接待。电话的最后,甜美的女声告诉钱睿,在他查完档案之后,医院总裁约他晚上到总裁办公室面谈。

钱睿的喉咙像是被一团杂草噎住了,说不出话来。总裁办公室?他们的斗争他知道了吗?他约他见面想说什么呢?他又要跟他说什么呢？钱睿越想，越隐隐紧张起来。

再回到等候室，假母亲还想再跟他谈些什么，只是他头脑中一团乱麻，什么都听不进。他们沉默地端坐在长椅上，望着父亲被推进去的手术室大门，气氛紧张而僵硬。

钱睿觉得，有些隐约的事情开始呼之欲出。

备战

当天下午，钱睿收到白鹤的消息，让他赶到妙手医院门口，参加造势行动。白鹤不知道钱睿已经在医院里了。

钱睿站在等候室的窗口，看医院门口的空场上一点一点聚集起来人。不知道是哪里来的，一小撮一小撮，从四面八方涌过来。有人举着抗议的标语指示牌，但一看就是拿钱办事的，完全没有一点悲愤的激情。标语牌上的指控花样百出，有的抗议医院的天价收费，也有指责医院隐瞒病情，只有偶尔一个牌子上写着虚假治疗瞒天过海。钱睿知道这是小分队的造势，为了给舆论一种医院已经激起民愤的印象，但很明显他们还没有把最重要的秘密公布开来。抗议的人也不逼近，就在医院外几米远的地方集结，更多是对走过的路人摇旗呐喊。他们的目标明显不是逼迫医院，而是面向媒体。

白鹤又给钱睿打电话："你在哪儿呢？快点过来！"

钱睿从医院里，能看到白鹤站在医院外打电话的样子，但他没有说自己就在医院里。

"你们在干吗呢？"他反问白鹤道。

"我们在游行示威,给医院一点压力,也给明天的法庭一点压力。"白鹤说,"法庭判的时候,肯定会顾及双方势力,看谁更不好惹一点。我们得让法院看看,我们有民众基础,也不好惹。"

"那你们就做吧,叫我干什么去?"

"废话!"白鹤说,"你是主角啊,你不来行吗?你得给这些人做个榜样。"

"话说你从哪儿找来这些人的?"钱睿问。

"这很难吗?你以为对这医院不满的人还少?从网上随便搜搜,就有志愿者报名。"

"他们是知道什么吗?"

"知道,也不知道。"白鹤也开始打哑谜,"他们知道的是,有钱人就是比没钱人长命。他们知道,这医院药到病除、妙手回春,有钱人送进来,绝症也能给治好,好端端地回家,长命百岁,有病再来。没钱人根本送都送不进来,不是绝症的病也拖成绝症。你说天底下的救命医院就这一家,还偏偏铁面高价,只救有钱人的病,这能不遭恨吗?治个病,也能治出贫富差距来,这不需要我忽悠,恨得牙痒痒的人多得是。但他们应该不知道调包的事。"

白鹤兜兜转转,倒也把事情说圆了。钱睿听得明白,白鹤虽然是雇人造势,但倒也不是无风起浪。若生命都是论价的,很多人更无出头之日。连被调包都成了一种特权。想到这里,他不知道自己应该庆幸,还是应该感叹不幸。

"你到底在哪儿呢?"白鹤又一次焦躁地问钱睿。

"我就在妙手医院呢。"钱睿这次终于说了实话,"我爸住院了。"

钱睿三言两语说了早上父亲怎样看到新闻、急火攻心、心脏病突发，点名要来这家医院。他支支吾吾表达了自己的犹豫，觉得父亲年岁大了，承受不住打击，现在好不容易迎回母亲，要是知道是假的，说不准一命呜呼。不如不要告诉他真相，让他和假母亲安度晚年。

"糊涂啊你！"白鹤在电话里愤慨地说，"告不告诉等你爸出院再说。现在情况很危急了，如果再不干预，推翻医院，也许过几天出院的你爸就已经是一个假人了。"

这话如一桶冷水瞬间浇过头顶，钱睿一下子感到彻骨寒凉，禁不住打了个寒战。他想起自己如何陪母亲走完最后一段灰暗的日子，最后眼睁睁看母亲的躯体被抛弃。他不想再重复一次。这样的想象让他冷静下来。他想起上次聚会临走时白鹤的话：你想想你母亲的临终，如果你接受了这个新人，你想过你妈的心情没有。

"行，我去。"他对白鹤说。

他的拳头握起来，狠狠地摁在玻璃窗上，想让玻璃的坚硬和寒冷给自己勇气。窗外聚集的人越来越多，他鼓足勇气向门口走去，加入向医院体系宣战的队伍。他不敢望向等候室外的假母亲，怕见到她的面容，又会动摇心神。

会面

结束了下午的抗议，钱睿有点精疲力竭。他混在一群临时拼凑起来、充满怨气的人中间，自己也沾染了很多怨愤，到了抗议结束的时候，这种怨愤并没有得到释放，反而越积越多，他这才知道怨愤并不能通过这样的抗议得到释放，它需要某种倾泻，一个出口，一个爆发，或者一个补偿。

下午五点，他按照约定，来到医院三楼的病历档案馆。走廊中部有一扇玻璃门，玻璃门识别出他的面孔指纹，核对验证成功之后，让他进入，玻璃门在背后缓缓合拢。

钱睿回头看了看紧闭的玻璃门，没有停步，只身一个人向走廊尽头开着门的小房间走。金属色的墙壁上，没有任何装饰。小房间里的白色的灯光是渐渐暗淡的天色中唯一的光源。整个区域空无一人。

小房间里只有一张空荡荡的桌子、一把碳钢扶手椅和一张小沙发，小沙发是灰色皮面。一份工整的报告摆在桌子上。屋里没有人。

钱睿走过去，坐在硬邦邦的扶手椅上，翻开报告。不知道为什么，他心跳得很厉害，手想翻动纸页，翻了几下都没翻开。他双手搓了搓，平放在桌面上冷却，长长地呼吸、吐气。他心里有种预感，在这里他会发现什么。

报告的前两页是最普通的个人信息，中间三页是病情诊断，书写着癌症种类、发病史、诊疗史和初步病理报告。再往后翻仍然是常规信息，钱睿细细看过去，并没有太不寻常的地方，只是最后诊断结果"恶性"两个字显得异常刺目。确诊是"恶性"的吗？还是最严重的级别，那是不是说明母亲原本是没救的？

他继续往下看，后面的几页都是病理报告，他看不懂，只是从零星的指标对比看，母亲的癌症扩散很快，六月底还只覆盖了胃部区域，七月初就已经扩散到整个内脏区，扫描照片黑色斑斑点点蔓延，看上去令人心惊胆战。此后就是无数表格，每日身体指标监测数据，看得出一些体征指标在下降，心脏功能在衰竭。所有这些监测数据都如此诚实，几乎鲜明地反映出事实真相。所有数字都在他眼前晃。

钱睿感到心惊，按照这些数字和报告，可以说是明明白白记录了母亲病重到病危的过程，而他们这样明明白白地给他看，是什么意思？难道不怕他看出端倪，拿出去作为呈堂证供？又或者说，他们完全知道他的来意，但却因为什么而有恃无恐？

他满心疑窦地继续往下翻，渐渐逼近了报告末尾。他翻开最后一页，首先映入眼帘的是母亲的签名。他的身体直觉性地颤抖了一下，顾不上看内容，只是呆呆地瞪着母亲的字迹和手写的日期。他确定那是母亲的手迹。6月23日，那意味着是母亲确诊恶性肿瘤第二天。这又意味着什么呢？他头脑中胡思乱想过了许多念头，才定神去看上面的内容。

那是一份自愿授权的契约。钱睿凝神读了好一会儿，才弄懂大意：母亲签署了一份自愿让妙手医院全面扫描她大脑的协议，并授权医院将其扫描结果转输给人造躯体。也就是说，母亲对后面发生的一切知情，且亲手通过。

母亲知道这一切？

是她授权了扫描和再造？这怎么可能？！

母亲难道是自我放弃了吗？不准备拯救自己，而同意把自己的家让给一个人造人？母亲为什么要这样做？难道是为了安慰他和父亲吗？

钱睿的心整个抽紧了，喘不过气，觉得似乎一切都变得清楚了，又似乎什么都想不明白。他的手紧紧抓住面前的报告，揉皱了，不知道该如何处理。

就在这个时候，小房间的门自动打开了。钱睿一惊，向门口望去。没人。很快从头顶上传出一个广播的女声：钱先生，现在到了与医院陆总裁会面的时间，请跟随箭头指示前行。钱睿发现地板上出现绿色箭头，出了房间，一路都有。他迟疑着跟上绿色箭头，转过墙角，来到一处隐蔽的电梯前。

电梯停了。八层，医院顶层。只有一个房间：总裁办公室。

钱睿懵懂着地进去。一间异常宽敞的长方形办公室，约莫有五十几平方米，三面都是玻璃，巨大的环绕式玻璃幕墙，能越过医院看到城市远景。办公室里没有开大灯，光线整体幽暗，只开着墙边的射灯、沙发边的落地灯和写字台上的台灯，能把外面城市的繁华灯火尽收眼底。钱睿站在办公室门口，迟疑着，没有向里面走。

房间里只有一个人，坐在沙发上，落地灯下的茶几边上，正在用一套讲究的茶具泡茶，想来就是陆总裁了。他轻轻提起开水壶，小心翼翼把热腾腾的开水倒进茶壶，轻轻涮了涮，浇在茶宠上，又把茶壶放回架子上，再开了水，第二泡茶重新泡上，泡了十余秒，拿下来斟到两只碧绿的小瓷杯里。

直到这时，他才抬头看了看站在门口的钱睿，指着身旁的单人沙发向钱睿做了个手势，示意他过来坐。刚刚泡好茶的两只小绿瓷杯，他给钱睿推过去一杯。钱睿坐着看着，没有喝。他内心有强烈的提防。

陆总裁是个矮个子男人，瘦瘦的，寸头，穿一件普通衬衫，袖子挽到小臂处，仅看外貌并不张扬，如果放在人群里，也是被人忽略的，肯定不会猜到他是如此叱咤风云的医疗帝国的首领。

钱睿等着他。他过了好一阵子才开口说话："我知道你们在干什么。"

"是吗？"钱睿问，"那你也知道我们在调查什么，对吗？"

"知道。"陆总裁平静地说。

"那我们调查的事情是真的吗？"白鹤几乎已经能确定答案，但他只是想让他亲口说，"你们医院是用假人给病人家庭，充当治愈患者吗？"

总裁没有否认，也没有直接回答，而是反问钱睿："明天庭审，你要出庭吗？"

"当然。"钱睿点点头。总裁的态度在他看来已经相当明白了，于是他反过来问总裁，"有关明日庭审，你还有什么要解释的吗？"

"理论上讲，你是控方，我是辩方，"总裁说，"我现在不需要把任何辩解的话跟你讲，也不适宜跟你讲。不过，我可以给你讲一个我自己的故事。"

钱睿点点头，不觉得奇怪。他知道，总裁约他过来，肯定不只是来喝茶的，必然是有话要对他说。既然真相已经认了，那不外乎就是用一些煽情的话来寻求庭外和解。他没有说话，等着听总裁讲的故事。总裁又添了一泡茶。这是第三泡，茶的颜色微微变得浓郁，味道也是到了最妙的阶段。钱睿对总裁要说的故事没有期待。因为预期是游说之言，先在心里打了一半折扣。

"年轻的时候，曾经是个很有上进心的投资经理……"总裁开口道。

总裁讲了自己的故事。他有一段时间为了新公司发展没日没夜地拼命，经常出差看项目，想多挣一点项目分成，也想给当时的老板留下好印象。后来他也确实如愿做到合伙人的位置。但是他的女儿当时患了很重的病，他不得不一边照料女儿，一边管理公司。在他负责的一个项目快要IPO的非常紧张的日子里，因为项目公司新的销售业绩不如人意，有可能影响项目过会，他连续三天住在项目公司，帮公司梳理财报。过程中给女儿打电话，女儿的声音显得非常疲惫。IPO敲定之后，他拖着疲惫的身躯回家，却发现家中空空如也。他一下子像是惊醒，吓得全身是汗。原来女儿的病那几天突然变得很严重，免疫系统崩溃，前一天晚上已经被救护车拉到医院重症监护室了。他赶到医院的时候，女儿险些昏迷，见到他来了，她显得很高兴，眼泪扑簌簌掉个不停。很快，女儿进入病危状态，他照料了她最后一周，焦虑狂躁地想要做一切事，似乎努力做一些事，就能弥补现实，给自己安慰。但是一切都没用了，他眼看着她在他面前消逝。后来那段时间他悲痛欲绝，后悔不已，把公司的工作辞了，股份转让给他人，自己一个人闭关。他不断想着最后一周对女儿的陪伴，他眼看着她的生命从自己的手中流走，只想谴责自己在她病重治疗最关键的时候不在她身边。那种负疚感深入骨髓，让他时常做可怕的梦，生活难以持续。

"一直到现在，如果能给我再来一次的机会，让我付出什么都愿意。"说到这里，总裁停下来，目光灼灼地看着钱睿，"所以，后来的我很想做一些挽回生命的事，算是对我自己愧疚之情的救赎。这种感觉你能明白吗？"

钱睿感受到像探照灯一样打在自己身上的目光，有点不自在。说实话，总裁最后讲到的感觉他相当熟悉，这跟他之前经历的过程何其相似。有一瞬间，他的鼻子突然就酸了一下。但他又不愿意在这样的场合表现软弱，毕竟坐在面前的人就是明日他在法庭上将要起诉的人。于是,他避开总裁的目光,只是问:"所以你后来就开始造假人,来延续病人生命?"

"不能说是假人,只能算是新人。"总裁说。

"什么意思?"钱睿想要了解更多,"新人和旧人是什么关系?"

"新人是活生生的人,是病人自身的延续。"总裁解释说,"新人是基因复制生成的人体,跟人没有区别。新人的大脑在芯片指导下发展,形成一个半智能人,但是芯片的主要材料是碳纳米,会跟着大脑一起生长,随着脑神经网络完善,芯片的绝大部分会消融,新人的大脑会独立运转,会成为一个真正的人。芯片虽然在脑中有残留,但主要起作用的是新的大脑。在我看来,新人就是病人自身,重新生活的病人。"

"你是说……新人并不是机器人?"钱睿问。

"当然不是。新人躯体和人体一样,大脑也是人的大脑,也有喜怒哀乐,与人无异。"总裁说,"可以说他的方方面面都是普通人,只是大脑的连接方式受了智能引导。"

钱睿琢磨了好一会儿这其中的差别,最后叹道:"但不管怎么说,也还是两个人啊!你能接受你女儿一边受苦的同时,另一边站起来一个不痛不痒的人吗?我接受不了。"

"可是病人自己是可以接受的。"总裁说,"你刚才也看到了你母亲的授权书。"

钱睿心里绞痛起来,想象着母亲签字时的样子,那该是怎样的绝望,才会签这样的授权。"我母亲……真的同意了吗?"他问。

"当然,"总裁说,"这里面最关键的步骤是全脑扫描,如果没有病人配合,根本不可能做任何复制。病人不但需要接受扫描,还要大量配合回忆很多事情。所以我们所有操作都是在病人授权的前提下进行的。我们最初也不确定是不是能拿到病人授权，但是这些年的尝试让我们发现：所有确认自己命不久长的病人，都签了同意书。"

"为什么？"

"这得问你了。你想想，你母亲为什么签了这个同意书？"总裁反问他。

钱睿想到母亲在临死前的日子，知道自己生命将尽，自愿将家庭的位置延续给一个新人，那应该还是充满不舍，对他和父亲的不舍。还有对他和父亲的安慰。想到这里，他黯然了，鼻子一直发酸。

"所以，"总裁俯身朝向他，"我今天叫你来，是想问你能不能撤诉。你是主要诉讼方，如果你撤诉，案子就会撤销。"

钱睿皱起眉头："所以你刚才都是在打苦情牌？"

总裁默默叹了口气，向窗外挥挥手："你看这城市，三千万人，你知道接受过这种替换的有多少人吗？这二十年，这个城市，十二万八千六百人。还有其他城市，总共数百万人，都在鬼门关头死而复生。不管他们曾经是真人假人，过不了多长时间，他们就变成真的人了。他们有新的生活，现在正好端端活着。已经有成千上万个家庭接受了这些新成员，或者说，接受了重新来一次的机会。所以你明白吗，如果你们现在揭穿一切，摧毁的不是我的企业，而是所有这些家庭相信的幸福。"

钱睿怔住了。

"还有最重要的，"总裁的双眼死死地盯着他，声音变得冷而锐利，"这些已经成为人的新人类，也将被你们毁掉，如果你们控告我谋杀，难道你们不是谋杀吗？"

钱睿被他的问题砸在心口，半晌无言，最后勉强反驳道："但是你们以假乱真，冒名说能治好绝症，至少犯了诈骗罪。"

"很多时候，"总裁悠悠地叹了口气，又回到刚才讲故事时的舒缓，"我们做的很多事，不是病人的需要，是家属的需要。你见过那些不断给病人买饭的家属吗？他们的心填不满。因为有这些需要，才有我们。他们要的是安慰，不是真相。你明白吗？"

"我……"钱睿无言。

钱睿已经被总裁说服了大半，他在心里接受了新的母亲，因为他相信那就是母亲的意愿，是母亲的延续。但他总还是有一点迟疑，不愿意这样就接受他的辩白。明明是必胜的诉讼，现在让总裁三言两语就说得撤诉，怎么也显得下不来台。正在犹豫间，总裁站起身，在墙边做了些操作，墙上呈现出一面墙的电子档案库。然后他转过身，问钱睿："你有没有想过，你进出我们医院这么多次，我们也有详尽的电子监控，为什么从来没有人发现或拦着你？"

钱睿愣了。是的，这个问题他想到过。当初他让白鹤查监控录像的时候，就有过疑问，既然这些录像拍到过他陪母亲的镜头，为什么没有人来阻止他，任他自由出入？当时他以为医院每天的监控录像太多了，没有人仔细看。但现在想来，这个解释未免太牵强了。

"为……为什么？"

"我们医院，"总裁解释道，"总有实时扫描监控，除了录像，最主要的是电子芯扫描，所有员工和病人都有衣服上的电子芯，而所有新人，都有大脑中的电子芯。医院的报警装置如果扫描到没有电子芯的人进入，就会自动发出警报。"

说到这里，他停下来，特意等着钱睿的思绪。钱睿感觉到他的话里有一种危险的气息，像是有什么利剑一般的词汇即将喷射而出。钱睿似乎明白了什么，但是头脑却又陷入冰冻，只剩一片空白，失去了思考能力。他紧张得都无法呼吸了。

总裁见钱睿没有接话的意思，又继续说道："你潜入医院而没有被监控报警，只有两种可能，就是你身上有两种电子芯之一。你猜是哪一种？员工的电子芯，还是新人的电子芯？"他说到这里顿了顿，盯着钱睿的反应，"你猜出来了对不对？你不敢相信？那你想一下你父母的态度？你父亲为什么不顾一切阻止你揭穿我们医院？你母亲今天跟你说的那些话，你听懂了吗？"

"你是说……我是……？"钱睿完全傻眼了。

"是的。你八岁那年，到过我们医院，严重受伤。"总裁的几个字，每一个都像千斤重，砸在地上，钱睿感觉到碎石溅起四面八方，割得他脸生疼。

"所有十六岁以下的未成年人，都需要父母签署知情授权书。"总裁继续讲下去，"新人总是不知道自己是新人，通常情况下，家属也不知道，一切都会和和美美进行下去，但唯有未成年人新人的父母完全知情。"

"所以我是……？"钱睿仍然说不出口。

"是的，你猜对了，你是我们的孩子。只是你现在已经长得很好了，你已经不知道了。但你母亲知道。她把这记忆留给了你现在的母亲。她虽不知道自己是新人，但她知道你是。你明白吗？"

钱睿觉得自己周围的世界碎成了无数尖利的碎渣，被声音的巨石砸得灰飞烟灭。每个字他都能听懂，但整体是什么意思，他却无论如何也不懂了。

"我不相信,我是我,不是你们的孩子。我不相信!"钱睿绝望地叫。

"还有,你知道吗,你潜入的第二天,监控录像就被送到了我的案头,但听说警报没响,我就明白了,于是我让他们不要去管。你是我们的孩子,有权回来这里。所以我没有管。"

"我不信!我不信……"钱睿仍然痛苦地摇头。

"待会儿我会出去,"总裁的声音放低了,有点低沉的安抚,"等我出去,你可以在这里查你自己的电子档案。右边的桌子上有一个电子芯认证仪,你去按一下绿色键,就可以识别电子芯。虽然植入大脑后会消解一大半,但关键的身份认证还会保留。"

说完,总裁给他斟上最后一杯茶,站起身离开了。

钱睿疯狂地摇头,他觉得自己的神经快要错乱了,心中大骇,他本能地后退,拒绝,他不想听,还想回到从未听过这个消息的时间里。他无法理解自己听到的信息。怎么突然之间,他就成了那个他想要揭穿的身份。身体的变与不变,头脑的变与不变。母亲知道,母亲不知道。拒绝。接受。痛苦。爱。

他拼命捶打沙发,不知道怎么就睡着了。

尾声

第二天早上,钱睿被一连串手机铃声吵醒了。

钱睿看了一眼手机,是白鹤的电话。白鹤火烧火燎的声音从话筒中传出来，问他在哪里，怎么还不到场。他们已经帮忙调整了他的出场顺序，让他午后再来作证，但由于他是重要的证人，白鹤要求他务必到场。白鹤用手机给钱睿直播了一下现场画面，法庭外面已经聚集了很多人，也有大大小小的媒体闪光灯。

钱睿挂了电话，呆呆地坐了一会儿没有动。他的记忆慢慢恢复，昨晚听过的话，一点点回到他的身体里，他的脸又变得苍白。

他定睛看着手机上集会的人群，看着法庭外吵闹的冲突，心里突然一阵痛，立刻把手机关机。这样今天就可以消失了。

他还在总裁办公室里，但是总裁却不在房间。他站起身走了走，发现昨天晚上总裁调动的电子档案画面没有关，他去操作终端动了动，能进入。他去翻过去的档案，按音序顺序，紧张得难以呼吸。好不容易才翻到姓"钱"的类目，又一直翻，很久才看到"钱睿"的名字。他打开那张病历，里面有一个血肉模糊的男孩的照片。那是二十年前，高楼顶端掉落的钢筋砸到，钢筋穿过胸腔，内脏大出血，整个人生命垂危。

然后，他看到同样的知情授权书，与他昨天在母亲病历里看到的一模一样。那上面同样签着母亲的名字。只是这一页，早了二十年。

他环顾四周，总裁桌上有一台小小的仪器，看上去很不起眼，但是有发出光的地方，他站到仪器面前，犹豫了好一会儿，手指放在仪器开关上。

如果按下去，立刻能测出自己头脑中有没有那个所谓的"电子芯"。

按，还是不按？

他想起昨晚总裁的问题：如果你们告我谋杀，那么你们也在谋杀那些新人,不是吗?

他闭上眼,没有按下去,但重新打开了手机。

"白鹤,"他拨了号码,"对不起,今天我去不成了。"

蒋安华拿起电话的时候，从窗口向楼下瞥了一眼。儿子王拓和儿媳的背影正渐渐远离，两个明黄色的后背上有着相同的体育图案。自从有了孩子，王拓已经许久不回家了。

安华拨了大哥蒋安达的手机。她想把家里人召集起来，商量一下给父母的骨灰海葬的事。平时经常拨不通的电话，这次却通了。听筒里传来呼啸的声音，像是风声，又像是信号不好的杂音。她问他在哪里，他说在高速公路边上，有事故，等疏通。她顿了顿问，你过年回家吗？

蒋安达挂了电话，掏出一根烟，找旁边一个司机借了火。他站在路边，向事故现场凝望，他的货车停在等待的队伍里。夜晚已经逐渐降临，事故车的残骸在远处看不清，只有交警车上闪着的红灯和圆锥形路障上黄色的荧光带在黯淡中发出幽幽的光,远方深邃模糊。

两个小时以前,一辆拉烟花爆竹的货车在桥上炸了,车和货物被炸得片甲不留。听前面了解情况的司机说,货车超载了,又开得快,遇到一辆小车超车,大货车紧急刹车,货箱里的爆竹大概往前冲了,冲击不知怎么引爆了火药,又引燃了油箱,整辆车成为一个炸弹。

安达听完,凑过去到事故现场旁边看了。五十吨货车炸得只剩了一个平板,轮子也全都炸飞了,就连路基上的栏杆都缺损了。他问交警车上的人呢,交警指了指一旁地上的席子。那不那儿呢吗。他凑过去掀起席子一角一看,最完整的肢体是一截小臂,蜷曲着手指,手腕上还戴着一块金属手表,其余的都是烂肉。他将席子放下,撑着膝盖站起来,膝盖有点疼。傍晚起了小风,冷飕飕地割着耳朵,脸却烫得难受。他听周围人议论说,车上原先有三个人,都炸碎成一小块一小块,飞到空中,落到高速路中央、两侧的土地和鸟巢占据的枯枝上,是清理现场的交警和帮忙的人一点一点捡回来堆在地上。他又去席子下看了一眼,然后就走回自己的车边,好长一段时间不想说话。昏暗的天色压抑住堵心的感觉。

他站着抽烟,面对着高速旁边的田野。身旁的司机凑着堆儿说话。一个抱怨着回家过年怕是要晚,另一个抱怨自己被人压了价,吃了大亏。有一个开轿车的年轻司机在喋喋不休地说着不该拉烟花爆竹,这么危险的活儿就不应该干。安达本来不想插嘴,但小年轻一直说个没完,声音又是那种他不喜欢的尖细,说得他有点心烦了。于是他扭头说,不拉爆竹,难道空跑回去吗。

他看到年轻人挺瘦,有一点兜齿。年轻人不以为然地说,那也比死了强啊。

　　安达摇摇头。他不太喜欢这种事后聪明的话，拉爆竹的人又不是不知道危险，知道危险还拉，还不是因为没的选。这种情况他也见的多了，尤其是在焦作附近产爆竹多的地方。从东北跑车到河南，本来就没几分赚头，如果空载回去，挣的就赔进去了。临近过年活儿少，找不着什么合适机会，不拉爆竹能拉什么呢。谁都知道危险，可谁会是找死的呢。冒险的人心里想的都是"那么多人都拉，没几个出事的，也许我就没事"。要真是怕危险，又怎能干这一行。他给小年轻算了算空载回去的账，但也不想多说了，再说就真堵心了。小年轻很快又说起了别的事。

　　天越来越昏暗，暗得看不清相互之间的表情。声音像是被放大了。旁边有司机搭茬回忆起以前见过的事故，说得绘声绘色。安达也想起自己见过的一些。他有一次眼见着一辆小车在车缝里左右钻着，超大货车，超过两辆之后没看见第三辆，直接撞上去，车头瘪进车身。他把这一幕讲了，引起许多共鸣。这种事情多，谁都见过一两起，说着说着就七嘴八舌了。有个老司机说到一幕惨剧，把烟一掐，在脚底下狠狠碾了碾，用浓重东北味的方言把一辆车的毁灭讲得如在眼前，语气里同时包含着痛惜与激动，喉咙里却像有浓痰在咕哝。安达觉得自己右眼下方的皮肤一直在无规律地跳动。

　　等一个没人说话的茬口，安达说，你们以后开小车的时候，尤其是好车，如果有电动锁可得小心点。我有一次亲眼看到车里五个人被烧死，就在山海关那头。你们可别小看这个，电动锁万一遇上着火就不管用了。那几个人被锁里面了，车起火了，锁坏了，几个人在车里又拍又打，外面人开始想帮忙，车子整个着了就不敢碰了。

碰也没用。最后几个人都没了，几张脸在车窗里，外面人就看着，也没办法。惨啊，安达嗫嚅着动了动嘴。他仍记得那天，几个人死去的惊恐还印在他脑中，就像人像挂历，破了揉皱了，脸被扯开了捏瘪了。

他摸了摸自己的光头，似乎这样可以将鸡皮疙瘩抚平。人被烧成灰烬。火化一样。火化是看不见的，焚烧炉紧锁，不给家属露一点缝隙。骨灰。是不是把骨灰撒了人就彻底没了。贼兮兮的小风突然紧了一阵，灌进脖子顺着背往下滑，他不由得脖子一缩，晃了晃头。

等了很久，终于可以走了。主路还没完全通畅，但是所幸临近一个出口，撤掉了一部分路障。旁边两辆运送鸡饲料的车先走，另一辆散发不良气味、载满生猪的铁笼车紧随其后，安达拉着五十吨洗涤剂跟在猪后面。他们在平行的乡镇公路上开了一阵，路过县城加油站，都停下来上了个厕所释放膀胱。提着裤子出来，他们又站在空地上唠了唠。

"找个地方吃饭吧，也不早了。"一个戴帽子的老司机指了指加油站旁边一排立着纸板招牌的小平房。

"不了，我上车吃。安达说。我车上什么都有。"

"那也喝口汤暖和一下。一块儿去吧。"

"真不用，你们快去吧。"他向几个司机招招手，他们转身向小饭馆走去。从后面看过去，他们的背影会合到一起，灰黑上衣颜色相近，摇晃着有时近有时远，很快就分不清楚了。看上去他们都是一样的。他知道他和他们也是一样的。他爬回驾驶室，喝了口水，咳了几声，清了清一直不太舒服的嗓子，又点着车子重新上路了。

收音机处于两个地域电台之间，总是刺刺啦啦调不好，他试了几次放弃了。手套有两个指头磨破了,能摸得到方向盘黑色的塑料。这种老式的白色蓝边粗线手套现在已经不好买了,十年前从厂里带回来几双,一直用着,他也用过几双后来商场买的毛线手套,太不结实,用着心里不踏实。

车上并没有吃的,他说谎了。他只是想尽快开到他熟悉的休息站。每天晚上睡在车里,必须停在熟悉的休息区才能保证人车安全。这条路本来没有任何难度,下午五点前后一般总能到了,这一天在路上等了两个多小时,天已经蒙蒙黑了。

他时常在车里吃,这一点倒是没有瞎说。一般是在收费站或经过的县城小饭馆买盒饭或贴饼子。他喜欢吃贴饼子,棒碴儿细而稍微软一点最好。吃贴饼子有一点好处,可以一边开车一边吃。他不喜欢坐在小饭馆油腻的桌边和裂了缝的塑料方凳子上,他喜欢看着远处慢慢吃。有一次买了一只烧鸡,放在手边,一边撕着一边吃,就着三个贴饼子,也没在意,脑子里想事儿,眼睛始终对着窗外空无一人的崭新公路和两边刚收割过的圆筒形麦秆堆,等到再想起来的时候发现自己已经在不知不觉中把一只鸡都吃了,他被吓了一跳,再看看饼子也没了,手指头上油汪汪的,不由得自己对自己笑了。怎么这么能吃。他在手刹旁边的毛巾上抹抹手,肚子里一瞬间感觉到暖乎乎的。

他喜欢开车。就这样开车。或者说这是他喜欢的样子。他会泡一罐子茶,开一会儿就喝几口。不是什么好茶,就是在批发市场上买的一种相对品质还过得去的茶叶末子,初泡味道不太好,泡得多了味道淡了就和好茶没什么区别。他在意胃口和腰的冷暖,打开水的时候,他也时常拿一个瘦长的塑料杯子接上热水,套上棉布罩子,塞到衣服里胃口的位置上，用毛背心兜着，顶在肥胖的肚子上，一开就是一路，腰就一直是暖的。有热水瓶在胃口，他就有安定的铅坠。开车的路通常是几个小时一成不变，路的尽头是清晰而低沉的云，两旁是大片田野和偶尔孤岛一般浮于田野的破旧农舍，能看见云投下的影子在黄色的麦地上移动，明与暗交替前行，天尽头的小镇将天空衬得格外开阔而辽远。

除了要赶路，还有一点原因让他不想留下来吃。刚才跟几个司机聊事故死亡聊得太多，他心里多少有点压得慌。聊的时候不小心说多了，再上车的时候，却不想再继续说下去了。他能像他们一样谈笑风生地说那些死的事，却不能像他们一样无所谓。事故他见得太多了，积攒在一起，像吃了凉的硬的不消化的食物堵在胃里。他无法避免经常回忆那些画面，可他不能当作没事。有一次亲眼见到一个女人被甩到高速路下面，身体在空中划过的弧线竟然还带着一丝美感。他觉得现在的人对命太不在意。

他想起最惨烈的一次事件。在一个隧道口。事后他才知道隧道里发生的事。两辆大货车在隧道中央迎头撞上了，没有爆炸，只是撞击剧烈。后面的车不知道出了事，一辆接着一辆开进去，隧道昏黑，发现事故的时候多半刹车不及，或者被紧随其后的车追上，一连串追尾。不知道为什么，那天他直觉感到不对，停在隧道外打开双闪，没有进去。有两辆小车迅疾地绕过他闯了进去。他当时正犹豫着，隐隐听到里面传出奇怪的闷声。他刚下车想走进去张望一下，突然被一股速度极快灼烧皮肤的热气冲了回来。他快步转身跑回车上，伏在方向盘上看着，隧道里闪现出有橙黄色明灭的光亮。火焰在想象中燃烧。恐惧的感觉从他皮肤底下像壁虎一样爬过毛孔，他不由自主地哆嗦起来。哆嗦得不听使唤。他想起那两辆从他身后绕过的小车,在回忆里,他看到他们闯入漆黑的命运叵测的洞口。

他抬头看到烟腾在山野上空,一只灰色巨大的鸟遮天蔽日,从山岩上威严地展开翅膀,缓缓盘旋,腾空而去。

终于开到了习惯歇脚的停车场。他去撒了泡尿,空荡荡的厕所里白炽灯明亮,铁质隔间小门空荡荡地支棱着。厕所旁边的超市里只有一个店员,没有客人,一多半货架都是空的,只有少数几样不易坏的便宜速食懒洋洋地躺着,不知道已经躺了多久。他挑拣了两包卤蛋,一个面包,一桶方便面,找店员从后屋要了开水冲了,小心端回车上。卤蛋泡进面里,一股调料的香味弥漫在驾驶舱里,窗玻璃上几乎有一层薄薄的雾气。又打开收音机,这次调出了评书。他呼噜噜地吃面。静谧孤寂的夜里,呼噜噜的声音给他安稳之感。说书人拖长的声音有一种卖关子的从容不迫,又有一种俯瞰世事的淡淡幽默。

窗外已经彻底黑了。夜空清朗,能看见不少星星。两个城市之间,灯光很少,视野很好。他吃完饭擦干净手和嘴,从驾驶座上下来,躺到后座上。白天他把铺盖卷好了放在后座上,夜里铺开,把枕头推到一侧。躺下去不能完全把脚伸开,但他也习惯了微屈起膝盖。原先他雇人跟他一起开的时候,两个人在车里睡不下,必须去住店。现在司机走了,又雇不起新人,一个人开车,反而连住店的钱都省下了。

他躺在座上,仰头从脑后的窗户看着夜空。不知为何,他一丝睡意也没有。也许是白天想事情太多,也许是惊悚的记忆扰动了神经,也许是年岁大了——他刚过完六十二岁生日——辗转了两个小时,他还是意识清醒，精神亢奋。

他不想给父母海葬，尽管从理智上他觉得这可能是个好主意，海葬干净，也省得托人找陵园，但他还是不希望这样。每次扫墓的时候，和父母说几个小时话是他释放情绪的途径，现在把这条途径切断了，他不知道以后还能找谁说。他不止在清明节上坟，平时没事的时候也去陵园看看。现在的陵园年久失修，园子里黄土弥漫只等拆迁，两层的水泥房子裂了缝也没人管，每到雨雪天气，他就担心放骨灰盒的柜子里漏进雨水。

安达的父母死得早，父母死后整整三十年他都处在遗憾之中。父母在唐山大地震那会儿就有了生病的迹象，后来没两年就一前一后过去了。现在想想，当时好容易安定一些，不用挨批了，临建棚的日子也差不多熬过去了，小妹安华才进工厂没多久，正准备结婚。父母却走了。父母都是癌症，不一样部位，发病时间却差不多，安达也不知道这是不是命，父母竟一天好日子也没过上。后来他们几个都有了孩子，却没机会让父母抱一下。儿子蒋奇周岁的时候，安达曾抱着他去陵园祭拜过，黄土场地由低矮砖墙围绕，烧纸的灰屑在空气里弥漫，呛得蒋奇哇哇大哭，看也不看骨灰盒上的照片。安达还是抱着蒋奇鞠了三个躬，妻子为此埋怨他好一阵子。

若是蒋奇再有了孩子，是不是就没有机会再让父母见见了。他想着那无边无际的大海。他从小怕水，见到太广阔的水面会胆怯。再加上年岁大了，在太高的楼上都会晕眩，不太敢站在阳台边上往下看，如果要出海，他不确定自己能不能承受。父母怕不怕水呢？离陵园的拆迁日期还有三个多月，他不知道还来不来得及商榷一下。

他躺在座上，夜空变成海洋，月光把漆皮斑驳的雨刷一侧的边沿照亮。如果骨灰撒尽，对他来说，就意味着一段生活彻底撒尽了。住在筒子楼里的全部岁月，都将随着骨灰的撒去而散去。在小辈心里，那段日子几乎是不存在的，如果以后连扫墓都没了，过去的事就忘得更彻底。不过话说回来，大海也许倒是散尽这一切的合适场所。

手机突然响了，铃声是一首他并不喜欢的快节奏的流行歌，回家的时候蒋奇给下载的，他一直不知道怎么换下去。他爬起来身子挤过前排两座之间，手机屏幕在窗框的微朦阴影中发出橘黄色亮光，他把手机拉到肚子附近看了看，是妻子的电话。他犹豫了片刻，没有接，躁动的歌声一直唱到电话挂断。

大嫂沈丽晶一直跟安华抱怨她大哥不接电话的事，抱怨中总是林林总总说起其他琐事。翻来覆去都是车轴话。安华也没有办法。据说他们近来闹得不可开交了，安华和二嫂杨秀芬商量着约大嫂出来聊聊。

为了大嫂的志趣，她们特意把约会定在起士林西餐厅。起士林现在很时髦，儿媳跟安华说了几次咱哪天去吃吃起士林吧，安华总说我可不去，那都是你们小年轻去的地方。她觉得几个中老年妇女约在这里实在没什么意思。但大嫂近来养成了一种近似于小资情调的品位，时常跟人说我最近又吃了什么什么，学会了什么什么，其实无非只是学着喝喝咖啡吃吃点心。安华也就投其所好了。

自从大嫂加入教会后，整个人的心气就不一样了。照二嫂的话说，自打她跟那帮外国人在一块儿，就没学好。以前大嫂也心气高，从来没拿自己当劳动群众，但一直没这么明显。同样都是工人，二嫂看起来庸碌劳苦、皮肤褐黄，大嫂则喜气洋洋、白净富态，二人长相都不差，三五岁的小孩常常分不清两人，但成年人注意到姿态神气，就往往觉得两个人不属于同一个社会阶层。每每有小孩说分不清两个人，大嫂嘴上不说，心里却不大乐意。她从不说家乡话，一直说普通话，也不像二嫂那样前仰后合地大笑。加入教会之后，嘴里谈着教会，说话更有底气了。五十几岁快六十的人，皮肤保养得却细致，短发烫了大卷吹得蓬松利索，脖子上还总系一条小丝巾，以安华局限的眼光，看不出是桑蚕丝还是地摊货。

"她不就是工人吗，"二嫂经常在背后跟安华说，"也不看看自己多大岁数了。"

大嫂则有时当着二嫂的面对安华说："下回咱也弄一个下午茶party，别每年都怪俗的，总在家里涮锅子，弄得身上怪味儿的。"

大嫂指的是前两年在二嫂家过年的时候，二嫂总是组织大家涮火锅。一个脸盆似的煮锅架在电磁炉上咕嘟咕嘟地煮着，脂肪转化的血沫子浮动着，肉片蔬菜一盘摆一盘摆满长长的折叠餐桌，一群人争先恐后地用筷子在锅子里搅动，热气升腾，将麻将蘸料的味道深深带入衣服缝隙。二嫂从一入腊月就开始购置东西，夜里睡不着觉，瞪着眼睛琢磨要买哪些海鲜，提前把排骨买了冻在冰箱，家宴之前，凌晨三点就起床收拾屋子。

二嫂的努力并不能得到所有人认可。好心的亲戚会客套几句，嗬，这家里真干净！好嘛，这么多吃的！儿子王拓则揶揄，咱这今儿得给二舅母发钱啊，人家这一个人干四个人的活儿。还有就是大嫂，对这一切不以为然，却也不直说，象征性吃两筷子，就转身去隔壁屋看电视去了。大嫂的下午茶提议说了两年也没有人响应，就也意兴阑珊了。这两年过年的家宴都是在中规中矩的饭店，有时是川菜，有时是上海菜。

尽管破天荒地把见面安排到西餐厅，但这一天的安排并没有起到好的效果。大嫂一来就开始讲教会的事，她们又去看残疾小朋友了，又去孤儿院教小孩了。下回带你们也去看看，大嫂微笑着，把颧骨上发亮的两块肉顶了上去。二嫂听着不得劲，始终没接茬儿。安华也不好直接问大嫂他们夫妻打架的事，就问蒋奇处对象的事。大嫂似乎完全不在意，只轻巧地说，分了，那就分了吧，这事儿我也不管。我看着还行，可你大哥不同意有什么辙。

安华问为什么，大嫂又矜持地笑了，说："唉，具体的事蒋奇也不跟我说，我问过他两次，他好像挺烦的，我就也不问了，回头再找吧。"绕来绕去终于谈到大哥的事，大嫂哼了一声，说可不是我的事，我这边可没事，你们别以为是我找事，要是你大哥没事我就没事。她想了想又干脆利落地说，你回头也劝劝你大哥，别让他开车了，都这么大岁数了，本来就不安全，还伪造驾照，万一让人查出来，挣那点钱还不够罚款的呢，儿子现在挣这么多钱，家里根本不指着他挣钱，你说他还图什么呢，他这一出去，好，不干活儿不说，还不洗澡，一个月回来身上都臭了，你们说我这整天一个人在家干活儿我容易吗。

安华知道大哥伪造驾照的事。理论上讲，六十岁就不能够再开大货车了，安达六十二，找人做了假身份证，五十吨的大车仍然开着。危险又不合法，大嫂和蒋奇在家里担心也合情合理。只是安华知道大哥倔，他认定了的事，再怎么打架都说不服，既磨磨唧唧又倔到底。他曾经在家憋过一段时间不出车，就不停抱怨自己腰腿和肠胃都出了毛病。

安华劝道:"我大哥他不就是愿意开车吗,出去多见见人,他心里痛快。"

大嫂却把眼皮一抬,一丝不屑划过眼角,微笑而端庄地说:"他哪见什么人啊,就往车里一躺,十天未必说句话,我倒是愿意他多跟人交往,开朗大方一点多好,可你看看你大哥是那种人吗?我每次带他去见我们教会里那些姊妹,人家都好好的和和气气的,就他一脸苦相,往那边上一缩,也不说话!他要是真的多出去见世面我也就愿意了,我又不是……"

从西餐厅出来的时候,二嫂满心不乐意,鼻子里哼着。二嫂吃饭的时候也还算有涵养,基本没说什么,只在沙拉上来的时候说了句,介(这)有嘛(什么)啊,介(这)不就是大拌菜吗,就卖四十五?其他时候都保持沉默。其实她们还没在最贵的楼层吃,正经的老式起士林在三层,木地板、木头吧台、木质小圆桌和靠背椅,服务生穿西装马甲系着领结上菜。她们吃的是二楼简餐,平均下来几十块一个人,但相比平时的饮食习惯还是太贵了些。大嫂一直夸口味好,可二嫂不管大嫂怎么夸,只是撇着嘴,一副不以为然的样子。

她们坐上回家的公共汽车,坐在二楼最前面的位置。路上的行人和小车一览无余,两旁是一家接一家卖衣服的小店,男孩和女孩站在街上,歪着头一左一右咬一根羊肉串,街边卖黏玉米的老头瑟瑟缩着手,逛地摊的人将头埋进衣裳的小山里。冬日的冷寂凝成一幅画。

二嫂开始分析大嫂和大哥的症结。她就是看不上你大哥了,你看她那洋气劲儿!二嫂说得不服气。你二哥说,你大哥回家她不让他上床,嫌他脏,给你大哥蹚下去,你说有这样的吗。你说她那钱都哪儿来的，还不都是你大哥挣的，她还一口一个"你大哥又不挣钱，开车干吗"，好嘛，他要不挣钱，她哪儿来的钱喝咖啡啊，哪儿来的钱上教会啊，她不也就是个下岗职工吗，她们厂还不及我们厂呢，我们厂还给发退休金，她们厂早没了，这一个月不就国家给两千块钱吗，够干吗的呀。给教会捐钱不都是拿你大哥的钱吗，现在还说这风凉话！我当时一听就心话儿说，给教会捐钱，干吗不给我捐钱呢，我也困难啊，当初我们大马路上卖蒸饼的时候多困难，怎么没给我们捐钱呢。

安华笑了，二嫂语调夸张，说到兴头上有一种咬人一口的劲头，让她觉得很带劲。二嫂没有虚言，最初下岗那两年，二哥在街上卖早点卖了八年，不知道花了多少力气才熬过去。

安华说："不过大哥也是倔，你说蒋奇现在挣这么多钱，他都说了不想让他爸开了，大哥还非得开，这是干吗呢。昨儿打电话的时候，蒋奇还让我劝劝他爸呢。"

"介（这）孩子也不懂事！"二嫂又说，"上回我就说了，你看不上你爸开车，可你爸要是不开车，你哪儿来的钱买房子，不都是你爸买的吗？蒋奇说：'那是我买的，贷款是我还的。'我说：'那二十八万首付谁给你交的，你自己凑得上来吗，没有那二十八万，你上哪儿还贷款去，等你攒够了钱，那房子早不知道卖几万了！'安华哈，你说这孩子是不是一点都没心？哦，自己上了外企了，挣了点钱就看不上他爸了。大哥他容易吗，一个拉大车的能把这首付挣出来，能是一般人吗？你二哥就没你大哥这拼命劲儿，要不然我们家也早好了。"

安华说："蒋奇那房子你去过吧？真是不错。"安华没接关于二哥的话茬，怕二嫂又开始埋怨二哥一阵子。二嫂和二哥是没完没了拌嘴的类型，琐屑之事相互之间却似乎总也无法一致。二嫂最喜欢抱怨二哥不着调、不上进、没脑子、没眼光，二哥反过来说二嫂没事找事。如果去他家，能被那不停歇的斗嘴吵得无法入眠。然而安华也知道，这种拌嘴表面上矛盾虽多，实际上却没什么隔阂，比起安华和丈夫这些年的不冷不热、大哥大嫂现在的貌合神离亲密得多。人间烟火，重的也就是这烟火二字。热的总是比冷的好些，哪怕是热的争吵，也比冷的强。

"去过！多好啊，那小区！"二嫂夸张地感叹。

安华突然想起来："对了，你下礼拜去塘沽，我二哥一个人在家？"

"嗯。他不还得值班了吗。"

"要是需要，跟人家倒倒班也行啊。"

"算了，他去了也麻烦，蒋英她婆婆还在呢。"二嫂的女儿蒋英和女婿沈光都在开发区工作，刚生了小孩，现在妈妈婆婆都围着小孩转，一起端茶倒水地伺候着。

"哦，那你去吧，"安华对二嫂说，"这两天让二哥上我们家吃饭去。"

"对了，兆林回家了是吗？"二嫂突然问。

"嗯，"安华心头一跳，但尽量显得自然，"回来三天了。"

"怎么样？行吗？"

安华犹豫了一瞬："那有嘛（什么）行不行的，就还那样吧。"

二嫂有好一会儿没说话："唉，你可想好了，到底要不要跟他过。要是接着过可就别离了，都这么大岁数了，折腾不起。要是过不下去，那就这会儿趁早离，别撑着。"

安华不想细说,只点点头:"我先看看吧,他这好容易回来了,先过两天再说。"

二嫂憋了好一会儿还是忍不住说:"我觉着你还是算了,当初你那么委屈。"

安华没说话。她知道这事儿闹得久了,不好收场。当初闹得比大哥大嫂的事动静还大,全家上上下下都掺和进去,最后事情过去,若又默默和好了,安华是有点不好意思提。

她向公车外看去,街上欢欣和美。大桥道糕点店门口又排起了队。女人们戴着毛线帽子和口罩,穿着颜色艳俗的长靴,手里拎着超市的塑料袋子,焦急而无所事事地等待着,似乎等待着某个未知的未来。

回到家里,兆林从卧室里出来,照例穿着松松垮垮的淡灰色秋衣秋裤,显得异常瘦弱,比她记忆中的他瘦弱得多,双手向两侧略微张开。回来三天,她仍然没有完全适应。他停在客厅一角问:"回来啦?"厨房透出的光斜射着,他额前头发的灰白颜色显得扎眼。

安华并不是很适应这样的招呼。十年间,她只有寥寥可数的日子回到家里能见到兆林。房间里出来一个人就已经是不寻常了,更令她不适应的是兆林清醒、温和、主动和她打招呼的状态。他的努力显而易见,而她对这样的温和无所适从。

两个人站在客厅两端,中间一地乳白色瓷砖,似乎谁都不想再向前一步。客厅是昏暗的,小屋门关着,厨房的光是仅有的光源,光线只照到地板三分之一,沙发上的报纸和衣服堆成分不清的一团,像小动物蜷缩着睡觉。她把手里的小包放到门口的桌子上,看到他动了一下,犹豫着要不要过来接应。安华琢磨自己此刻的感觉,她并不是尴尬，只是仍不习惯，不知道该用什么样的口气交谈，她不自觉地想到过去，冷战得没完没了的过去，此时的礼敬仿佛只是避免一开口就提到那些日子，她能感觉到他的变化——他的心气已经全没了；她也能感觉到自己身上的变化——她对一些事开始听之任之。这些变化让他们都努力变得平和起来，而越是这样，越不知道从何开口。旧日时光趁着寂静混入这晦暗的空气，在周围窸窸窣窣地浮动起来。

安华打开灯，白光充满了整个空间，视线终于清晰起来。

"见着你大嫂啦？"兆林问。

"嗯，见着了，吃了个饭。"

"她跟你大哥怎么样了？"

"也没怎样，还那样，打架呢。你吃了吗？"

"随便吃了点，不怎么饿。"

"那我再给你弄点什么？"安华向厨房走去。

"不用，早晨吃得多。"

安华进了厨房，看到早上留下的一锅豆腐脑、两根油条和一套煎饼果子都被吃光了。她心里想，倒真是吃得挺多的。兆林这次回家之后把酒戒了，烟也抽得少了，差不多一天两根，于是饭就吃得多了。这也是好事，安华想，多吃总比多喝强。她发现冰箱里昨天包的豆包少了两个，想来这就是午饭了。安华又坐上锅，想给兆林熬点白菜肉汤。

洗完手，安华回身看了看，兆林已经回到儿子的屋里，又看电脑去了。这次兆林回家，儿子已经不在家里住了，一天到晚只有他们两个人，显得很沉闷。兆林白天没事就打开儿子的电脑上网，浏览新闻，尤其是社会热点和军事要闻。安华没说什么，默默在一旁观察。她发现兆林变得很有规律，早上八点半起床，起来主动拿墩布拖一遍地，兴许是想表现一下对家务的责任感，之后就也不管其他事情了，泡一杯茶，坐在电脑前上网可以看一上午。那种单调沉稳像是变了个人，像是厌倦了一切之后余留的惯性生活。也或许是他原本就只是喜欢这些。她不知道他为什么能看相似的东西看一整天。她注视他弯腰端坐的样子，不知道这是不是他的本来性格。在和他生活三十年之后，她开始慢慢发现从前注意不到的地方。

中午吃什么？这几天她每天早上都会问他，然后去市场买菜。

"嘛（什么）都行，你看着买吧，我没嘛（什么）想吃的。"他总会这么说。

除了这几天，她上次给兆林做饭还是三年以前，再往前是六年前。其实她做饭很好，只是他很多年不在家。从儿子上高三开始，他就很少回家了。后来就完全住在上班的地方。她也不完全怪他，王拓上中学那几年她脾气不好，后来又得了甲亢，很多时候根本控制不住。儿子在学校又打了人、不交作业、顶撞老师，她被请了家长之后总要和儿子爆发一次，狠话说得她自己都惊讶，吵得楼道邻居都能听见，连带每天和兆林也兵戈相向。那段时间连她都已经累了，可是又停不下来。儿子恨她，她需要兆林，却说不出口，而他对她冷处理。后来闹得不行了，他就搬走了。儿子有时候去找他，不劝和，反而劝离。

安华知道，兆林说是住在上班的地方，其实没有班上，这几年只是自己做一点小生意。他确实有些不走运，最开始做的小本买卖蚀了本，后来跟人在县城做乡镇企业，进去的时候还算红火，等儿子上了小学就开始走下坡路，好长时间一分钱都没法往家里拿，反复挣扎了几年，终于宣告厂子败了，分家散伙，几个合伙人走了，只留下他一个。厂子变卖了大部分厂房设备，只留一个注册的空壳子，两台机器，搬到城市近郊租下来的平房小院里，生产一点装修用的涂料，产量不多，销量更不多，有时候要借钱过日子。那段时间，砖头直接裸露的红砖房、报纸封缝的木头框玻璃窗、灰黑色雨渍侵蚀的黄铜色写着厂名的牌子、经年不换床单的单人床、堆积着的预备给客户递上的烟，构成了兆林全部的生活。

有时候他也回家，吵得厉害了再回去。喝了酒的兆林会说很难听的话。犯了病的安华也会骂很难听的话，那些话现在她想起来都会不好意思。他对家再也不闻不问，钱没有一分，过问也没有一句，冷漠之处就好像已经恩断义绝。她知道他心里压抑。酒醉的时候骂几句，还算是有三分热度，只是这热度中，苦涩也大于暴烈愤怒。

安华知道他境遇不顺是症结，却也无计可施。中间这些年她自己也过得毫无头绪。起初她力劝兆林离开那个没有前途的作坊，早一点找个正经厂子，直到后来某天，她自己也下了岗，除了在街边炸素丸子什么活计也找不到，她才对他闭口不谈了。她没法给他更好的建议。他们几乎各过各的日子，对儿子的不听话，她喊过打过，毫无办法，兆林则听之任之，带着儿子一起喝酒。他没法给儿子什么指导。他对周遭熟稔，但对未来，并不比儿子了解更多。王拓帮过兆林拉过生意，大专毕业之后也说还要继续干，安华却不希望儿子步兆林的老路，陷在小厂的泥泞里浮沉。她希望他能上班——随便在哪儿，正经上班就可以了。

安华擦拭灶台，瓷砖台面上沾了一些不容易弄掉的油渍，灰黑色有点黏。她先用钢丝球，然后用毛毡布沾了洗洁精细细地擦。肥皂沫在台面边缘膨胀开，又化成水向水池里流，抹布抹净泡沫的时候有一种奇异的快感。台面很白。事到如今，她发现这根本不是原谅不原谅的事，而是孤独不孤独的事。她抬起头，向房间里喊："来帮我一下行吗？"

很快，她听到他趿着拖鞋出现在她身后，茫然发哑的声音：干吗？

安华去办离婚那天没有带结婚证。当时儿子劝、朋友劝，让她动了离婚的心，找来一纸协议让兆林签了字。别人都说五十多岁还不老，完全来得及再找个靠谱的人。她也起了意。到民政局的时候她在路边的长椅上坐下来等兆林，想再把思绪捋清楚。槐树在头顶上隔着光，晒得她出汗。有个老太太带着女儿和其男朋友，来领结婚证，也在身边坐下来，为了要不要照五十块钱的纪念照争吵起来，老太太干瘦的屁股一点点往左边挪，挤到她身旁，争执得声很大。她站起身，在路边走来走去。卖鸡蛋灌饼的车上散发出油腻的香味。太阳有点浑浊。兆林还没来。她低头随手翻动包里的东西，对自己说一定要把程序安排好。查检材料的时候发现忘带结婚证了，她几乎是如释重负的感觉。她一边责怪自己早上出门时怎么这么粗心，没再查查，另一方面却体察到一阵深藏的轻松。她不想承认后一种感觉，于是故意大声责怪自己太丢三落四。她告诉兆林不用来了，一个人坐车回家。她那时候才真知道了自己的心，于是后来再也没提这件事。兆林本不想离，自然也没有再提。

决定不离婚时她做好了准备，也许兆林这辈子就不回家住了，她也再也别想再找别人。但她知道她不想离。一个人住就一个人住，不过是空荡荡自由，谁又怕了……

就在二嫂去塘沽之后的第三天凌晨,睡眼惺忪中,安华接到老同事的电话:"快点来,你二哥昏倒了!"

"什么意思?"安华吓了个激灵,对着电话心急火燎地问。

"可了不得了,今儿早晨他下班的时候,一个趔趄昏倒在大门口,这会儿他们弄着给送到医院去了。"

安华立刻醒得彻底,穿上衣服裤子,拿上家门钥匙,又数了几百块钱,蹬上自行车就去了医院,一路上心里发慌,捏闸的手也出汗而发滑,几次拐弯都差点蹭到马路牙子,堪堪避过。所幸医院不远,十几分钟就见到急诊的红字。

跑进厅里,一眼看到二哥蒋安乐昏迷着躺在左侧走廊一张活动的病床上。病床靠着墙壁一侧,床边立着一支金属杆挂着打点滴的吊瓶。

安华的老同事坐在塑料椅上,正在看手机。他告诉安华,她二哥早上下班的时候,头脑有点不清楚了,走路晃晃悠悠的,嘴里说着我要去上班。别人跟他说,下班了,快回家睡觉,他不承认,口齿不清地说马上就到晚上了,他得去上班。再走几步,人就栽倒了。停车场的其他保安给他搀起来,拍着脸叫他名字,他没反应,一量体温,烧得已经吓人一跳了。小保安不敢胡乱搬动他,就平着抬上一辆出租车送到了医院,打车和诊疗费都垫付了。安华问小保安哪里去了,老同事说他还得上班,赶回去了。安华对老同事千恩万谢,许诺要请客答谢。老同事摆摆手说这就罢了,自己也没做什么,无功受禄不好意思。

"不过,有个事儿我得跟你说,倒也不一定是真的,你就听着点,心里有这件事儿就行。"老同事又犹豫了一下,琢磨再三,问道,"你二哥是不是脑子有毛病了?"

"啊?"安华哑然。

"他吧,上班好几个地方都有问题。一是迟到了不止一次,二是有两回让人看见他睡觉,还有一回弄丢了一张出门刷的卡,非说人家没给他。还有的时候单位人跟他说话,他也反应慢,就跟听不懂似的。"

安华心里咯噔一下,先是吓着了,有点蒙,然后冷静下来觉得不大可能,可还是惴惴的。二哥比她大三岁,今年也五十九了,年岁大了脑子不好也正常,只是不知道是什么尺度上的不正常。到底是二哥性格粗疏,犯了小错误,还是脑子真的有了问题?这可怎么是好。担心之余,她心里也有几分过意不去,现在二哥这份工作是老同事给介绍的。夜里停车场的值班,就在老同事他们单位。二哥二嫂这些年做过好多零工,给人擦车、清晨卖蒸饼、送报纸,几乎是有什么活儿就做什么。虽说现在女儿蒋英和女婿在开发区的工作很好,一家人总算衣食无忧,但二哥也还是不想处处受女儿女婿施舍,多少想做点事情。这差事能谋到也不容易,老同事当自己亲戚介绍进来的,也算仁至义尽。

"唉,我二哥这人,天生就大大咧咧。"安华解释的时候,自己也有点心虚。

"没事,我就是提醒你注意一下。"老同事说。

"嗯,是,知道,真是不好意思。"

安华问了医生,知道二哥性命无碍,暂时只是发烧,但急需进一步检查,忙给二嫂打电话。天刚蒙蒙亮,二嫂在电话里的声音还是昏昏沉沉。安华说得尽量轻描淡写,只说是发高烧,让二嫂赶快回来，连晕倒都没敢说。她一边说着，一边望着医院大门，从迷蒙的天光里仍有进来的人，陆陆续续，从路的亮光进入大厅的暗中，相互搀扶，目不斜视，等到离得近了，能看到每一张脸上的痛楚。偶尔看到令人心惊的画面，两个人架着一个人，被架的人头歪向一边，像缝在脖子上却没有缝好一样，毫无力度地晃动着，头顶的血迹仍然逐渐由内向外，晕染在包扎的衬衫上。安华看着，会停下来忘了说话，听筒对面二嫂的声音嗡嗡变成背景。一个小年轻躺在病床上从她身边推过，嘴里说着等我回老家叫点人，给他点厉害看看，说到一半被他身边一个中年人喊了闭嘴。她看到源源不断相似的患者，外形各异的人从街头巷尾汇入同一道门，沿着同一个方向，在同样的黑色楼道里张着痛苦嘶叫的嘴。

挂了电话，安华找医生开了各种检验的单子，交了钱，看着护士把二哥推入检验病房。二哥歪着头，眉头还是皱着的，下嘴唇向一边咧开，似乎口水随时会流到脖子里。但他的脸还是赤红色饱满的，生命的能量似乎仍然在体内蓬勃，只是错乱，并没有衰弱。她目送病床缓缓进门，忐忑略微平息了些。她觉得二哥二嫂这一辈子似乎永远过不上一天踏实日子了，困境仿佛早已经安排好，在时间上一重接一重，按部就班地到来，既不重叠，又不给你一点休息的时间，每一次铆足劲儿憋着气想着熬过这一段时间就好了，也就真熬过了，然后一口气都不带喘，就又开始熬下一段。他们根本不用去想接下来该做什么，就把一段接一段的困境都熬过去了，人也就差不多到头、该走了。

安华把老同事送出门去，挥手道谢："太麻烦您了。"

当蒋安乐醒来的时候,他看到女儿蒋英正坐在床边,声情并茂地跟人说话,仔细看看,对面站的是安华的儿子和儿媳王拓和赵洁。

他微微转动着眼睛,感觉眼珠还不是十分灵活,眼角发涩,转动和闭眼都有一点刺痛,眼前也像是蒙着一层雾气,怎么眨眼都摆不脱的。他静静等着,等雾气晃着晃着一点点消失。等待的过程漫长无味,他没有动,身体也还处于苏醒的僵硬,头脑几乎不动。他看到灰白色的铝扣板吊顶和支架遮挡的白炽灯,看到身边高高立着的吊瓶,看到房间里的其他三张床上躺着的衣衫不整的老头。他闭上眼睛就看到梦,梦在额头前方的黑色空间里晃动着,越晃越淡弱。每次睁眼都是与梦的一次离别。

蒋英正在教育王拓,说得激动,几乎要哭了:"回去你也好好照顾我姑姑姑父,这人说老就老,一不留神就没时间了,我爸这次生病之前,我也没觉着什么,他这一下……我可是真的怕了。"

赵洁一看蒋英的样子,赶紧笑了笑,用手指尖轻轻碰碰蒋英的肩膀说:"没事没事,大夫刚才不是说没危险了吗。"

"你不知道,"蒋英说,"这次是大腿血管里的血栓脱落了,这种是最危险的,血栓脱落了在血管里走,要是万一走到大脑里,堵塞了,人就脑栓塞了,一下子就完了,我想都不敢想。原先没觉得我爸老了,这次突然一下子……我一下子觉着我爸妈他们都老了。王拓我跟你说,你回去好好照顾你妈,没事就带她去做个体检,听见没有!"

安乐躺在床上,觉得将英像个老师,她说话爱讲道理,不当老师真是可惜了。

"嗯。"王拓模棱两可地说,"行行。"

安乐觉得渴了。刚醒的时候没觉着,躺了一阵子,嗓子就开始向他索要关注。火辣辣的刺痛,像有一只手使劲揪着他的喉咙,使劲往一边拧,咽唾沫也不管用。

"有水吗?"他问。

蒋英吓了一跳,赶紧扭过身子:"爸,你醒啦,啥时候醒的?怎么也不说句话。有,哎,那个保温杯呢?"她有点手忙脚乱地搜索,赵洁也帮她,把床头柜上拥挤堆着的水果、饭盒和毛线围巾挪开。她找到那个银灰色的水壶,拧开盖子翻过来,按下水壶中间的红色按钮,冒着热气的开水汩汩流出来。水倒出来太烫,蒋英晃动着壶盖用嘴吹。

安乐又闭上眼睛。梦境几乎消失殆尽了。这让他心里一阵失落。他闭着眼睛转动眼珠,似乎这样就可以在光斑捉摸不定的黑暗中重新把那画面找回来,可这注定是徒劳的。残缺了消失了,色泽褪散了,湖水芦苇和沙土都不见了。

来,喝水。蒋英过来扶安乐的脑袋。安乐要坐起来,蒋英不让,用手坚决地把他的上身压住,让他只是抬头将够到杯子边沿。别起来,这会儿还不能坐呢。

安乐喝水的时候呛了一下,咳了几声反倒精神了,人也突然清醒了,想起了梦的大半。他很兴奋,伸出手挥了挥,把水杯推开,在空气中抓。他很想抓住点什么东西,能帮助他把这种感觉记下来,很担心过一会儿晃一晃脑袋就又忘了。那感觉太轻微了,就像一阵气味在面前飘浮,说消失就会消失的。可是无处借力啊,他有点着急。他想寻求帮助,可是蒋英和王拓赵洁只是呆呆地站在床边,不知道他要做什么,表情探询而又茫然。

"我又梦到内蒙古了。"他微微笑了，对他们说。

"哎，你吓死我了，我以为你要说什么呢。"蒋英长出了一口气，嗔怪地说。

"这回天气倍儿好，我们去跑马了，跑了一整天，晚上看见云了，就跟那天咱那次看见的差不多，你还记得吧？有一块云就跟大鳄鱼似的，你当时不也看见了吗。"

"快少说两句吧，"蒋英拍拍他的额头，"你才刚醒啊。"

安乐转头对着王拓和赵洁说："那边现在空气倍儿好，蓝天白云的，可不像咱这儿，灰了吧唧的。"

不知道是真的感兴趣还是客气，赵洁微笑着问："您是去您插队的地方看啦？"

"啊，是啊，就今年六月份。"

"还找得着原来那些人啊？"赵洁问。

"那可不。还在原来那儿住着呢，房子可走不了。那还是当初我们亲手盖的呢。"

王拓哑然失笑："嚯，那可够有年头了，那还能住吗？"

"可不嘛，三十年了，还结实呢。"安乐很高兴，"下回你们也去看看。人家过得也挺好的，我那老战友家养了五十只羊、两头牛、五头猪呢。"

"五十只羊？那可不老多的啊。"王拓说。

"人家在城里有工作，也有退休金。现在是老了又回村儿里住，养着就是自己玩玩。"

安乐说着挣扎着要坐起身来，给王拓和赵洁找手机里的照片看。蒋英连忙起身阻止了。她有点生气，父亲的欣悦和病房里的紧张肃穆格格不入，父亲口中念念不忘的老地方又是她不想提起的，她还气恼父亲不顾自己的身体，让别人的忧虑都化为泡影。

"你就不能老老实实待一会儿吗！"她帮安乐把被子角儿使劲掖了掖。

"那你帮我把手机拿过来。"安乐说。

蒋英犹豫了一下，父亲不依不饶的劲头像个小孩子一样，专注而不讲道理。她想说不，但最后还是妥协了。她把手机递给安乐，安乐从被窝里伸出手，又不敢全伸出来，只用几根手指头捏着屏幕，皱着眉头认真地盯着。

安乐一边找一边说："我惦着今年六月去住几天。"

蒋英一听更气了："那破地儿有嘛（什么）好住的？去了你就受不了了。"

"就住几天，又不是老住着。"

赵洁讨好着说："内蒙古那边现在也是旅游景点呢，我们同学净有去坝上草原玩的。"

"我们那儿倒是没嘛（什么）草，"安乐说，"不过有湖，现在也好多旅游的，空气好。"

"好好好，"蒋英说，"那边好，那你当初怎么不留下呢？还回城干吗呢。现在说得挺好的，那也就是你只去一大。你要真留在那儿试试，你看你现在还说不说好。"

"嘿，我又没说要住一辈子"。安乐觉得蒋英大惊小怪。他不就是想去旅个游吗。他终于把手机里的照片找出来了，举起来拿给王拓和赵洁看："你们看那云，像不像一条鳄鱼？"

王拓和赵洁接过来，传递着看了。

"还真像。"赵洁夸赞道。

安乐的眼睛跟着手机，从一只手转向另一只手："我从十七岁到二十七岁都在那儿，十年啊。我现在做梦还总梦见那儿。"

安乐说着，将梦里的镜头重新回顾了一遍。说来也奇怪，刚才有些模糊的记忆随着说话却又一点一点凝聚起来，或许是因为看了照片的缘故，也或许是因为言语能调动情感，情感又能唤起回忆。他重新看到了梦里的芦苇荡。单调、广阔的水面，湖岸边环绕干枯的芦苇，远处是灌木丛生的小山坡，能看见羊群在山坡上像云一样横向移动。他们只有很少的时间去湖边，有时候游泳，有时候在水边打水漂。他们那时候全都精瘦精瘦，赤着上身看到的全都是肋骨，随着胳膊的动作一凹一凸。但那样的时间真的很少。大部分时间还是得干活儿，什么农活都干，要说苦，那也是真苦，最开始晚上都是住马棚，连被子都没有，后来他们自己盖了房子才有地方住。可是即便是这样也不妨碍他常常想起那个地方。他觉得那不是怀念、喜欢或者什么，而是你不能不想起来。那是他唯一的年轻的十年，他并没有好几段二十几岁，可以随便选一段回忆，也不能只回忆三十岁以后在城里的日子而故意忘记二十岁——实际上三十几岁在厂里的日子也没好到哪儿去。那些记忆就在那儿，他一闭眼就看见。他能明白蒋英和秀芬为什么不想让他再去那儿，甚至一说起来她们就生气——蒋英是在那边出生的，差一点就没能回到城里——她们定是以为他不想回城，并对这种想法深感愤慨。但是他不明白她们为什么不让他回忆。他只是想想而已。那段日子是糟糕得不能再糟糕了，可那又不是他的错。所有的日子都很糟糕，难道什么都不能想了吗？

他想起在草原上骑马，风在耳边缭绕，像马鞭一样在四周旋转飞扬，轻捷而凌厉，速度兜起他的上衣，衣襟包裹着身体像翅膀一样向后飞去。六月的草原有羞涩的绿。

那一年他不知道还能不能回城，心烦意乱的时候他就想法去跑马。很多年后，当他跟着女儿女婿的车回到故地重游，敲开当初亲手建的小平房，发现一张认识的、只是皱纹像雨天泥泞一样蔓延的脸。他怔怔地说不出话，那是他的老战友，河北人，落了户就再也没回家。他双手抓住老朋友端着盘子的双臂，因为想说的话太多而哑口无言。他不能忍受小辈人对此随意鄙薄，因为在他内心深处那也是他自己的一部分。

"你养了这么多羊啊！"他悲喜交集地对老战友说。

安达听说二弟安乐生病住院的事，取消了最后两趟活儿，提前往家赶。他拉的是去广东的长途，并非一天能赶回，得到消息又是在去程而非回程，更要多耽搁两天。安达心里担忧，一路上电话不停回拨，手机也不关了。妻子的电话倒是趁着这当口接了几回。

三天之后听说安乐没事了，安达的心才放回肚子。他已从广东开出来，开到南昌附近，正在找地方休息。人放心了就感觉出饥饿，正如紧张过后是巨大的空虚。他把车子停下来，在停车场外边的小马路上找了一家小馆子。

小馆里人不多，除了他，只有两桌在吃。六七张长方形木头桌子，桌子上铺着那种很薄的塑料布，随着门口的风一阵阵飘扬。桌子上有白瓷碗扣在白瓷盘上，一个半弧形吧台背后坐着低头看电视剧的服务员，架子上放着蒙了尘的茅台和四特酒。他坐下来，一个平头矮个男孩过来给他点菜。菜单只有三页，用圆珠笔写着十来样热菜和几种凉菜，他点了个米粉肉，一个家常豆腐。男孩干脆利落地写了菜单，拿来一小桶米饭。

安达吃了几口，又唤来男孩，要了一瓶四特酒。晚上不再走了，他想略微放松一下。这一阵子心里惦记着安乐，紧张得其他事情都不挂怀于心了。

白酒下肚几杯，他开始想到从前的事。他发现人老了头脑不好都是指记不住新鲜的事，但是对从前的事反而越记越清楚。他记得安乐腿上的毛病是在内蒙古落下的，刚回来的时候，安乐冬天犯了好几回风湿。安乐的神经一直很粗犷，有时候疼得紧了，也只是睡觉硬扛着。那时候安乐又黑又瘦，一说话露一口白牙，看上去似乎比离家时还瘦小。他好久没住在家里有点不习惯，晚上去楼道里上厕所的时候竟然会走错方向。他成为家里格格不入的插播。安乐一回来，筒子楼促狭的两个房间立刻变拥挤了，里外套间，各自十来平方米，住五口人，小时候并不显得憋闷，现在两个二十几岁的大男人在家里，辗转腾挪都变得不够了。

安达心里一直有点过意不去。安达本应该下乡，但他留在了城里。当时是全家商量了，觉得安华还小，家里不能没个儿子顶事，谎报了安达身体状况，办了个残疾证，写的是跛脚，但还能工作，即所谓的"残而不废"。为了显得真实，安达装了好几年瘸子，长短脚，走路一歪一歪。那段时间他很屈辱，不得不每天刻意假装，每次遇到别人的质疑和讪笑，就报以傻笑。他讨厌这样，但他也没办法。他装了四五年。最初给他分配到补破鞋的地方，他心里觉得窝火，气得厉害，可又不敢表现出来，后来花了点钱托人，办进一家服装厂，才算是有了份正式工作。安乐从内蒙古拖着脚回来的时候,安达已经能挣三十块钱了。他和安乐从来没有正式讨论过这件事,安乐也从来没有对比和抱怨过。安达不知该怎么说,他只是有时候觉得过意不去,又觉得讽刺,他装瘸子却不是瘸子,安乐健健康康走出去,却双脚伤痛走回来。他知道这就是老辈人说的"命"。

突然有人推开小饭馆的门,呼啦啦带起一阵冷风。进来的是两个戴着大檐帽的人,从推开一瞬的门缝能看到外面还站着两三个人。大檐帽站在门口,目光冷淡地环视了一下。前面一个人稍老一些,鼻子很大,踱过来,眼睛从安达身上转到另外一桌的两个小年轻身上。他经过安达桌子的时候似乎停驻了一秒,但却没有真的停留,走向吧台,低声向点菜的男孩询问什么。他用手在耳边比画,目测是在说一个人的身高。另外一个"大檐帽"站在店门口,两手都搭在腰带上,身体站得慵懒,表情却警觉。

安达注视着和男孩说话的"大檐帽"。他头脑里出现了小时候的夜晚,突然有人推门而入的夜晚。回忆中的画面也模糊摇晃,似乎仍含着童年时的恐惧。不是每个夜晚都会出现这样的时刻,但是大多数夜晚都得提防这样的时刻。进屋的人有时候有明确的目的,有时候却只是满屋子打量,一言不发。那些人和他那时差不多年纪,但威严撇着嘴的样子却仿佛三四十岁的人。他们会先念几段语录,然后开始问问题。安达清楚地记得,有一次安乐下午从爸妈厂里拿了一把核桃回来,晚上就有人闯了进来。他吓坏了,不知道他们是不是来索要那把核桃的。核桃就在厨房的案板旁边放着,他不敢去藏,又不敢不去藏。最后趁他们搜里屋的时候,他迅雷似的溜进厨房,将那十几个核桃轻轻推到墙根的白菜堆里,不敢扔到簸箕里,怕被人看见，也怕弄出噼里啪啦的声响。他青绿着脸站在厨房门口，惴惴地默念老天爷保佑。房间里昏暗的小灯照着墙根边纳鞋底的母亲的脸，半黄半暗，母亲显得分外忧愁。

后来他才知道，那天晚上那些少年是来索要交代材料的——中华人民共和国成立之前父亲出身富农，需要足够深刻的检讨和认识才能通过批斗。那段时间安达见过父亲写。当天父亲还没写完，头上挨了几个"大枣"。这些细节安达没见到，心里只想着那把核桃。第二天下午，安达惊魂未定，把那些核桃分给安乐和安华，三个人出门的时候分别丢掉，他们偷偷把手缩在袖子里，不让人看见，走几步轻放在地上一颗——不能丢在一起，会被人看到的。

"大檐帽"和柜台边上的男孩说完话，点点头，又扫视了一圈就准备撤了。经过安达桌边的时候，仿佛不经意地问了句：拉货车的啊？

安达迟疑了一下，掂量着这问话的意思，最后还是简单点了点头："嗯。"

"拉什么的啊？"

"洗涤剂，北京发的货。"

"看您岁数不小了啊。"

安达心里提了起来，他尽量不动声色地说："五十八了，再拉两年不拉了。"

"大檐帽"点点头，没再说下去，竟然都没查他的驾照就匆匆忙忙离开了。他们走得果断，出门的时候都没再回头看一眼。

"大檐帽"出门之后，安达趁男孩给他续茶水的时候问他究竟是怎么了。男孩撇了撇嘴，声音既无所谓又带着点警示的意味："前些日子有人在市里抢劫，扎死个人，没逮着，这不正四处盘查嘛。"

"哦，扎死什么人？"

"一个女人。还有一同伴扎伤了，没死，跑了。据说就是抢劫，但没说两句话上来就扎人。那人是个中年男的，四十来岁，个头不高。这两天城里好几个地方有停车检查的。听说那人是对社会不满，趁着最近省里开人大，故意闹事的。市里都没声张，也没通缉，就让交警私下查。我也是今天上午听一出租车司机说这事儿来着。"

"哦。"安达有点明白了。具体明白了什么他也说不好。开车在外面，见过的糟心事太多，能不问他就不问。他于是只是叹息说，"这人啊，逼急了什么都干得出来。"

男孩撇撇嘴，带着纯稚的严肃："现在的人真是越来越坏了，您说是不，我记得小时候还不这样呢。钱越多，人越坏。"

安达摇摇头说："唉，什么时候都一样。"

男孩没有再说什么。

安达想起小时候去他家打人的人。那股狠劲儿怕是现在的劫匪都远远不如。这倒不是说现在的劫匪有什么借口，只是说暴戾这件事恐怕几千几百年也没变过。唯一的差别是那时打人的是有指示和撑腰的。现在想想，那时节自杀的人是真多，尽是伤不了别人只能伤自己的。尸体就在海河上漂，从金钢桥跳下去的，从狮子林桥漂上来，从狮子林桥跳下去的，从大沽桥漂上来，从大沽桥跳下去的，从解放桥漂上来，最后每座桥上都有人跳下去。海河里堆积得没法行船，船工本来是送货的，现在每天拿钩子从河里钩尸体上来。

他忽然想跟人说说话。不是想说什么内容，只是想说话。他心里压得难受。男孩听到他发出声音，又站住了，手里歪了盖的瘪嘴铁壶放回桌上。安达回忆着,那些画面萦绕,自己的身体都觉得疼。

"原来我们那有一个老头儿,"他说,"老头曾经是小房产主,算是近似于小地主吧,'文革'时因为成分不好,总是被批斗,最后活不下去了,就想死。他就把几个儿子都用麻袋套上头,在桥上,用斧头一个一个全劈死了,然后自杀。"他听到男孩嘴里发出倒吸一口凉气的嘶嘶声,"还能为什么?受不了了呗。活不下去了。"安达说,"那个时候折磨人的办法可多了,你是没见过,把人两手掰到身后,所谓大鹏展翅,然后用细铁丝挂着筐子吊在脖子上,筐子里一块一块放上砖头,细铁丝就那么一点一点勒到人的脖子里……"

安达也不知道他为什么说这个,为什么想起了这个。他只是又想起父亲原先夜里的脸。父亲有时候夜里会坐起身,睡不着,对着窗户发呆,没有表情,人怔怔的,像是处在梦游中。他偶尔夜里醒来会借着月光看到父亲的脸,微弱的亮光中,父亲原本就瘦的凹陷下去的眼窝和颧骨下的面颊阴影十足,让人心里一紧,又是害怕得难受。他那时候不敢起身惊扰父亲,却又吓醒了,就半闭着眼睛感觉父亲的姿态。他哆嗦着求老天爷让一切快点过去。父亲一直沉默着度过每一天,直到"文革"结束,才像精疲力竭般死去了。

这时,小饭馆的门又被推开了,门口又出现刚才的那两个交警,见到安达还在,问他:"停车场上那辆蓝箱大车是你的吗?"

安达小心地点点头。

"超重了吧,出来跟我们验一下。"

安达知道,他们不可能从车的外观看出超重,但他知道也不用问他们为什么。

他看了一眼身后的小哥，站起身来。小哥耸耸肩，表示这种事常有谁也没办法。安达交了饭钱，跟着"大檐帽"走出小馆。他摸了摸口袋，一千块现金在屁股兜里方鼓鼓的。他心里没有太大波澜，只觉得小饭馆外黑漆漆的夜望不到尽头。

安华跟在丈夫兆林身后，向小公园走去。这是安华第一次觉得两个人回到了生活里。

她和兆林一前一后，起初是下楼梯时这样走，后来到了马路上还是一前一后。兆林走得有点快，走一会儿就不知不觉把她落下了，他能察觉到这一点，停下来回头等她，但不会等她完全跟上来，他就又开始走。他并非不理她，等她的时候他会问她还行不行，累不累。但他好像是赶路的脚夫，虽然会照顾着体弱同伙，但不会改变自己的节奏。她不知道其他夫妻出门的时候是怎样走路的，会不会像他们一样手足无措。她极少见到老夫老妻像小年轻一样手拉着手，仔细想来，甚至平时很少见到老夫老妻并肩出门。周围认识的和见到的人差不多都是分开的，丈夫买菜，妻子买菜，丈夫和同伴去喝酒，妻子和同伴去购物，如果一起出门，必然是和孩子在一起，似乎从某个时间节点开始，丈夫和妻子成为完全独自活动的单元。她想象着其他夫妻在此时此刻的样子，会边走边聊天，会相互不说话，还是一人说一人听呢。她没有叫住他，任由他走在前面，她跟在后面，事实上，这样也好，如果他们肩并肩像约会一样散步，她反倒会因为不知道要说什么而显得尴尬了。

他们一前一后经过一连串喧闹的门脸儿。新盖起来的底商，玻璃店门开敞，堆放着五十岁女人穿的便宜衣服、仿名牌的毛边靴子和整箱牛奶饮料。购物的人们从他们身边匆匆经过，谁也没有注视谁的脸。小店过后是一座超市，门口正搭着手机促销的台子，有人拿着大喇叭朝底下围观的群众喊着话，让下面稀稀拉拉而嘲讽的喝彩再大声一点。如果不是这个傍晚和兆林一起走过，安华几乎不会特别注意这些人和事。平时每天从这里走过，心里念着猪肉、花椒、牛奶、洗洁精，很少会抬眼打量水流一样聚散的人。这一天因为注意着兆林，顺带着注意了周围每个人脸上的表情。

安华不知道为什么兆林会开始打太极拳，这完全不是他年轻时的风格。年轻时他几乎看都不会看一眼，即使看到有人打，也只会说"咳，那有嘛（什么）意思"。自从兆林开始打太极拳了，她是真的相信他回家了。她跟着他去看过一次。小公园里，一个约莫六七十岁的小老头穿着灰色绸子对襟上衣，黑布鞋，站在花坛前，脚底下放着一个笨重的卡带录音机，一边做示范一边顿挫着念出口诀。当时的兆林站在人群最后，左一下右一下跟着人比画，动作虽然韵味不足，却也一板一眼，既有快速推进，也有突然而然的凝滞与停顿。安华看呆了。

他们一前一后从小公园门口齐腰高的旋转铁门走进去。假山前的音乐声已经可以耳闻，慢悠悠像拨弄水面一样绕着树枝飘过来。中间是一条笔直的小路，两侧是干枯稀疏的草屑和歪斜着写着五脏六腑保健知识的小木牌，叶子掉光的槐树枝杈弯曲扭结，裸露着遒劲姿态，远处的松树叶子上蒙上了一层灰，也有黯淡苍老的感觉。人们的面容倒是欣悦的，似乎不被枯枝打动。三个中年女人携手走在一起，头上戴了毛线帽子，穿着灰色和彩花羽绒服，说话很大声，在安静的小花园里声音有种被放大的效果。

"人从四十岁活到七十岁之间……"在她们散步的鹅卵石小路两旁，有彩色运动器械和供人休息的石桌石凳，有一桌四个人在打扑克，旁边围着一圈人专注地看。看的人专注，打牌的人专注，就和散步聊天的人一样专注，有的眉毛挑上去久久不落下来，有的把牌拉远看的时候皱着眉头。安华第一次觉得这个地方如此安宁。王拓小时候，她几乎每天都要到这里来捉他。他天天在这儿跑，跟人打架、玩弹球，有了钱就去花园北门的游戏厅，她永远需要带着急迫和怒火穿过这片树丛，在假山的石头缝里搜索他的耳朵。然而此时的它竟然如此安宁。

兆林在经过假山时又一次停下来，回头看看安华跟上没有。

"哎，待会儿你要是不愿意跟我打太极，那边儿也有练扇子舞的。"兆林说。

"没事儿，我跟你打。"

"太极太慢，没劲，我怕你着急。"

"你不是挺爱打吗？"

"我性子多慢啊，你够呛。"

安华几乎要反驳说，嘿哟你的性子还慢，你最急躁了好不好，在最后一刻却生生没有说出口。

如果兆林说自己性子慢，那起码是一件好事吧。她脑中滑过很多从前吵架的片段，混合在一起。她也想不起来他们是为什么吵，自己脾气大是一多半理由，但兆林一言不合摔门而出也是毫无疑问火上浇油的因素。他不爱跟她唠叨，可是他也没有容忍她的耐心。可是此时，他非常自然而顺理成章地说自己性子慢，还咧嘴笑了，如此自然，语调里并没有讽刺的意味，就像是他一辈子都是这样对一切毫无所谓。那还说什么呢，她想，能到这一步就已经不错，又何必再管是怎么到的呢。

打拳的人已经开始了，兆林走过去，在后面跟着，动作差不多都记得。安华试着跟上，总是慢两拍，还不能协调。兆林却是极专心，左手向左上方拉去，右手向右下方平推，两手都是半弯成弧形，手指微微张开而又不过分松弛，像把空气揽到自己怀里。

安华看着他身上流露出的气息，觉得极为陌生。她也说不好那是什么气息，似乎是一种万事不挂怀、自顾自地投入，也似乎是一种心不在焉。她觉得极不熟悉，却很愿意接受。也许是彻底无所求了。

安华也尝试跟着练。她也想关注自己怀中的空气，却仍然心不宁静。

要练太极剑吗？有一个大娘走到安华身边问。

安华愣了一下。大娘说她老头儿是教太极剑的，正在准备开班，不收钱。她说着从一只绒布袋子里掏出两柄银闪闪的长剑，虽没开刃，但剑身笔直坚细，显得锐利十足。大娘穿着紫红色棉袄，面色也润泽，脸颊两团冻得发紫的红润，与棉袄相得益彰，看起来健康结实。她用手捋了捋剑的表面，夸赞这剑的好处。见安华犹豫着，又把剑垂下来，从兜里掏出一张折叠起来的绿格子稿纸。

纸上有几句诗，大娘见她感兴趣，就积极地开始读。安华低头去看。大娘读出声。大娘的声音刻意跌宕和顿挫，安华听着，心里忽地被触动了。

自信手中不见强与力，
自由心中一片和与平；

逆来顺受空虑见丰盛，
同步化生平；
无路处自有天地，
动与静，颓对盛，
随缘入世，一冲出世，无情亦有情
随缘尽兴，不争不胜，无情是有情

安华仔仔细细一个字一个字看着。它竟然说中她的心事。啊，好啊，她喃喃地说。然后她掏钱买了剑。

当蒋英抱着小孩进门的时候，客厅里已经聚集着不少人。

"喔，这么热闹！"蒋英喜气洋洋地说，"姑姑！"

安华从客厅里出来，双手沾着面糊，指了指墙角的鞋柜说："自己找拖鞋啊，我不管你们了。"

"好嘞。"蒋英把手里抱着的宝宝放到地上，弯腰从木头柜门里找出一蓝一红两双拖鞋，给身后的老公沈光一双，自己换上一双。蒋英的短发利利索索，刚烫卷了，细碎的小卷盘踞在头顶，一笑或晃脑袋小卷就全在晃，晃得像风吹过的槐树叶子或是此起彼伏的铃声。蒋英长得漂亮，大眼睛，高鼻子，五官立体，是那种凌厉而飞扬的好看。沈光一看就被是要听蒋英主事的。他胖胖的脑袋顶上已经呈现了秃顶的最基本症状，发际线几乎退到了额头，耳朵上方一周的头发也是稀疏发黄，但他皮肤白又锃亮，滋润得像热气腾腾的豆腐，因而并未给人衰弱感，而只是人到三十的油脂旺盛。

"爸，妈，姑父，大妈！"蒋英一一招呼。她的父亲母亲安乐和秀芬、姑父兆林和大婶丽晶坐在沙发和餐桌边上,都微笑着点点头。安达不在,儿子蒋奇站起身迎他们,叫了声姐夫,接过沈光手里的东西,两个人就默契地去阳台抽烟了。蒋奇比沈光高出半头,人长得又俊朗,通常显得比沈光精神得多,但这天却面目消沉,眼角的弧度低垂着,皮肤也显得略黯淡,不比沈光慈眉善目的喜气。两个人离开,大人们接着唠家常。蒋英问大伯安达怎么没来,丽晶说他还在路上,还得先去卸货,不知道今天赶不赶得回来。

"除夕还没回来?"蒋英惊讶道。

"说的就是呢!"丽晶撇撇嘴抱怨着。

蒋英抱着聪聪进了表弟王拓的房间,把小孩放到地上,让他和小表弟闯闯跑着玩。聪聪一岁零六个月,比闯闯大三个月,两个小孩没见过几次,但不认生,相互摸了摸手和肥嘟嘟的脸,凑近闻了闻,就算建立了小动物一样的亲密关系,认定了彼此不是敌人。两个小孩在床边站着,也不发出声音,只是把床上长手长脚的绒布兔子摔过来摔过去,在这重复的动作中,小孩的脸上露出满意的微笑。

蒋英和王拓、赵洁交流了一会儿带小孩的经验,吃什么饭,怎么做,奶粉还要怎么加。说了一会儿,安华从厨房出来,也来到房间。蒋英兴起,把聪聪抱到身边,让他给安华背诗:"白毛浮绿水,下面是什么啊,乖,聪聪,给姑奶奶背一句。"

见聪聪还是捏着那只可怜的脑袋掉了一半的小兔子不放,心不在焉,蒋英干脆把小兔子接过来拿在手里,晃动着对聪聪说:"聪聪说这是什么啊?"聪聪嗫嚅了一阵,终于答了:"兔子。"蒋英心花怒放,又问:"兔子用英文怎么说啊?"先是许诺给吃的,又威胁说要把小兔子拿走,最后终于听到聪聪小声挤出来一句轻盈婉转的"rabbit"。

"哎，对啦！"蒋英大声夸道。赵洁也附和着喝彩。

王拓一直惊奇地看着。"哎呀妈呀，这孩子太可怜了！"王拓大声叹息。

蒋英笑着瞪他一眼，说："小孩就得从小教英语，他要是养成了双语的习惯，那长大了再学英文就不费劲，小孩都聪明着呢，你以为小孩学不会，其实你跟他说什么他就能记什么，真的。"

"太可怜了，"王拓又摇着头说，"快赶上我小时候了。"

安华不由得气笑了。长大后的王拓仍然记得她的种种不好，总是抓住一切机会向人展示安华对他的压迫。他说得态度认真，但语气戏谑，孩子气，让人又好气又好笑，却没法与他较真。

安华笑着问："哎，蒋英我问你，你们家小孩断奶了吧？"

"断了啊，八个月就断奶了。"蒋英想了想又加了句，"难道闯闯没断奶？"

"嘿，你问他俩。"安华说。

赵洁不好意思地笑了，点头表示闯闯仍然在吃奶："我听人说只要有奶，就能一直吃"。

"那不行，"蒋英说，"那样不好，我问过大夫的。"

王拓一本正经地解释道："那样了就像小时候解释迟到一样。我们也试着断奶来着，但这孩子光闹唤，前两天还就是哭，我们也想着哭就哭吧，不理他，可结果到了第三天，他就哼哼唧唧，唉唉地叫唤，我们一看，他都发烧38摄氏度多，别的都不要就闹着吃奶，看着实在可怜，就让他又吃一次，结果这就又断不了了。"

安华知道，王拓说的是某次偶然，但其实是必然，他和赵洁别提多宠孩子了，根本就没想断奶。王拓早就说了，从小就要宠孩子，要什么给什么，小时候他没得着的都给这孩子。可见还是心里憋了好多年的怨气。王拓从小打电子游戏、玩摇滚乐队，都让安华压了下来，心里一直憋气。这次做了爸爸也确实竭尽所能。管孩子的任务都教给赵洁她妈妈、小孩的姥姥，他只负责宠。一点点磕着碰着都不行，什么事都不管，就知道抱着看着笑。

蒋英不以为然。她也带孩子，知道孩子应该怎么带。小孩就不能这么依着，她正色道："就要按你的意思来，你得让他明白你的意思，时间长了他就乖了，小孩最懂察言观色，你越宠他他越来劲。"

"我家这孩子，"王拓笑道，"性子不好，没随他爹的好脾气。"他看了一眼安华，笑着说，"面对强权不懂得妥协。"

这一下，连蒋英都笑了。她对着安华连连摇头。安华觉得好气又好笑。她看着王拓说了一句俏皮话就得意扬扬的样子，不知道他怎么能这么孩子气，好歹也是二十六七岁的人了。安华只对蒋英笑道："你看，这怨我说他吗？"

蒋英留下两个小孩在屋里玩，跟安华到厨房里做饭。

"你爱吃蛋黄酱吗，我现在会做了。"安华拿出新买的搅拌器，一只塑料杯子，按着刻度倒了半杯花生油。她举起杯子给蒋英看，"菜单上说要倒四分之三杯，我觉着太多了，就只倒了半杯。嚯，那也够多了。"

蒋英咂舌道："这就是喝油啊，以后我可不吃蛋黄酱了。"

安华接着打了一只鸡蛋到油里，加了盐和糖，挤了柠檬汁，插上搅拌器的电源，把搅拌棒深入油里。开关打开，搅拌棒快速旋转，油从清澈的金黄逐渐变浑浊，变柠檬黄，变乳白，变膨胀，变黏稠，不一会儿工夫就成了黏稠的酱的状态。你看，安华用搅棒挑动成型的蛋黄酱给蒋英看，蒋英少不得大赞了一番。

安华常教蒋英做饭，尤其是蒋英生小孩之前。这些事王拓自然是毫不关心，儿媳赵洁也是不大上心的。蒋英却要强，家里家外的事全要自己上手。安华买最简单的食材也做得一手好味道。她开发了不少新菜，用高压锅焖番茄酱沙丁鱼、糖醋紫甘蓝、柠檬银鳕鱼，都是简单易学的菜。她用手拨动案板上的食材，洗、切、煎、炒，那是她的节奏。

"您真厉害，就做素菜，一点肉都不放还能这么香，我就不行，全得靠肉汤调味。"

"哎"，安华说，"有肉汤调味还不好，我们家当初买不起肉嘛，我才做这么些个素的。"

蒋英笑道："怎么会？"

"真的！"安华尽量讲得轻松，像笑话一般，"你是不知道我们家王拓有多能吃肉！当初王拓上中学的时候，就没个够。我那会儿不是一点都没工资吗，买肉多贵，每天可给我愁得啊，我最羡慕你们这种家里是闺女的，少吃多少肉啊。"她用筷子搅动调味汁，"就这样，王拓还不满意呢，尽跟我念叨家里饭难吃，天天吃白菜！"

蒋英掩嘴笑了："这孩子！"

安华说着，想起从前的日子。她不完全厌倦从前的日子。那段时间苦得愁人，但也不算太坏。起码有人在家等她。兆华回家前的这段时间，安华只做饭给自己吃。王拓已经结婚，去住赵洁娘家了。她觉得清静，早上中午随便弄点零食也足够打发自己，再也不用给任何人做饭刷盘子，可是这个时候她会怀念王拓上中学的日子。每天晚上独自端着碗看电视里的纪实节目的时候,她都会不自觉地想起从前说王拓的片段。虽然从前每天都要提心吊胆,虽然王拓又不及格了要苦口婆心又打又骂,虽然王拓每次被逼急了摞下狠话让她很难过,但起码那时回到家里做了饭,能看到有人风卷残云地吃光,露出不满足的表情。现在她有时候就自己熬白菜,一顿饭可以吃三顿。

"对了,"蒋英问,"姑父是回家住了吗?"

安华点点头:"回来了。"

"那您怎么想的?就这么接着过了吗?"

"那还能怎么想,过呗。"

蒋英叹口气道:"小姑啊,我这人说话直,想到什么就说什么,您别介意啊。"她顿了顿,观察安华没有什么介意的表情,就又接着说,"我妈一说姑父回家了,我就觉得您得慎重点,当初您跟姑父吵了这么久,姑父一点儿也不疼您,一点儿责任都没尽到,我跟我妈当初都是支持您离的,您也好不容易下个决心,这一下又从头了,万一过些日子再打怎么办呢,要是姑父过些日子再走了,您这家里可就没个人了。这些事您这不能不想想啊。您说您长得这么好看,又会做饭,找个疼您的老伴儿多好呢。"

安华一直沉默不语,半晌才说:"到了此处安华才插嘴说,哪那么容易找人,这么大岁数了。"

"可您一点儿也不显老啊,显得跟四十几岁似的。"

"好嘛,都老妖婆了。"安华说。

蒋英停了片刻没说话,手按着刀背在案板上当当地剁蒜。刀声规律响亮,充满整个厨房,小蒜末被惊扰得一蹦一跳。她剁了一会儿停下来,转头看着安华。安华以为她还要劝自己,谁知蒋英开口却是问:"小姑,您长这么好看,年轻时怎么没演电影啥的?"

安华怎么也没想到这个问题,愣了愣才笑了:"哎哟,那会儿傻啊,哪看得上演电影的,我那会儿觉得这就不是正经工作,正经工作就是得上厂里上班。其实那会儿有人说要推荐我来着,但我没去。要说我啊,那会儿是挺没见识的。"

蒋英连连叹道:"可惜了啊。"

安华却摇摇头说:"其实没去也就对了。电影哪是谁都能演的,你光看见那些出名了的,那些混得惨的你都没见着罢了。什么时候都别后悔就对了。"

这话不仅是说给蒋英听,又说给自己听。她只能这么想。

又说了一会子话,蒋英问起王拓和赵洁。安华说他们一个月回来一次,一次也就待一天,就是带小孩来家里玩玩,跟串门似的。在那边待着多美啊,她说,住着有人管吃管住,全家上下宠着跟大宝贝儿一样,小孩也有长辈帮忙带着,赵洁这孩子也没心眼。

蒋英沉默了片刻,说:"那也不错,没心眼总比心眼多强。"

她还想再说些什么,兆林突然进了厨房。于是蒋英收了声,问兆林姑父好。兆林抬头伸手从顶柜里拿出两只高脚酒杯,微笑客气地对蒋英说了声辛苦了啊。那一瞬间,蒋英觉到自己局外人,于是突然觉得自己刚才失了言。

于是她缓和着向兆林打招呼:"您和小姑回头没事一起出去旅游吧。"

"我可不爱去,"兆林说,"我现在哪儿也不爱去。哪儿都一样。我现在是脑子里周游世界,哪儿也不愿意去,算是'身未动,心已远。'"

"但是小姑愿意去啊。"

"是啊，你小姑潇洒，整天恨不得找个山隐居。"

安华插嘴道："我还想找个庙出家呢。"

蒋英跟兆林又寒暄两句，兆林主动示意还有事情，微微笑着退出了厨房。

接下来，安华又絮絮说了很多话，蒋英却没有在听。蒋英心里异常不快活。安华说得越多，她内心就越怜惜安华，因为她曾经和王拓仔仔细细聊过，知道王拓心里仍然恨着安华。这是经年的积怨，如擦不掉的油泥。可是这话她自然永远都不能说。

安华见到安达的第一句话是："哎哟，你瞧你瘦的。"

安达反问道："纸钱买好了？"

安华打开手里的黄色的大塑料袋，两个袋子里装满沉甸甸的纸钱，都用亮塑料纸包着，在阳光底下微微反光。安达也打开自己手里拎的布袋子，袋子里是用白色塑料托盘装的水果和点心，保鲜膜绷得紧紧的，像孩子的皮肤光亮。两个人都低头向对方的袋子里看了一眼，特工接头一般，看一眼也就明白了。安达穿了一件蓝灰色夹克，拉锁是坏的，用黑线缝着，头上戴着一顶沾了灰土的呢绒鸭舌帽，盖着大半个秃了顶的脑壳。安华穿了一件地摊上买的仿制的冲锋衣。

安乐走在后面，离得远，手里拎着两个白塑料袋，红色的鞭炮透过塑料袋割破的表面，露出一抹鲜艳。两个袋子看上去很鼓胀，沉甸甸的样子，安乐拎着，两个袋子不断撞击他的两条腿。他看到安达和安华停下来等他，就向大门歪了歪头，让他们先过去。

陵园在一条小巷尽头，小巷是土路。路一侧是早应该拆迁却迟迟没有拆的旧房子。有的房子用水泥刷了外墙，灰色或粉白色，有的就只是裸露的砖块，刷平的水泥墙上写着"拆"字和租房电话，碎成一块一块的墙皮掉在地上，旁边有歪斜的便民旅店的广告牌。砖头墙外挂着黑色小牌子，上面的"网"字全黑了，"吧"字只还有一半亮着。小路的另一侧是一条干涸的河沟和堆积如山的垃圾，坍塌了一半的木板桌椅，断裂的水泥板和废弃建材，无处不在的塑料袋，从四面八方充斥。偶尔从一道灰蓝相间的棉布帘子下面钻出一个小孩，穿着小棉袄，快活地向前跑，鞋跟并没有提到脚上。天地间尘埃满眼。

安达和安华深一脚浅一脚地踏在坑洼的土路上，一边说话一边向陵园走。拐过一道弯，路变得笔直了，路两旁是瘦弱干枯的树，由于长久疏于照顾，树枝像铁丝一样团簇卷曲着，黑乎乎映衬着四月清冷的天。

"你说你还跑什么车呢，我大嫂跟我们抱怨不止一次了。"安华说。

"她神经病。"安达说。

"她不也就是担心你吗？"安华说，"她说得也没错。"

"我要是不出车，房子谁买？"

"怎么的？怎么还买房了？"

"我们家下半年就拆。"安达说，"补偿的钱也不够。"

安华还想问，可她看出安达不想接这个话题。于是她说："你也是够让人不省心的，你说你晚上住车里，万一出点事怎么办，那晚上有多少劫车的，你一老头儿能打得过谁？"

"不会。"安达说，"我住的停车场都是熟的，高速公路边上，附近没什么人。"

"那更不安全啊。"安华说，"再说了，现在在路上交通事故这么多，每天都那么多死人的，你开大车总得超载，本来就不安全，你的驾照过期，要是万一——……"

安达打断她说："你给海葬那边打电话，说是哪天能办？"

"嗯？"安华愣了一下，"哦，说是这一批满了，他们月底再给我打电话，电话通知。"安华说得有点犹豫。

"现在这儿能放到什么时候？"

"就这几天。"安达径直向陵园管理人的小屋走。待会儿问问能宽限到什么时候吧。

安达没什么表情，并没有表示特别不高兴，但是安华觉得有点压抑。安达现在的一张脸看上去就显得忧心，面色发灰，因为年纪大了，眼角的皮肤松弛往下掉，总像是眼角下搭，一副愁苦的样子。安华最不喜欢看安达忧心忡忡。她总觉得，没有愁的事，也要被愁出来。那种总不放心的表情让人精神紧张，就好像什么地方出错了，马上就要从高处掉下去的感觉。她每次都跟安达说，有嘛（什么）大不了的，你就知道愁，愁得人难受。但安达像是听不到，仍然是我行我素的低落的样子。兄妹三人中，安华直来直往，安乐天生不知愁，而安达天生知愁。安华有时候同情安达，更多的时候又会同情蒋奇。蒋奇每天和父亲在一起，永远都在这样担忧发愁的情绪中，久而久之，明明高挑俊朗，也变成了一副苦相脸，说起话来磨磨唧唧不爽快。在安华听来，安达说的很多话都是车轱辘话。

安达推开陵园办公室的纱门，走进去，不一会儿和一位中年管理员一起走出来。管理员手里拿着钥匙，安达跟在他身后，絮絮地探问。两个人的背影穿过陵园的铁门,阳光照在铁门背后的土地上,地上有烧过的纸屑和鞭炮渣,红红的细碎跟着小风一阵一阵飞卷。安华跟着他们,手里的塑料袋越来越坠得慌。她想到这是他们最后一次来这个陵园了,心里就很沉。虽然很不喜欢这里,但这最后一次的意识还是让她感觉岁月无常。

进了铁门是一条笔直的砖路,两侧的两排松树上落满灰尘,松树下有一些破碎的纸花,黄绿红白,都埋在树坑的尘土里。松树背后是密密集集的矮小墓碑,因为是埋骨灰,而不是棺材,墓碑与墓碑离得非常近,几乎是挤挤擦擦地挨在一起,每一块又都只有不到半米高,远看上去就是成片的小石板。石碑前摆满纸花,巨大的、几乎能遮住石碑的鲜艳的纸花,像童年时见到全国劳动模范登台领奖时胸前佩戴的大红花,在陵园里,有种异常的欣欣向荣。宛若死人的土壤在向活人宣告着什么。墓碑与墓碑之间,有着田埂般的长条隆起。整个墓园看上去太过拥挤,又太过庸俗,连一点点死的寂静和肃穆都感受不到。安华仍然不喜欢这里,当初她就是因为不喜欢这样半吊子的小墓碑,才不同意把父母的骨灰盒埋到地下。骨灰盒在楼里放着,至少心里会觉得静寂。

可是谁想到这楼要拆。若不是当初的决定,现在也不至于这样窘迫。他们必须在清明前找到安置的所在,可是城里的陵园位置极少,仅有的位置又极贵,真的要买一块完整的墓要将近十万。每人几万,对他们谁也不少。安华想让一切进入自然,她极厌倦这样形式化的祭扫,在脏兮兮的黄土围绕中,烧脏兮兮的纸钱,最后在脏兮兮的灰里,把脏兮兮的贡品收回包,拖着脏兮兮的头发和脏兮兮的四肢回到家里。都是老大不小的人,谁也不会哭,只是心里会压抑得难受,接受风和土的洗礼。她宁可一切散到风里海里。尘归尘，土归土。

安华早说过，等她自己死的时候，要把骨灰撒到山里。她这一辈子没别的愿望，就想找一座山住，深山，打水养鸡，永远不和谁说话。这愿望她活着的时候达不到，死了以后希望达到。她曾催促儿子答应她的要求，王拓答应了，但她也知道他很可能永远不会如此做。

安达和管理员走在前面，进了小楼。安华没有跟进去，在楼下等着。这个过程她曾跟过太多次，不用进去也知道里面一切是什么样子。没有装饰的楼道和楼梯，水泥简单刷了白色，二层空洞的大房间，劣质木头打造的顶天立地的柜子，每个柜子格子有玻璃门锁住，里面是骨灰盒和盒子上黑白的一寸照。有的柜子里放着花，只不过是像遗照一样永不凋谢的鲜艳塑料花。安达会把小钥匙艰难地插进因为生锈而略微扭曲的锁孔，费力地转开，玻璃门打开的时候木框蹭着木框会感觉生涩，安达把塑料花拿出来，交给管理员暂时拿着，然后用口袋里塞着的一小块皱巴巴的抹布细细地把木头格子里的每一个角落擦拭干净，木头格子里其实没有多少灰，只有因为潮湿和渗水留下的一丝丝棕色痕迹，弯曲边缘复杂，怎么擦拭也擦拭不干净。然后安达会将骨灰盒子捧出来，托在手臂上，转身换手的时候，父亲的照片会轻轻触碰他的袖子，脸被沾了辛苦油泥的袖口擦拭。然后他们就会出来了。

安达和管理员一前一后走出小楼，两个骨灰盒捧在手上。阳光里，棕色的盒子表面仍然发出柔和的光泽，并未显出理所应当的陈旧。这骨灰盒已经用了三十余年。想到这儿，安华心里一惊。父母竟已经去世三十余年了。自己的日子，竟也又过了三十年。

安达走近安华时说："还能再给咱放一星期。"

"哦，那还有点时间。"安华说。

"按理说这星期得迁了，"安达说，"人家给咱宽限了。"

"那我今天晚上回去就再打电话。"

安乐跟了上来，走在安达身旁，问刚才说了啥。安乐的腿仍然不好，走路有一点摇摆，显得笨拙，表情倒是专注，因为专注而皱起了眉头。安华忽然有一种感觉，仿佛他们都回到小时候，四十还是五十年前，当他们都只有不到十岁，一前一后走在中职楼外面的水泥路上，安达拉着她的手，安乐笨笨地跟在安达身旁，莽莽撞撞地问刚才说了啥。安达总是低声说："别问了，傻子，让你别问就别问了。"安华那时候就觉得，虽然只大两岁，但安达仿佛比安乐成熟十岁。她被安达拖着，穿着小花棉袄和小黑布鞋，走路的时候总是不停要跌倒。安达的沉默总是她的保护伞，却也是她不安的来源。她还记得有一次扔核桃，他们每个人口袋里揣着几颗，不敢一起扔甚至不敢弯腰仍，只能走一点就扔掉一颗，生怕别人看见。那个时候她一直用余光安达，看安达紧张到极点却撑着的、纸一样的脸。

安达此时仍然有点紧张，却不是小时候那种担惊受怕的紧张，而是一种沉闷压抑到心里不愿表露的紧张。他的帽子几乎遮着脸，遮住眼角的红丝。他一直低着头，除了必不可少的解释几乎一句话都不说。他低着头到黄土空场边缘，低着头选一块相对干净的上风口平地，低着头拉来一张跛脚的木头小桌，低着头找来碎石片垫在桌脚下，低着头把手里的骨灰盒放到桌子中央，掏出水果和贡品摆在前面，低着头用一根木棒在桌外的土地上画了一个大圆。他画了一个圆，一口气画完，不算圆，但还是封口了。按规矩不圆也要一次性画完。大圆围绕在他们几个周围，像孙悟空为唐僧画下的防妖怪的阵地。他们蹲在圆里,蹲在父母身前,父母的眼睛始终柔情地看着他们。父亲穿一件蓝色中山装,母亲穿黑色小棉袄,戴老花镜,头上顶着一顶小帽子。父亲英俊母亲温柔,父亲就好像马上要骑车出门,去纺织厂上班,母亲就好像刚刚从厨房出来,手里拿着抹布。

安达找了打火机,开始引火。青蓝色的火舌渐渐吞噬了土黄色的纸钱,他先扔了一些烧着了的纸钱到圈外,是给小鬼儿们,然后给父母烧,纸钱逐渐变软变黑,燃起来,变成看不见的灰烬。又拿来一沓纸钱,又一沓。安华和安乐也蹲下,每人拿起一沓,卷起来,送进熊熊的火焰里等纸燃烧。安达始终没说话。安乐絮絮地说起每次祭扫时常说的套话:"爸,妈,你们都好吧?你们在那边放心,我们一切都挺好的,这些钱你们拿着当零花,在那边别委屈了自己,这一千万给自己添置点东西吧,在那边别过得那么寒酸了。"这些话说了二十几年了,这一天说起来却有一种别样的酸楚,安华本来平时也会跟着念,但此时想到这也许是他们这辈子最后一次给父母烧纸了,又什么都念不出来。她只是看着火焰在风里摇摆,黑色灰烬沿风向漂浮。

空场无人,阳光普照。黄土地上尽是一摊一摊烧黑的痕迹,烧残的花与鞭炮碎屑散落。风肆意席卷。

烧完纸钱,安达又站起身,将挂鞭摊开,绕了一个更大的圆圈,点燃,鞭炮在四下寂静中狂烈地炸响。三个人站着看着。

最后,每人都向父母说了几句体己话,就准备撤了。谁都没有多说,不外乎你们放心吧一类的话。安达没说关于孩子们的事,安华替他补充了:"蒋奇有新女友了,蒋英和王拓都有小孩了,小孩都挺好的,大家都挺好的。"安乐一句都没有说自己犯病的事。分了祭品点心和水果，掸一掸灰头土脸，也就该走了。

骨灰盒放回小楼的时候，安华也跟着上去了。小楼有一种摇摇欲坠的危险之感，迫近的拆除日期就像拆除理由一样给人紧张的压迫。安华又擦了擦已经擦拭过一遍的木头小隔间，将骨灰盒摆正，又把塑料花摆在两个盒子中间，仔细正了正角度。只有一星期了，她想。父母的脸在假花背后有种庄严的恩爱。安华忽然有些犹豫了。

从小楼的窗口，能看见安达在楼下花坛边上颓然地坐着，低头一言不发。

从陵园出来，安乐问现在去哪里。安华看到远处有家宜家，就提议去里面吃点东西。

这片区域是城郊新开发的住宅区，陵园属于荒郊村野，虽有土房没有拆迁干净，但四周不远的地方，已经整治好的新区，刚刚交房的小区和两座新开业的家居建材城在荒野中赫然突兀，宛若虚假的电影场景。他们步行穿过一半土路，一半刚刚修好的空旷的柏油路，来到宜家，宽广的停车场上停着七八辆车，其余是大片空地，车与车之间的柏油地面上，画白色间隔线的油漆还仿佛湿润未干。

绕过侧面的铝皮外壁时，安华仍然觉得自己只是在接近一座巨大的废弃仓库，直到进入玻璃门，被熙攘的人和柔白的桌椅板凳包围时，她才觉得一瞬间进入了城市文明。即便灯与床都只是摆设，也给人一种家的错觉。她很喜欢大厅中央摆着的餐厅模型，桌上有层层叠叠的瓷盘与餐巾。安乐去厕所撒尿了。安达站着等着，在熙攘的大厅中央，他仍然拎着本来装纸钱的已经空荡荡的黄袋子，皱眉，手抬起鸭舌帽搔一搔额头，完全没注意琳琅的摆设。

"你不看看家具？给蒋奇看看。"安华想让安达转移一下注意力。

"看什么,他已经装完了。"安达说。

"装完了?装得行吗?"

"要我看不怎么样。"安达说着低头从裤子里掏出手帕。"那石膏线弄得不行,从侧面一看就知道,那线都是歪的。"

"你就别要求那么多啦,人家孩子自己掏钱装修了就够不错了,多让你省心。"

"你看他找那装修公司多贵!"安达用手帕擦额头上的汗,额头上的抬头纹被挤向一边,"我就说别找那公司,白交那管理费,干活儿还糙,不如直接找个装修队。"

安华还想说什么,可是安达明显没有了交谈的兴趣。安乐从厕所出来了,正甩着手,脸红彤彤的,皱纹的沟壑里也积攒着小水珠。安乐的情绪明显已经恢复了很多,咧开嘴一笑:"你别说,我还真饿了。"

三个人坐着电梯去三楼,跟着餐厅的箭头,仿佛走进了没有尽头的迷宫。人在眼前遮挡,摩肩接踵,样板间搭成迷宫的布景,地上虽有红色走道和箭头,但已被琳琅的货物遮挡,人几乎注意不到。能注意到的是摆得密集的沙发、大小茶几、茶几上的烛台和餐巾纸、衣架、花盆架、书架、电视柜和CD架、白毛绒地毯、墙上的镜子和粗木头竿上垂下来的原点窗帘,花朵装饰和相框,还有一切一切堆积在狭小空间里的美丽货物。他们几乎迷路了。安华记得餐厅总是在楼层的中间某个地方,可是在人堆里穿越了很久,也还是陷入商品的迷宫。层层叠叠的窗帘帷幔中,他们几乎忘了来这个地方是要做什么。

最后总算到了。安乐笨拙地跟着安华拿起托盘,安华努力回想着上一次同事带自己来时的情景。他们拿了两盘饭，又拿了意面、薯条、肉丸和三文鱼，交钱的时候发现似乎拿多了，又不好意思越过后面的队伍再放回去。人很多，他们都出汗了。安达拿着玻璃杯去咖啡机前接咖啡，被管理员喝止了。周围人都扭头看着，安华觉得自己比安达更不好意思。

当最后都坐了下来，安华已经有点精疲力竭了。一个个盘子摆在桌上，满满堆了一桌，她忽然很没胃口。肉丸扎起来太硬，烤的三文鱼有一股奇怪的腥味。安达更是吃了一两口就放下了筷子。他呆坐了好一会儿，安华等着。

"我还是不忍心啊。"

安乐正低头吃着，听到这话抬起头来。

"我还是不忍心啊。"安达捏着自己的鼻梁，"我就是觉着，爸妈这辈子都没过上一天好日子，要是连死了都没个安葬的地儿……"

"嘛（什么）叫好日子。安华突然有点激动。你拉倒吧。爸妈没过上好日子，你过上了吗？你今年六十二了，爸妈死的时候还不到六十呢，你这一天到晚还跑长途，有了上顿没下顿的，这是好日子吗？爸妈不错了，早点过去，没受太多罪。比你强。有嘛（什么）不忍心的。"

"那也不至于……"安达生生掐住了，没说出化骨扬灰四个字。

安华其实不是真的生气，也不是真的不想负责任，她只是不愿意见到安达忧愁的样子，这样的忧愁让人没来由的气恼。愁嘛（什么）愁？她说："咱爸咱妈是早托生过好日子去了，谁还跟这儿待着！"她觉得无论最后怎样的处理，都没那么多深刻的意义，父母早已经不在了,彻底不在了,孝顺也不是挖墓磕头能体现的。给骨灰烧纸就能显示孝顺吗,就能弥补父母生前所受的所有苦吗?能替他们受苦吗?能让他们将来不再受苦吗?人都没了,礼全都只是虚的。父母的魂魄都散尽了,苦也散尽了,不承认这点是不可能的。拘泥于一点点烧纸钱的虚礼,还为此期期艾艾,又有什么意义?她不是不想给父母花钱,而是很想敲打敲打安达的愁,讽刺一下他的守旧,可是话到嘴边,她却又说不出真的冷冰的话。

"你见过人家那海葬场面吗,"她只是说,"我电视里看过,好极了,可干净呢,也挺素净的。"

安达叹了口气:"那以后到清明呢?"

"也有仪式的,"安华说,"集体祭拜我见过的,在大海边上,有人领着读词儿……要是实在不行树葬也行,种一棵树,人家都给办,我回头也问问墓园。"

安乐这时插嘴道:"嘛(什么)树葬,我看海河边上就不错,回头咱瞅个没人的地方,找个树底下给埋了,以后又有地方祭拜,又不花钱。"

安华哑然失笑:"我以为你有嘛(什么)好主意呢。"

"这有嘛(什么)不行的?"安乐一本正经地问。

"你别瞎捣乱了。"安华嗔怪道。

安达的饭没吃几口就放下了,似乎也没有心情再吃。他将胳膊肘撑在桌子上,眼睛瞪着桌子上的菜却没有对焦,秃头顶上热出一层油亮亮的汗珠,眉头仍然皱着。面前的盘子里,安华给他拨过去的几只瑞典肉丸也原封不动地放着。

"还吃吗?不吃了要不我去买个盒,带回去得了?"安华问。

塑料盒拿来的时候,安达还在怔怔地发愣。安华端起盘子,将剩下的意大利面装一盒,肉丸和米饭装一盒。安乐将还剩下几根的薯条碗也递过来。

"这点就别要了,"安华说,"还不就扔了得了。"

"拿回去吧,拿回去我吃,"安乐坚持道。端起安达盘子的时候,安达伸手帮忙,却反而一不小心,叉子把盘子边上的三文鱼碰到了桌上。安达本能的反应是用手去捡。虽然最终放弃了,但安华还是看得难受,想说什么却没说出口。她只低下头盖上了塑料盒盖。

四周已经坐满了人。右边是两个三十岁左右的小年轻,正在为一件家具争吵。男人头发极短,肚子透过T恤顶到大腿上,一条腿不住哆嗦,女人戴眼镜,手里拿着画着尺寸的白纸和一支宜家铅笔,上身前倾,几乎俯到盘子上。左边是一家人老少三代,老爷子木讷地吃饭,一个四五岁的小男孩来回在桌子间奔跑,不时发出惊叫,母亲每每起身去拽他,他就几乎要趴在地上,两条腿像劈叉一般分开,抵抗抓捕。每张桌子几乎都坐满了,视线里能看见近处的圆椅子和远处的高凳子,上面全是人头。又几乎辨不清长相。收银处仍然排队喧嚷沸腾。再往远处,是吊着价码牌的一串吊灯,映在镜子里一闪一闪。壁灯也在闪着光。世界都在闪。安华想起刚烧净的纸钱,不知能不能在阴曹地府买上几件家具呢。

"哦,我差点忘了,"安达忽然转过脸说,"我那天听赵亮他媳妇说,中职楼要拆了,咱哪天回去收拾收拾吧。"

"拆就拆吧,你回去收拾就得了。"安华狠狠心说。

安华做了一个梦。梦里她回到工厂里,仍然坐在每天上班的检测车间,面前是那张一直坐着的一只桌脚瘸了的破木桌,桌上铺着玻璃板,玻璃板下是七八张集体合影,在田里劳动或是歌咏比赛上。玻璃板上并排放着他们喝水的玻璃杯子和白瓷缸,她每天强迫症一般想要把它们排列整齐。一旁是冯姐和小路聊天的声音,嗡嗡的,她很努力去听,但在梦里听不清她们说什么。她坐在桌子前,想要站却站不起来,手里拿着游标卡尺检测一个零件的尺寸,可是却也怎么都看不清刻度。她很着急,急得不知如何是好。后来是一段空白……再往后,似乎遇到什么棘手的问题,需要立刻借万用表,冯姐和小路去设备科都借不到,让安华去,安华借到了,端着回办公室。她走在贴着红色大字的楼道里,想着回到办公室之后冯姐小路会怎样称赞她,想着她该怎样告诉她们,平时做人要热情周到,关键时候需要办事的时候才能迅速办妥,她想着想着,走着走着,可是怎么都走不到,她一直走,似乎越走越远,似乎走着走着就从工厂出来了,走到一片荒郊野岭,她心里又急又气,想找到回到工厂的路,可怎么都找不到。然后她醒了。

安达梦里回到路上。他坐在车里,旁边坐着他雇了五年的司机小黄,小黄正专心开车,眼睛望向前方,脑袋又摇又晃。安达心里又喜又怒,问小黄哪儿去了,为什么不给他干了。小黄说了句什么,他没听清。道路笔直地在窗外延伸,灰色路面在明晃晃的阳光下显得一片白茫。他开始给小黄数这些年他对小黄的好处,从最初小黄二十出头一无所有时借钱给他,到他们一起开车的时候尽量多给他分成,再到给小黄说媳妇娶媳妇,安达将自己的仁至义尽一一数了出来。甚至有一次在路上野地里捡到一个信封现金,安达也没要,知道小黄租房子缺钱就都给了他。他越说越觉得委屈,这些事他原本以为自己不用说小黄也都记在心里的，可是他怎么也没想到小黄会忘记。当小黄凑够了钱自己买车，就不再帮他干了，另立门户。安达说得激动了，几乎有点哽咽。小黄突然唰地一下踩了急刹车，身子硬生生趴到方向盘上，停稳之后，不顾脑袋磕在窗框上的安达，伸手推门下车，将车门在身后摔上，大步流星奔进公路旁的农田里。安达揉着脑袋跟了下去。他在后面小步跑着，小黄在前面大步走着。安达想喊他，可是怎么都发不出声音，他追着追着，抬起头来，发现前面田野里跑着的人变成了儿子。他吃了一惊，想快跑几步跟上去看看是怎么回事，可是儿子的大步，一步甩他两步，他想叫儿子的名字也叫不出。他就这么跑着、跟着、疑惑着、眺望着。儿子始终没有回头。他心里越来越沉，说不出的难过。

安乐喜欢做梦，只有在梦里，他才来到自由的世界。没有贫穷，没有病痛，没有衰老，也没有妻子女儿无休止的唠叨。他从草原上骑马归来，洗洗手，拿上鱼竿，兴奋地骑车骑到海河边上，从水泥码头边下到冰面上，呵口气，摘下手套，用小锤子在冰面上凿一个不大不小的圆窟窿，搬个绿色尼龙带子马扎，坐在窟窿旁一米远，把钓竿架起来，鱼钩挂上鱼饵垂直伸入窟窿里。如果是夏天，他连鱼饵都不用，直接在河边上，看准了鱼的影子，用钩子去叉。他的手法好，一叉一个准。可是冬天不行。他把钓竿架在大腿上，把棉帽子的两个耳朵往下拉了拉，遮住侧面脖子，又把军大衣的领子立起来，搓了搓手。他往手心吹了吹气，怦怦跳动的心脏似乎也给手脚传来了热度。他仔细盯着冰下水面，被北风吹皱的波纹和鱼的呼吸混在一起，必须火眼金睛才能看得清楚。安乐一动不动地盯着，在沉默的凝视中自有一种紧张。他总在最忙碌的时候心不在焉，在最静的时候专注。原先在街上卖早点的时候,来往的都是认识人,排队的一个接着一个,手里炸着素卷圈,一刻也不能停歇,可是他心里从来没有过钓鱼时争分夺秒的感觉。时间秒秒流逝。鱼咬钩了!放线又拉线,再稍稍放一点,再拼命拉。鱼钓上来了!他欣喜地把鱼拽出水面,在空中晃荡着鱼线,环顾空旷无人的冰面想找个人分享他的快乐。可是冰面空寂,一个人都没有。他把鱼放进桶里,抱着桶,想找个地方把鱼藏起来。他不能让秀芬看见,如果看见,秀芬又要向他大喊大叫,怪他不在家里休息,而要跑出来钓鱼。上一次秀芬就把他的鱼扔到楼下,摔成了稀烂。他不能告诉秀芬。

安乐抱着鱼在梦里满世界乱走,他找不到一个地方,容纳他的鱼和他仅有的梦。他走着走着,穿过河岸和街道,走到旷野荒无人烟的地方,他看到远处的安达,秃着脑袋,穿着破旧的灰蓝色夹克,也在梦里跌跌撞撞狂奔。安达已经不知道要向哪里跑,儿子的身影也消失了,可是他仍然觉得自己应该跑下去。他恍然间看到妻子的身影,一瞬间又不见了。他已经很累了,可还是想跑下去。他觉得这辈子他所有能接触到的东西都在远处四散飞落,一张一张纸随着风飞走,化成灰烬,如果不再拖着腿跑几步,那就什么都不剩下了。他跑着跑着,气喘吁吁,他跑到童年住的中职楼前,在黑洞洞的楼栋门前,看到孤独坐着的安华。安华看上去那么小,那么漂亮,又那么悲伤。批斗父亲的学生们刚刚才撤去。她等大人回家。尽管知道这是梦,安达还是像小时候一样生出保护她的强烈愿望,只是愿望混入了某种知道了结局的绝望:他知道他这辈子什么保护都没做到,只是徒劳无功地仍然去做。安华坐着,咬着嘴唇,她心里委屈,可即使在梦里她也一样不愿意哭。她宁愿这辈子与所有人争吵,也不愿意哭。她坐在中职楼外面，生怕那些学生们再回来。她不是怕他们再欺负她，而是不愿意让他们看到她无助的样子。她想要坚韧，她想要非常非常非常非常坚韧，非常非常努力，非常拼命。她想要对将来认识的丈夫全心全意，对儿子全心全意，对公公婆婆小姑子单位同事领导全心全意。她绝望地坐着，心里又有憧憬，似乎在已知的结局中仍然保留着憧憬。她咬牙坐在家门外面。

安华醒来，忽然见到佛光。凌晨的熹微光芒将夜蓝色洗白。晨空浩渺，笼罩世间万物。她看见遥远的光将时间照亮。在那身躯不能动而灵魂遨游的片刻，她忽然看明白了一件事。从前她以为人间的苦难是井，将人陷在其中，散尽了，远离了，也就不苦。可是这一刻，她发觉苦只是路，是为了让人找得到终点的路。路过这些苦，才能知道生和死的干净。路上的一切终会路过。终点是起点。这才是轮回。

骨灰盒在玉佛寺陵寝公墓下葬。

安华从来没听说过这里，地点是安达找的。她本不想土葬，听说是寺院，就没有反对。海葬固然是一了百了，但是打电话过去，听说春天这一批过去了，下一次要半年之后，而陵园那边却等不及了。安乐不知是听了谁的话，也坚持入土为安。于是安华彻底交给他们操办。当她从电话里听见寺院二字，感觉冥冥中有一种注定的力量。寺院是干净的所在，它在俗世之中，却又离于俗世，正合她意。安达不知道是在哪里打听到这个地方，远离城市，却又没有远到荒野，只在郊县边上，山脚下一个相当清静的所在。她去了一次，见到清静，就默默同意了。大嫂曾打电话来让她阻止此事，说上帝不许拜假神。

安华用我也做不了主之类的话搪塞过去了。她既不信上帝也不信神佛，但是她记得妈妈是信菩萨的，妈妈做过很多善事，行善即菩萨。

　　下葬的那天除了大嫂家里人都到了。蒋英从一早就操持着秩序，倒像是安华和安达他们的长辈。蒋奇第一次带来了新女友，据说是丽晶给介绍的，在某座公园里家长们的相亲会上挑中的。女孩子蛮高的，面相敦厚，笑起来眯眯眼。安华怪蒋奇的执拗，这种辛苦又脏兮兮的事情，何苦让女友来，惹得人家看不起自家穷苦，心中再生出些不满。蒋奇反而絮絮地说了一通道理，什么长孙责任、进门的义务之类，他说得坚决堂皇，让安华反而哑然无话可说。她有时候不知道，现在的孩子们为什么处事这么圆融，似乎已经没有了他们小时候的笨拙与处处为难。

　　公墓其实是一座高楼，约莫有五六层楼高，外观很现代，与玉佛寺一墙之隔。很高昂的台阶上有四个穿戴整齐的小伙子候着，车子停下，两个小伙子跑下台阶来到车门处，每人举一个很大的黑色雨伞护送捧骨灰盒的安达和安乐从车里出来拾级而上，据说这是因为不能将骨灰暴露于天。

　　大厅里明亮宽敞，中央供有三尊巨大的玉佛像，据说是西方三圣像，厅的两侧供着地藏王菩萨，服务员引领着将骨灰盒摆放在右侧的供桌台上，台上点着长明灯，摆着花篮。安华指挥着将供品一一取出摆放在台子上。安达说每样是两份，一份摆在这里，另一份是供奉给大厅中央的三圣佛的。穿着蓝色制服的女服务员拿着一些表格过来，白衬衣的领子翻在蓝制服的外面，戴着白手套，不苟言笑。安达跟着女服务员到服务处去办手续，其余的人等着，安华环顾四周，心情复杂；蒋英猜读墙上的《般若波罗蜜多心经》；安乐和妻子不约而同地看着大厅另一侧正在举行的超度仪式。

法事在大厅后面的小平台上，没有特别稀奇的程序，不外乎是寺院里仍修行的穷苦僧人用自己的职务挣几个辛苦钱。四个师傅来了，清一色二十多岁的年轻和尚，身着黄色袈裟，几乎都有一米七五到七八的个头，面容清秀宁静。师傅们咿咿呀呀地念着，抑扬顿挫，和声有序，手敲木鱼，用已经略微枯萎的杨柳枝洒了点水。念完经后，大家在女服务员的指挥下按照礼佛的方式叩头四次。僧人将写着爸妈姓名的牌位交由安华捧着，僧人前面引路，安达、安乐抱着骨灰盒跟在后面。和尚一路走一路唱，从楼梯上去在二楼转一圈，在牌位间里安放好牌位，从另一边楼梯下到一楼，穿过大厅走向存放骨灰的厅堂。

骨灰堂其实是室内塔陵。骨灰被安排在镀金接引佛莲位区，安华从两个哥哥手里依次接过爸妈的骨灰盒，小心地摆在灵位里面，用软布再次擦拭着，对一旁站着的蒋英说："看你奶奶长得多漂亮，老太太总是那么精神利落，看你爷爷多帅，当年大家都说他长得特像电影《英雄儿女》里的首长——王芳的爸爸。"安达仔细认真地在骨灰盒旁边摆放着塑料苹果、寿桃和小花环。女服务员说关上门就等于入土下葬了，安达说等等，他又重新调换苹果和花环的位置，花环弄了好几次才在两个骨灰盒的中间位置立好。

最后一切都满意了，服务员把灵位的门关上，门上有玻璃窗，镶嵌着爸妈的合影照片，母亲笑得很慈祥，父亲的眉宇间虽然透着庄严和淡淡的哀愁。安达兄妹只是眼睛发红，秀芬却哇哇地哭了起来，红脸像是被人向一旁扯开，安乐吼了她几句，她不哭了，抽噎着，蒋英搂住她的肩膀。蒋奇将女朋友引到玻璃窗旁，向爷爷奶奶说着吉祥话。王拓跟在后面,表情难得的严肃郑重。

在所有人中间,安达的安静吸纳着周围所有忧愁。忧愁从安达的额头落下,落到地板上,化为扑棱着翅膀的白鸟,从地上飞上天空,一只接一只飞起来,飞远了。羽毛有灰黑色的边缘,飘飘悠悠落在每个站立者的脚边。

好了,安华在心里说,爸妈,你们也别担心了,全都过去了。都过去了。

窗外的阳光耀眼,云流得很快。

再回到中职楼的时候,安达发现楼里几乎已经搬空了。小时候的邻居,完全不见了踪影。差不多两三年前还有几对老两口和一两个不够争气的孩子住在这老楼里,此时全都不见了。自从安乐和秀芬七年前从这里搬走,他们就很少回来了。安达在楼道里走,楼道黑洞洞的,门都关着,没有记忆中各家各户敞着飘出的光亮与饭菜香。水房和公共厕所依然散发着腐烂的味道。他每经过一扇开着的门就往里面看一眼。有一扇门开着,里面坐着两个不认识的小年轻,像是外地人,正在低着头用饭盆吃饭。又一扇门开着,但看去发现门板都已经没有了,门洞有幽森之气,里面是空无一物的房间,空荡荡的水泥地面上裸露着斑点伤痕。

"哎,那小艾后来搬哪儿去啦?"安乐在身后问,声音有回声。

"不知道,"安华说,"前两年好像听说小艾他爸死了,他跟他妈上哪儿去了就不知道了。"

"王林他们家呢?"

"听说是搬到火车站那头了,买房了,还是高层。"

安达想起小艾，那个瘦瘦矮矮、脸色发绿的男孩，住在他家隔壁的隔壁。不知道从什么时候开始，他肚子里长了虫子，只想吃墙皮，把家里的墙皮都抠下来吃了。家里人不让他吃，他就想尽一切办法偷吃。也许是太饿了，也许是之前吃坏了肚子留下的后遗症。那一阵子，小艾简直成了神经病。他还记得有一次家里人找不到小艾，急疯了，发动邻居帮着一起找，最后走街串巷地喊，才在外面公厕里找到正蜷缩在角落里的小艾，手里还捏着发黑的墙皮往嘴里塞，看着家人，小艾的眼睛贪婪而满足。小艾妈妈瘫坐在地上。至于王林，安达没什么太好的印象。安华小时候身体弱，王林总带着一群年龄大一点的男孩欺负她，给她起外号。安达不得不时常等着打一架。他身体不算强壮，那个时候也没什么朋友，这种随时可能出现的危险让他神经紧张。他不喜欢王林，但成年之后见面却也点头打招呼。日子就这么过了，算算竟然已经过了五十年了。

五十年。安达心里忽然被一种情绪震撼住了。从什么时候开始，形容过去的事，都已经可以用五十年前的字眼了。他觉得自己也许太久没有和人说话了。他甚至不敢相信自己离开这座楼已经三十几年了。他的所有记忆，所有记得起的心情都在这里，梦里只会梦到这里。三十年五十年，那数字就像卡车上毫无意义的转动累计的行驶里程，你明明还在原地，可它却已经疯狂地转到了另一个世界。他真的离开过吗。

房子里已经没有多少东西了。安乐和秀芬搬家的时候已经搬走了大部分。就两个老旧的木头橱柜，垂着碎花的棉布帘子，落满灰藏在角落里，无人问津。安华去查检厨房，安乐和兆林去里屋搬一个可以带走的箱子，安达就打开橱柜裂了缝的玻璃门，查检里面剩下的东西。几乎已经没什么了。一个放顶针锥子和针线活笸箩，一个眼镜盒，两双鞋垫，几本书。除了一般塑料皮封着的红宝书，其他书几乎都黄了，封面破了边缘，两个角坑坑洼洼，纸页脆弱。有简装本新华字典、电机维修手册和延安旧事集录。还有两小捆报纸，用塑料绳十字捆绑着。安达拿起书，每一本翻翻，放在身边的炕头上。最后拿起字典时，他突然发现其中夹着纸，打开看，是一个小白信封，信封里有几张黑白一寸照，和遗照相仿，父亲和母亲严肃平和的面容，还有几张薄信纸，打开来看，竟是父亲连续多个晚上熬夜写成的检讨。信纸的横纹已经淡弱，抬头还印着早已不存在的厂名。父亲的字迹就和安达梦里的一样，细小而瘦长，颇有些风骨，却因涂改得过于厉害，有很多地方挤得委屈，几乎看不清了。

　　安达有点头晕，他凑到窗边读，老屋光线晦暗，阳台上的厨房纱窗发黑，透不过阳光。安达放下手里的其他书，下楼梯，出了楼道，坐在楼下光秃而堆满杂物的花坛边缘，眯着眼把信纸拉远了，读父亲的字。那字还是像飞虫般密集摇晃，看不清。他逐渐放弃了，将信纸放在膝盖上，伸手去摸。纸张在膝盖上瑟瑟发抖。

　　他抬起头，中职楼的砖头缝里长出藤条与细叶，曲折着，在风里颤抖，沿墙的裂缝挣扎，绿色从所有砖与砖的间隙里弥漫而出，遮住发乌的风雨污痕。他仿佛第一次见到这座建筑。砖墙好像随时要坍塌下来，三层楼的每一个窗口都紧锁，藤蔓的绿色瓦解旧墙最后的支持。他直直地瞪着这栋楼，可是它沉默不语，昏黑不动声色。他一直看着看着，直到它带着他所有的恐惧和希望，化为一道黑线，刻进他皮肤里，成为坚硬的一道皱纹。

　　他又将信纸举起来，这次忽然能看清了——个人交代——他的手微微哆嗦,眼睛有点模糊,纸页哗啦哗啦地发出声音。

"本人祖籍河北,出生于1932年。父亲是……"

安达觉得全世界都在他眼前飞逝,似乎一切都要远离他而去了。

安华、兆林和安乐出来了。

"以后别闹了。好好过吧。都这岁数了。"安华对兆林说,"二哥,还有你也是。"

兆林和安乐都点了点头。旧屋的尘埃似乎在风里扬起来,落到每个人身上,轻微深重。

《归家之路》

行远路 通向故乡

见惯了死亡

夜已深 孤身车场

无眠望天亮

父母早逝 骨灰未央

可否撒入无边际的海洋

守空居 一人坚强

打扫出明亮

子不归 卧温柔乡

将故居遗忘

夫君不器 空余怅惘

能否重头 相依为命至无常

长生塔 ◆

病榻上 鬼门独闯

梦里却无恙

归草原 马背翱翔

夜宿旧柴房

年轻不甘 逃离大荒

到老只想再见那轮夕阳

路漫漫 旧梦里家安详

幼年苦 岁月不问离殇

辛苦与劳作 换来半生动荡

工厂离弃入尘世 他乡

路漫漫 旧梦里家安详

幼年苦 至终老却念想

昏黑红砖楼 容纳恐惧希望

镌刻皮肤里一缕 沧桑

人们不记得塔是从什么时候开始生长起来。突然之间，它就进入天空，只能仰望了。

人们仰望着塔的存在，大声疾呼，直抒胸臆，捶胸跺脚，诉说着内心不满。人们第一次发现自己的能力。

（一）

徐中回到家，第一眼就看到母亲突然而至的消瘦，眼泪不由得涌上来。

"妈，你怎么这么瘦了？"

徐妈的头发没有梳，稀疏着向四处飞散开，身上穿着的紫红色碎花短袖衬衫敞着领口，显得有些空空荡荡，手上端着一只水盆，因为消瘦加上用力，手背的骨头显得异常突出，皮贴在骨头上，苍老褶皱。她正端着盆子往屋后走，没注意到徐中，脸上有一种赌气的狠意，嘴角下撇，眼睛向下瞪着地面。看到徐中之后，甚至也有片刻没有反应过来。

认出徐中后，她一脸惊喜："你怎么才回来！"徐妈放下手里的盆，把手在衣服上蹭了蹭，迎上前来。

"妈，你怎么了？他们打你了吗？"

徐妈闻言，面上露出委屈的神色，却不说话，似乎一言难尽。她先接过徐中肩膀上的包，放在凳子上，然后才苦着脸说："你回来就好，明天可能还得来人。"

徐中拉着母亲坐到凳子上，来不及喘气喝水，急着问事态发展的状况。母亲说得凌乱，抓住一个线索说下去，说着说着就委屈起来，眼泪夺眶而出，然后加入自己的评论和埋怨，又因为这些评论而想起其他人的事情，说着就拐到岔路上，林林总总掺杂在一起，蔓成了枝，以至于主线反倒说不下去了。徐中越听越乱，不得不一直打断母亲，重新回到前面，将跳过的情节补上，听不懂的地方反复问清楚。

最后总算是大致弄明白了。家里搭建的这间屋子要被政府派人强行拆掉，原因是违建又占道。而这屋里有母亲赖以为生的全部家当——小卖部招牌、细铁丝刷了白漆的货架、各式各样蒙尘的滞销的小食品——母亲拼命想维护住，可是没有办法，村支部已经来过多次了，后来惊动了乡政府，乡长出动找母亲谈话，谈话之后想强行把母亲架出去，母亲以死相逼才把来人赶走。但人走的时候说明了再给几天搬迁，搬迁之后还是要拆的。"这拆了可怎么活啊"，母亲说得很凄凉，至动情处几乎要掉眼泪。

徐中知道母亲发愁的是什么。母亲本是镇上的初中教师，退休早，五十就退了，退休前又没有评上高级职称，退休金很少。徐中在上大学，还要两年毕业，学费和生活费加起来也是一笔不小的数目。他没考上一本，上了本城一所民办的三本，因为是民办，从一入学，交的钱就比一本学生多。徐中的父亲早些年外出打工，在工地外被倒下的矮墙砸成了腿部骨折，却没获得什么赔偿，伤好之后就跛了脚，遇到阴雨风湿发作，更是难以下地。父亲赋闲在家，委屈加烦躁，脾气越发乖戾了，只能窝在小卖部里卖卖东西，连进货时搬东西都做不来，时间久了就变得阴郁怠惰。母亲着急也没有办法，苛责反而会引起不倦的争吵。

拆了这棚子，连徐中也不知道家里该怎么撑下去。上一次他回来的时候看见父亲头上的短发白了一半，已经难过得眼泪直流，这次见到母亲的突然消瘦，心里更是说不出的滋味。他恨不得立即退学出来工作，反正在那个破学校也学不到什么，说是铁路管理，但毕业之后又不能分配到路局工作。可是跟母亲说了几次，母亲无论如何也不同意，她说自己是老师，儿子不读大学，面子实在挂不住。

徐中仰头看着铺子顶，一股让人沉郁、甚至感到黏腻的气息从上到下笼罩着他。小屋中阴暗、杂乱，十来平方米的铺子四面围满货架，几乎没有辗转腾挪的空间，屋顶的金属横梁和铝制板顶棚之间结了坚固尘污的蜘蛛网，除了高处气窗的一点微末光线，就没有光亮投入了，一只昏黄色灯泡外表染了泥，散发着幽暗的光。柜台里和四周架子上的烟酒零食显得很没有档次。徐妈去给买烟的客人结账了，徐中几乎被这逼仄压得透不过气。

徐中小时候体弱多病，不喜欢和村里的男孩子出去乱跑，只喜欢在家里看看书，村子里没有书店，也没有报刊亭，他只能从邻家哥哥姐姐不要的书里拾上一两本，看个没完，都翻烂了还翻。母亲就千方百计从县城的新华书店给他买书，图文版名著、十万个为什么、优秀作文选，从小学开始，他就比同学看书多很多。买书不是一笔小花销，一个馒头几分钱，一本书至少要几角钱，贵的还要一两块。小时候他不懂事，自然是见不到新书就哭，后来长大一点了，知道母亲的辛苦和拮据，心里羞赧，也就再也不要了。在他记忆中，母亲总是拼命操持家，一边唠唠叨叨一边干活儿，停不下手。下了班，她得骑十里路从镇上回到家，立刻淘米、洗菜、擦地，饭后还要跟邻家的二婶一起编竹篮竹筐，卖了贴补家用，晚上还要照顾祖母，这样也就到夜里了。徐中直到成年，才了解这生活的困窘。

自从去县城上高中，徐中回家就少了，也不大知道家里这几年的变化，上大学后，为了省时间和路费，更是只有节假日才会回家。岂知道如此短短三四年，家里就如此动荡不安了。他知道祖母去世了，父亲受伤回了家，母亲退休了，开了一个小卖部，一个人操持家，还要供给他上学。周围村子因政策倾斜，致富的不少，他家村子位置不好，一直破落着没有希望，这次终于听说长生寺扩建，要有新路修过来了，本以为终于有机会了，是件百无一害的好事，谁知道为此却要拆除家里仅有的谋生的小卖部。若不同意，就派人用强。

徐中颓然坐在阴暗角落里的小凳子上，觉得愤怒，看不到希望，觉得这世道难以维生，又恨自己无能，既没有大才学升官发财，又没有体魄，不能替母亲抵挡来人。他心里先是一阵悲伤，又一阵愤怒。愤怒消散之后，是说不出感觉的压抑。他站起身，很想帮母亲做些什么。可又不知道能做什么，站起来在狭窄的空间转了一圈，手足无措。四周的黄纸箱子陈旧不堪，沾染了油污，似乎向他压来，如即将倾塌的堡垒。他想帮助母亲结账，看一位客人在拿锅巴，就从墙上抻了一只塑料袋子，帮客人去拿。手一触到锅巴袋子，摸到了一手灰尘，第一反应是扔下锅巴，把手蹭干净，可是蹭到一半发觉了自己的不合时宜，又停下来，手在空中滞涩了一下，又把锅巴捡起来，放进袋子。直起身来，木然交给顾客，心里更加闷得难受。

当晚在店里，没什么顾客，徐中和母亲头对头，相互叙着最近半年的变化。母亲问他在学校吃得好不好，徐中说很好。其实徐中在学校食堂不舍得吃小炒，只是大锅菜选一两个，同学里有一伙天天去吃小炒，徐中看那些人飞扬跋扈的样子令人讨厌。他说自己喜欢吃素，花不了几个钱。徐妈当场就湿了眼眶，说儿子懂事。徐中于是想起小时候，父亲外出修路，祖母身体不好，带不了自己，母亲带他住在学校里，白天让他在办公室里，母亲一下课就匆匆忙忙跑来看他，带着三岁的他吃食堂，一口一口喂他，自己甚至顾不上吃几口，就去准备下午的课，晚上搂着他瑟缩在学校点煤炉的小屋里。母亲从不舍得扔任何食物，一小口馒头即使吃不掉，也会留到第二天，冷了硬了也泡在汤里吃。

母子二人话说着说着，说到动情处，又是落泪，又是愤慨。徐中问母亲那些拆房的人是不是为了索要金钱，能不能想办法筹借一些，把那些人打发了。母亲说她也拿不准。

当夜，店关得晚，回到后院自己家里，院子里灯都黑着。院子变小了，一堵墙横在中央，他心下疑惑。夜里他躺在床上看着月亮，月亮凄然惨淡，他许久无法入眠。

次日一早，徐中醒来，天已大亮，日头挂在高空。从太阳的位置看，应该已经日近中午。他听到外面有吵闹的声音，唰地一下掀开被子，跳下地来，提上裤子趿着鞋就往外跑。院里无人。他的心扑通扑通跳得厉害，路上的吵闹一针一针刺进太阳穴。

还没转过院墙，他就看见巷子口母亲拉着一个男人的臂膀，弓着身子，死拉活拽。男人的手中是一只已经扯烂了一半的黄纸箱子。徐中的血一下子冲到头上，大步奔过去。

"干什么？你们干什么？"他也跟母亲一起拉扯起来，"你们干吗拉我妈妈？放手！"

男人干脆把箱子往地上一扔，指着右臂说："看清楚了，是你妈拉着我！"

徐中抢白道："那要不是你抢我们家东西，我妈怎么会拉着你？"

透过人缝，能看见警车停在巷口，顶端的灯还亮着。两个穿警服的人站在远处叉着手看着，在他们身前，一群穿着浅蓝色短袖制服和深蓝色长裤的人等着，几乎就要冲上来动手。小卖部里也有人，就在他们僵持的工夫，就看到另一男子搬着箱子走出来。

"徐妈，不是我说你，"被徐妈拉住的男人冷淡又嘲讽地哼道，"你就别不讲道理了。你看这村子里有像你们家这样的吗？啊？人家别人家占道的房子不是都拆了吗？我们不是没给你搬出去的时间吧？你说说我们来了几趟了，你说说，啊！我们在你家可没少费工夫。我们够客气了吧，上一回我们来了是怎么说的？你不是答应得好好的吗？怎么就又变卦了？你说咱这都好聚好散多好呢。"

徐中一边瞥着周围搬东西的男人,一边咽了咽唾沫,声音颤抖地说:"你们,凭什么,凭什么拆我家房子?"

中年男人招呼旁边一个年轻的,年轻的从怀里掏出一张纸,中年男人给徐中挥了挥说:"我们这是合法的。这是法院令。"

他们懒得再多解释,又开始向小卖部拥过去,人多势众,又做出动手的架势,显得气势不凡。周围围观的人也已经聚拢了一堆,起初还有上来搭话劝解的,后来见到他们人多,又年轻力壮,也都不敢再多说,纷纷退让到一边。徐中冲到小卖部门口,想要拦阻,可是细瘦的胳膊连一只手臂都抓不住,"蓝衣服"像水冲过决口。

忽然,徐中掏出一只手机,噼里啪啦打了几个字,然后把手机举在头顶,向前伸直胳膊,大叫道:"停下来,都停下来!我已经把你们都发到网上了!"

他的喊声引起了几个人注意,几个人不由得站定了。

徐中借机继续喊道:"我昨晚已经在网上发了一篇文了!你们看,看啊!到今天已经有两千多人看过了!他们都等着问结果!我刚才已经发了微博!你们再动手拆,我就再发微博!你别动!别过来!你们别想抢我手机!我……我刚才已经说了,如果更新突然断掉,那就是有人强行抢我手机,就是有人用暴力!会有记者曝光的!"他一边后退着,一边用左手护在身前,后手的拇指放在手机屏幕上,一脸要和人拼命的狠劲儿,"谁再拆!你们试试!今天你们拆了我家房子,明天你们就等着全国皆知吧!"

他左看看,右看看,也不知道能不能唬住来人,心里七上八下,全然没有底气。

他回头看看,突然看到远处正在向天空生长的塔,一瞬间想到自己忍耐成长的二十年,又想到前方晦暗不明的未来,他突然叫起来:"你们听好了,待会儿我就要从塔上跳下来,我会直播!直播一个大学生跳下来,你们还没看过吧?你们乐意负责对吧?"

(二)

看着公安的车开走,四周静下来,徐妈好长时间都没喘匀气。她半晌没有反应,直到车子彻底消失了,才突然松了一口气坐到石墩上。

她略微松了口气,却仍然不敢全然放松。稍微喘气喘得均匀了,就迅速爬起来,来不及掸去身上的土,就手脚并用、连滚带爬地收拾地上散落的货物。儿子原本愣在当地,看到母亲开始动了,也如梦初醒,低头开始拾捡,将没有破掉的薯片、饼干和香米饼装进箱子,然后双手揪着箱子的两边往小卖部里抬。有两个亲戚过来帮忙了,三五个小孩子偷偷摸摸在一旁捡巧克力威化,捡两块就跑,徐妈只作没看见。徐妈看着儿子的脸,心里有点对不起儿子。她犹豫要不要告诉儿子,却还是抿了抿嘴。

中午回家吃饭,两个人都没说话。不知为什么,谁都有点丧气,没有满意的心情。

当日傍晚,徐中乘车回学校了。他出村的时候,还一步三回头,叮嘱母亲一切小心。他说他要回学校借一些钱,争取打点了来拆房子的人。徐妈一边阻止,一边默许。

又过了一日,徐妈趁政府没有再来人,来到院子北面的两排小隔间收房租。这两排屋子是他们去年建起来的，用了一部分自家宅基地的地，和一部分宅基地外的空地，自成一个窄院，有单独入口，分成八间。然而徐家在村边，刚好靠着路边，这排房子其实也是不让建的。

徐妈推开窄院门，房子里的人刚刚起床，小孩子的哭声伴随着大人的漱口声上下起伏。这些多是在附近打工的外地人，村子紧靠长生寺新区，沿小路骑车过去只要十分钟，长生寺扩建之后大规模招收了很多做卫生、做服务的外地人，多半是省内其他地方打工的，看村子离得近，就过来寻一个住处。这房子建的早，比村里其他人都有眼光。徐妈自从长生寺开始扩建那一天，就已经做好打算了。她盖房子花了十万，收拾得很干净，收的房租不高，一间屋一百五到两百块，因此基本上都租出去了。

她来收房租，不知道是不是最后一次。最近几个月，每次来收房租都以为是最后一次，岂料下一个月却又回来了。她不知道房客是不是欢迎她，从一方面讲，房客不会喜欢房东，但从另一方面讲，她还能来收房租，说明这房子还没拆，他们还有地方住。这部分建筑其实也属于违建，若真被追究，不仅她的投资收不回来，房客们也没有这么便宜的地方住。在这个问题上，他们是同仇敌忾的。

仍然是清早，房客们多半没有注意到她，只有门口的一对小夫妻看见了，点头招呼道："徐妈！"

徐妈点点头说："我又来扮恶人了。"

年轻妻子尽量笑了一下，回身回屋拿了两百块钱出来，递给徐妈道："应该的。"

"徐妈，"隔壁一个二十岁的小伙子探出头来，摇着脑袋说，"这次能不能宽限一下下？我们这个月工资拖欠了，一旦发了我就给你补上。"

"好说，好说。"徐妈说。

她清了清嗓子，提高了声音叫所有房客道："各位，我有句话说。"

徐妈嗓音很清亮，里面几间屋的房客也注意到她的到来，都停下了手中的活儿，凑拢过来。房客多半都很年轻，二十岁上下，甚至更年轻。单身为主，也有一两对成家的，个别有小孩。徐妈看着他们的脸，想到自己的儿子。这些孩子们和自己的儿子年龄相仿，仿佛就是自己的孩子。如果儿子不念书了，也就在外面做个服务员，租住在某个类似的平房里，跟他们相似。这些孩子们还没有很多烦心的事，他们只能盼望涨工资、涨工资、涨工资，除此之外生活就是单纯的。他们穷，但不用操心。她的心里矛盾，一方面觉得这样简单也是幸福的，另一方面又不希望儿子以后也这样。儿子太单纯了，这不是好事。她希望儿子能多见见世面，学点人情世故，将来才能出人头地。

虽然随着时间推移，望子成龙的梦想越来越远，但是不到最后一刻，她还是不愿放弃希望。她环视着这些孩子既纳闷又茫然的脸，忽然有了一种英雄般的感觉，她觉得自己是在为他们抵抗，也为自己的儿子抵抗。

"今儿我过来，心里怪不好受的，"她说，"我也不知道这片房子还能不能存着了。上次也跟你们说了，这回修路就从这村东边过，紧靠着咱这房子，所以县里来人让拆房子。上次我不是说还得打听打听吗，这回打听了，没什么变动的可能性，只能挨一天算一天了。"

房客们都很安静。

徐妈又说:"阿姨我也不会多占你们的便宜。咱最近的房租按月收,但是到时候按天算,要是万一过两天就拆了,多收的钱阿姨还给你们。"房客们不由得发出低低的议论和赞叹之声。"而且你们放心,"徐妈接着说,"阿姨能抗一天就抗一天,不会把你们轰出去的,咱现在是一条绳上的蚂蚱,有阿姨在,就不会让他们轰人,不过你们可也得帮着点阿姨。"

"阿姨你放心!"年轻人的声音此起彼伏。那种声音,像给她力量的海洋。

从后院出来,徐妈将刚刚收到的一千多块钱揣进怀里。

她一个人来到农村信用社。在大厅遇到了二叔和对门老赵家的。她寒暄了好一阵子,钱一直紧紧地揣在内兜里,没露出边角。等到没人了,才把钱拿出来,拿到柜台存进去。她让柜员给她查查折里有多少余额,她四下里看着,又用余光注意信用社入口,声音压得很低。

"十七万八千四百二十四块六。"柜员说。

"哦,好,知道了。"徐妈像怕人听见一样小声说,可是周围并没有人。

吃午饭的时候,她低头看着盘子,一筷子一筷子不停夹着雪菜,把米饭往嘴里扒。对面是一脸阴沉的徐爸,也一言不发地吃。一盘子雪菜肉末,半盘子昨天剩的冷掉的切片火腿,放在四脚方凳上,垫一张报纸,嘴里的味道和这左右摇晃的凳子一样寒碜。徐妈食之无味,又想怪罪徐爸待在家里也不知道做点好吃的。话到嘴边,又随着米饭扒拉到肚子里。算了,她对自己说,谁也指不上,只能指着自己。

"我下午还去一趟县里。"徐妈冷冰冰地说,她的声音很低,很淡,似乎只是评论菜,不想引人注意似的。

徐爸却撂下筷子:"怎么又去?"他瞪起眼睛。

"不去能解决问题吗?"徐妈还是不抬眼。

"你去了能解决吗?"

徐妈咽了口菜:"算了,不跟你说。"

"我跟你说了几回了,你就省省吧,别给咱找这么多事了行吗?算我求求你。你说,万一人家把你抓进去关几天,这家里可怎么办?你说啊。"

徐妈只吃不理。

徐爸又说:"咱成了一回够可以的了。你当是回回能成啊?万一这次惹了人家……"

徐妈把筷子一撂,站起身来:"你还记得你上回怎么说的吗?'成了一回'?你也不想想是怎么成的。没让你跑是怕你脚不好再伤着,我够可以的吧?你不好好支持,还说这种话,你还有没有点良心了。你说要不是我,咱能有——"

她突然顿住了,不说了,赌气似的把手机、钱包、文件袋子和其他随身用品一样样用力地扔到包里,搭在肩上,大踏步踏出门去。她的心里有一种不屈不挠的固执和愤怒的冷静。走得太急,门外的阳光照得她一阵晕眩。

在太阳光晕的顶点,刚好能看见长生塔。它是那么洁白炫目,房檐翘角向八个方向延伸,勾动人的心弦。它生长的速度很慢,但徐妈恍然觉得自己能听见它生长的声音。

她突然想起儿子说的"我要从塔上跳下来",眼前不由自主地浮现出儿子像一只鸟儿从塔顶坠落的画面,脆弱细长的身子在空中盘旋。阳光越发晕眩。她吓得一激灵。

(三)

王贵祥副局长带着从省城来的研究生赵朴从五楼下来。远远就从窗口看到楼下的徐妈。他走在靠窗的一侧,尽量把身子横过来,不想让赵朴看到窗外。

赵朴是名校学生,社会学博士,这两天来县里调研小学撤点并校的事,总拿个小本子记个不停。他们刚刚开了个会,会场里闷热不通风,又是下午,大多数人昏昏欲睡。此时沿着老楼脏兮兮的楼道往下走,两个人都有点脚跟不稳。楼梯水泥地面,两侧刷着的绿墙漆剥落得斑斑点点,窗玻璃时常破了一半,撒气漏风。

赵朴心无旁骛地看着地面,一眼都没有往楼下瞥。他一只手支在身边,以便万一滑倒可以及时抓住栏杆。他一边走,一边问:"王局长,您刚才说,咱们县的撤点并校工作已经全都搞完了是吗?"

"啊,去年的事了。"

"那您觉得现在还有哪些困难的地方?"

赵朴说得很认真。王贵祥看看他,不知道他平时说话就像新闻采访一样,还是此时特别拘谨。赵朴上午才到县里,一直说话很少。他来调研的是撤点并校,写评估报告。

"哎,小赵,"王贵祥尽可能松弛地跟他说,"实话跟你说,其实呢,这任何问题,都是钱的问题。"

"钱的问题？"赵朴推推眼镜，"建宿舍的钱不够吗？"

"那倒不是。建宿舍有专项拨款。"

"那是哪些地方缺钱呢？"赵朴不由得又把小本子掏出来。

"那多着了。你建个宿舍，不得配两个宿管老师吗？要不然一年级小孩那么小，谁给铺床叠被？还得帮着洗漱梳头。再说，住宿的多了，食堂你不得再多雇师傅吗？"

"您是说……这些人员的工资？"

王贵祥努努嘴，示意他别停下来，接着往下走："是啊。这些人的工资谁出？现在都是学校公用经费出的。好多学校都不够，发了这些人工资，冬天都没钱买煤。"

"哦——"赵朴一边下楼梯还一边往小本子上写东西，"这是个大事。"

王贵祥一早就觉得不对劲，果然，不愿意的事情总会发生。刚走到一楼，还没出楼门，王贵祥就看见局里的两个年轻同事带着徐妈走进楼来。这下避也避不开了，撞个正着。

"王局长——"徐妈见到他就招呼道。

两个小年轻早都跟徐妈很熟了，这回一半搀着她，一半拉住她，不让她随便冲上前去。几个人在狭小的楼道入口处拥挤着无法躲闪腾挪，促狭而尴尬。王贵祥一心想带赵朴出去，无暇与徐妈和同事细说，只是支支吾吾地对徐妈应道："哎，哎，您先上去。"他不想显得很热情，也不想显得无礼。

赵朴或许是感觉到有什么东西不寻常，一出楼栋，就问道："王局长，刚才那女人是来干吗的？"

王贵祥模棱两可地说："解决问题。"

"是上访的吗?"

王贵祥没料到赵朴问得这么直接:"怎么说呢,就算是吧。"

"那她是为什么事上访啊?"

"那可一言难尽。好多事呢,据说弄了个表,写了好几十件。现在这人啊,刁得很,有事没事就上访。"

王贵祥想把话题截掉,赵朴却没有止住的意思,甚至又掏出小本子:"那她为什么跑到教育局来呢?我还第一次见着跑教育局上访的。"

"唉,那是你下基层下的少,现在多着呢。"王贵祥想了想,决定还是说说,想来赵朴也就是好奇,应该不妨事,"我跟你说吧,就刚才这大妈,你以为她是为什么上访?就想来要个高级职称!她原来是个老师,在镇上教初中,退休了还没评上高级职称,就天天跑,想让人补给她一个。这你说我们能给吗?我们问了她们学校,人家学校说了,她原来水平根本不行。早些年的老师也没多少文化,就识字、会算术而已。人家这些年还有大专毕业的老师呢。她上班也不老上心的,尽带着孩子来上班,从学校往自己家里顺东西,备课也糊弄,学生早都反映不满意了。就这么一佛爷,你说人家学校能给高级职称吗?人家盼星星盼月亮就恨不得她早点退休呢。她那硬件什么的也都够不上。结果这就天天跑来上访,还跑到北京一回。可你再上访我们也没辙啊。国家有规定,评职称必须得在退休以前,她退都退了,怎么可能再给评个职称呢?"

赵朴也听得呆了,似乎想不出怎么还有这样蛮不讲理的人:"她图点啥啊?都退休了,还要这虚名干吗?"

"哎哟,你是不知道,这可不是虚名,退休金差不少呢。"王贵祥解释道。

赵朴若有所思地点点头，又往小本子上写了几个字。然后把小本子揣进包里，挥别，向院门口走去，一边走还一边回身挥手。

"慢点儿啊，"王贵祥叮嘱道，"明早上我还有事，就让小王陪你下去吧。"

"哎，您忙您的。打扰了！谢谢啦。"

赵朴走后，王贵祥硬着头皮走上楼梯。他不知道今天该怎么应对徐妈的事。这种蒸不烂煮不熟的牛皮膏，谁碰见都头疼。他知道徐妈并不只是在教育局上访，还在人事局、土地局和县长办公室上访。那些人比他还头疼。据说徐妈的列表上最重要的都是跟房子有关的项。她没事就跟着、贴着、等着，到哪儿都能见着她，在人家门口候着，堵门。据说上一任县长被她烦得不行了，最后给她划拨了二十万，好像算成什么搬家费，想把她打发回家。结果她更来劲了，钱没让她停住，反倒勾起她的斗志了。新县长来了，又想再来一遍。

王贵祥觉得，这人就是蹬鼻子上脸，知道谁也不敢拿她怎么样，现在的领导都怕媒体曝光，这人就怎么不讲理怎么来。她两次跑到北京去，让人好吃好喝送回来，弄得上级都知道了，怪罪下来，整个县政府都没面子。可你又能拿她怎么样呢？你要是满足了她，那让别的那些老老实实劳动挣钱的人怎么说呢？

他心里有点忐忑地推开接待室的门。他心里有点埋怨两个同事为什么把徐妈带上来。他也知道他们是不愿意看她在院门口摆状子，怕影响不好，可是带上来又送不走了。

徐妈坐在接待室的桌子后面，面前摆着一杯热水。接待室里没别人。两个小年轻同事都适时地消失不见了。王贵祥咳了两声，也去饮水机边上接了杯水端过来，坐下。

徐妈不说话，似乎想等王贵祥先说话。她看着自己的两只手，看上去谦恭，却又有一点倨傲，有种看你能把我怎么样的劲头。王贵祥也不想说话，他跟她面对面坐着。有一瞬间，他几乎想把她扔在这儿，自己还回去上班，该干吗干吗，毕竟工作多得很，没工夫耗着。但他理智上又知道，那样是非常不明智的，徐妈等的就是下班，下了班跟着你买菜、坐车、回家，让所有人都看见，当着大家面诉苦，再拉上周围人诉苦。而这是他最不愿面对的，那种情况下，很多决定都身不由己。他还是需要在办公室里把话谈了。

他越想越觉得气闷得慌。做个所谓的人民干部，别人以为多富贵，其实谁苦谁知道，这每天遇上的都是什么破事儿。正经工作就够难了，国家动不动一道命令下来，也不管底下人做得到做不到，立马得做，什么限期整改，什么营养加餐，什么撤点并校，好事倒是好事，但做起来有多难谁管。他天天往乡下跑，看哪个村小还没搬迁，冬天帮着运煤啦，镇上哪个学校的孩子又哭闹着想家啦，学校校长天天来哭穷说厨房师傅的工资又发不出来啦，小学升中学改素质教育又得让孩子换一遍教材啦。这十几个镇，几十个村子，哪个干部有自己跑得多！这还整天提心吊胆的，生怕哪个食堂吃出毛病了，哪个宿舍楼孩子摔着了，哪辆校车翻了，现在家长们可厉害得很，有脾气有门路，要是跟教育局打起官司，谁能受得了？本来这么多工作解决不了，就够烦人的了，还天天碰上不讲理上访的，动不动来扯皮，日了还怎么过！王贵祥觉得自己趁早退休算了，又没什么油水好捞，还不够受气的呢。

"徐妈啊，"王贵祥问，"你还想要什么呢？我上次不是跟你把话都说得清清楚楚了吗？"

徐妈抬眼看着他，嘴一撇，有种祥林嫂的哀怨。

王贵祥也有点心虚："我不是都跟你说了吗，这评职称的事，我也没办法。这国家规定了，退休的人就不能再参评了。你哪怕说得再好听，你就算证明了当初是有人故意搞你，也没法再评了。你当初要是不满意，当初干吗不争，非要退休以后再争呢？"

"我当初就来上告了。我们学校就非让我退休不可。"

"好，好，"王贵祥连忙伸手，让她打住，"咱不说当初的事儿。反正现在这事是完全办不到的。你还不如有这时间好好回家歇歇，喝喝茶，和邻居们聊聊天，多好呢。"

徐妈又低头看看手，幽怨地说："其实我这次来，也不是为了职称的事。"

"那是为什么？……又是那间宿舍的事？"

"那间宿舍已经让人拆了。我得要赔偿。"

王贵祥这下有点生气了。他知道那是什么事。那是他在那张列表里觉得相当不对的事。

"拆房子那是应该的。那是学校的房子！人家想拆就拆，关你什么事？能让你住那么多年够对得起你的了。按理说人家那都是单身职工宿舍，你带着孩子住学校那么些年，够可以了，也就是你们王校长宅心仁厚，看你困难帮你一把。那你也不能把那宿舍霸占成自己的啊？现在人家学校要扩建校舍，你挡了人家道儿了，能不拆吗？你凭什么不让拆？那学校是你家宅基地吗？你不感恩戴德不说，还讹上人家学校了，你说有你这样的吗？"

"盖的时候，我们是花了钱的。"徐妈小声说。

"可前阵子江局长不是赔给你二十万吗?还不够?"

"那是搬家费……"徐妈的声音越来越细,越来越低,却不肯停下来。

"那你还想怎么着呢?"

"您看啊,"徐妈静了静,轻声说,"我不是有个儿子吗,现在在古城上大学,学管理的,也是一表人才,明年就要毕业了。您看……能不能让他来咱们这儿上班?王局长,我知道我之前给您和江局长添麻烦了,您只要最后再帮我这一次,我以后什么问题都不来找您了。"

王贵祥腾地站起来,又好气又好笑。他已经找不到合适的语言了。

"我告诉你,徐妈,"王贵祥指着窗户外头遥远的地方说,"你别搞这套。你每天把自己弄得可怜兮兮的,其实不就是想上塔吗?我还想上塔呢!谁帮着我上塔?你儿子需要解决,我儿子也需要。我就算要解决,也是解决我儿子。轮得着你吗?"

(四)

赵朴在教育局外面等了两个多小时才看见徐妈出来。

他跟上去,想和徐妈搭话,可徐妈没看见他,快步出了教育局大院门,往右拐,又拐上大路。赵朴跟了几步,想要追上去,但离得近了,他又改变了主意。他想就这样跟着看看,看这个女人接下来要做什么事情。

他对这件事很感兴趣。他不完全相信王局长的话,因为来以前他的一个师兄叮嘱过他,到了县里,当官的说话得打折扣听。他不是全不相信,而是觉得王局长说的事即便是真的,态度也肯定偏颇。他一直觉得,当一个人做了一些旁人觉得十分不合理的事,就必然有值得研究的东西。他对王局长颇有几分好奇,这个人还是有点才华的,讲县里的历史和名人都脱口而出,对中国历史也有些见地,业余时间还喜欢写写书法。下午他们去寺庙里逛,还看见王局长写的一幅字,挂在县城书法名人展里。赵朴刚来县里两天,对什么都好奇。他看到寺庙觉得好奇,看到广场舞好奇,看到旧城区的通信运营商也觉得好奇。

赵朴爱看《弱者的武器》,他常说自己同情底层人,观察底层人各种各样的诉求形式。他觉得《抗争性政治》说得对,中国现在以抗争博弈为主线。底层民众仍然需要启蒙,虽然生活之困苦让很多人感受到权利受损,但还没有足够的权利意识。他想写一本《忧郁的县城》或者《忧郁的北纬四十度》。虽然后来看多了韦伯和涂尔干,也觉得各有各的道理,但先入为主的因素还是让他对列维·斯特劳斯最衷心。他觉得场域理论也适合描述中国,帕森斯的结构功能主义叙事虽然过于宏大,难以把握,但与中国历史也有诸多契合之处。他还没想好自己的论文要以什么理论作为结构骨架,有时候思路多了,冲撞得七上八下。

赵朴跟了约莫有二十分钟,发现徐妈在县土地管理局门口停了下来,从包里掏出条幅,铺在地上,人坐在一旁的花坛上,手里还举了一块牌子。赵朴掏出小笔记本,把这一幕和他下午所见的其他东西原原本本写在本子上。四周有人围了过来,低头看徐妈条幅上写的字,赵朴也凑在人群后面低头看。三十条控诉,密密麻麻小字。

他看清楚几条,学校不公正提拔的黑幕,强行拆迁致家中顶梁柱伤残,乡政府强行占道不予赔偿,如此等等。看了一会儿,赵朴挤到人群前方,蹲下来,捧着小本子,想采访徐妈。身后有个老头儿俯身看,有点压得他难受。

"阿姨您贵姓?"赵朴问。

"姓徐。"徐妈转头看看赵朴,反问道:"你是记者吗?"

"不是。我是来调查的研究……员。"

"哦,研究员啊。"徐妈焦虑的脸一松,立刻显得亲昵起来,眼睛里几乎掉出泪来,"你帮我研究研究吧。我有好多事想跟人说啊!"

"好说。您是哪儿人?"

"陈家镇那边的。长生寺你知道吧?"

"知道,明天我就打算过去呢。您是长生寺那边的人啊?"

"小伙子,我跟你说,阿姨我实在是没有办法了。我家就这一个小卖部了,现在要被人强拆了,他们就带着人来打人啊,你是不知道……我老伴腿已经残疾了,打工也打不了,儿子学费交不起了,要退学……"

"您老伴腿残疾了?让人打的?"赵朴惊问道。

"小伙子,真的,阿姨跟你实话实说,我们也不求别的,我们老两口也没几天好活了,只求给我们儿子一条路。你跟我儿子差不多大,你明白,当妈的别的都不想,就担心儿子。他上大学呢,学费交不起了……"

"那您……"

就在这当,徐妈眼睛越过赵朴看向他的身后,突然腾地站起来,卷起地上的条幅就往他身后奔去。赵朴还没来得及站起身,徐妈就离他几步远了。赵朴疑惑地向后看去,发现徐妈凑到一辆黑色奔驰车外面,趁着车子开出大院开不快,跑到车前,用双手顶住车头,不让车往前开。汽车鸣笛,司机探出头,徐妈双手顶着车子一步不让。又借着车里人发愣的工夫,转身靠坐在车头上,又把条幅打出来,横在身前。人围过来的逐渐多了。虽然对徐妈充满同情,但这一幕让赵朴看得好笑。这样的画面以往他只在网络上看到过,今儿个第一次见了,不免有点兴奋。

最后,没什么结果。土地局门卫两个人匆匆过来,把徐妈架开,徐妈也并不扭打挣扎,顺从地让他们拉着手臂,平静地被带开,或许是目的已经达到,也或许是害怕冲突。被拉走的同时她还低头和车里说话,只是没说上几句,车就开走了。人散去了。徐妈梗着脖子歪着头,捋了捋头发,忘了赵朴,头也不回地走了。

赵朴见人散去,也无甚可为,便回到招待所,给老师写邮件,把白天看到的一幕讲了。他与老师商量,不知能否把乡村中的弱者反抗作为自己论文的题目。他的论文还没开始做,这会儿也该开题了,但他还没有想好要做什么。这次来调查乡村教育和撤点并校的社会影响,并不是他的题目,只是导师的课题。能不能作为自己论文的题目,还很不好说。他也不是特别想做乡村教育,虽然说是个重要的题目,但他总觉得还不核心,并不能反映出当今乡村生活的主要困窘与主要矛盾。另外一些有关乡村治理的题目不好做,一方面较为敏感,另一方面是做的人太多,不知道如何做出一些新意来。这次到县里调研,他也是想积累一些素材回去。农村的弱者作为社会保障之稀薄地带,是一个值得关心的题目。

赵朴已经博士二年级了，他希望能在第三年正常毕业，但据说他们学校卡得比较严，论文做两年能做完就算不错，多半要延期毕业。他有些着急，当初考研耽误了一年，考博士又耽误了一年，眼看就要三十了，毕业还没着落。毕业没着落，工作和女朋友就更没着落。他时常在两个极端之间摇摆，有时候鄙视包括结婚生子赚钱在内的一切世俗目的，准备献身清高，有时又因自己的一无所有而悲从中来。最终的结果是他对于自己的学术寄予更大厚望，期待学术上有所成就，最好一鸣惊人，成为全国知名的青年学者，四处走穴即可盆满钵满。

邮件写完，他打开电视。二十五寸彩电还是老式的凸面型，看惯了平板电视的人，对这种上个世纪的"古董"已经觉得十分不习惯。不过招待所里竟然有wifi，他觉得很神奇，或许是因为这些年来此地旅游的人多了的缘故吧。他靠坐在床上，把两个软塌塌的枕头垫在腰后。遥控器转来转去，都只是电视剧，看了没几眼就进广告。旅馆的写字台上摆着一小盘方便面矿泉水饼干的组合，上面都有价签，勾人馋虫，却没有一样让人有食欲，就像厕所里的激情产品，画着猛男猛女，让人蠢动，却又勾不起真的欲望。床上的被子摸上去有点潮腻。

他拿出《浮生取义》，一边看电视一边翻。看不进去。自杀的魂灵仿佛透过密密的字，在四周漂浮。他的书单上这学期列了七八十本书，但是到目前为止只读了五六本，心里着急，但越着急越看不进去。这次出差，箱子里装了四本书，可到现在还一本也没看完。他心里总是乱糟糟的，似乎有很多事值得想，又想不出什么。他翻开白天的小本子，在读书和整理笔记之间犹豫了半天，最后决定先看一会儿电视再说。

地方台有旅游宣传片,他这才想起来第二天要去长生寺参观,掏出笔记本查旅游攻略。每次出差,就旅游这部分最令人向往。他知道长生塔的传说,只是一直没有能直接参观。他看了一会儿,又想起了徐妈。晚上回忆起来,徐妈的凄凄切切就更显悲苦。他打开百度地图,查那个叫"尘烟"还是"尘凡"的村子所在的位置。

然后,他给他本科同学艾峰拨了电话。

他想让艾峰来报道一下徐妈的事。艾峰在省城一家报社工作,做记者,毕了业没有读研,直接上班,工作到现在六七年了,也算是资深了。赵朴觉得,人做了记者,话就变多了。艾峰原先在学校时还没有那么外向,工作了几年,再一见面就滔滔不绝。话越来越多,带着点指点江山的意味。讲哪个指示下来全报社都疯了,讲哪一次出了什么新闻事故,讲哪个报道搞了乌龙,哪个高官其实有什么龃龉,再说一些对当下政治的评价,一般不留情面。不过赵朴也知道,艾峰这人热心,如果有些什么事值得报道,哪怕自己损失一些银子也不介意。

他问艾峰:"有这么一件上访的事情,也许颇有点复杂,你愿不愿意来看看?"艾峰很痛快地答应了。

第二天上午,太阳有点淡漠,无精打采的样子。艾峰接近中午才到县城,两个人找了个小饭馆叙了旧,才姗姗上路。赵朴在路上给艾峰描述了事情的大概,也讲了他对徐妈这个人的看法,最后才说到他的关键想法。

夏利出租车在修路的坑洼处颠簸了好一阵,终于驶上大路,沿着崭新的六车道高速疾驰向灵虚寺景区。窗外，新栽的杨树挺立着细细的枝子，搭成一道墙，隔开公路和广沃原野。树枝倾倒向一侧，蒙着尘灰，于荒僻之中只微末展露出一点生气。

赵朴向艾峰描述事件的时候，他几乎能想到那未来的画面：他的研究论文被网络转载，成为冉冉升起的学术新秀，受邀参加一些新媒体的直播对话，成为弱者生存斗争的代言人。他将开设自己的自媒体平台，直击弱者斗争这个网络平台目前最关注的热点。此后会有商业利益找到他，但是他不能随意选择，他可以营造一系列相互促进的事业。

"那就是长生塔了吗？"转过一个弯道，赵朴忽然看见远方那座通体洁白的高高的塔，心里被震动了一下，凝视了好一会儿。汽车颠簸中，塔尖上下忽闪。

"它果然在长高啊！"赵朴看了许久之后对艾峰说。

（五）

艾峰忽然很想喝啤酒。阳春四月的风暖暖和和的，从漏风的夏利窗户里飘进来，让人全身痒酥酥的，心情十分惬意。如果这时候手里有一罐冰啤酒，那就完美了。

下车之后，赵朴想直奔村子里，艾峰却不着急，想先找到小卖部，买一罐啤酒，逛完了长生寺，再找找看。他不着急，就算这一大什么都采不到也无所谓。阳光明媚的下午，不在景区里好好消磨一下，就辜负了上天的美意。这两天赶上他工作热情的低谷，和主任冲突，心情很不爽。赵朴一叫他，他就觉得天赐良机。长生寺他很早就听说了，只是一直没去过。每每外地同事放假结伴造访，回来后议论纷纷，他这个正宗本地人反而无话可说。这次难得从恼人的办公室跑出来，一时半会儿不想动脑筋。

艾峰朝售票处走去，赵朴起初还想争执，艾峰一本正经地说："你别总一腔热血。做事得讲究效率不是吗。人家农村人白天都得干活去，你这会儿去了能见着谁？"

赵朴不说话了，似乎觉得也有道理。

"再说了，你现在去长生寺玩玩，待会儿再去找人，什么也不耽误。你现在先去村儿里找人，找不到不说，待会儿长生寺关门了，咱不是白来一趟吗。"艾峰又说。第二点理由对他来说殊为关键。

赵朴于是跟着他汇入排队买票检票的人流。

艾峰不是不明白赵朴的意思，但艾峰并不认为他能做什么。他这些年这种纠纷的事也采访得多了，知道是怎么回事。这种事，有一半说不清谁对谁错，另一半能说得清，但又不能在报纸上说。总之是受累不讨好的事，费了半天劲采访，王家大妈说什么李家大婶说什么，最后有关部门说什么，也就没有下文了，说是等待进一步追踪，但是事件多半扯皮很久，拖个一年半载还算快的，拖个三年五载，到最后有了结果，大家早都把这件事忘了。

赵朴这人呢，艾峰想，什么都挺好，就是有点……有点什么呢，有点不开窍。赵朴总把好多东西讲得很复杂，把变种马克思理论和其他七七八八理论搅和到一起，苦大仇深的模样，总觉得谁都活得挺惨。其实谁都活得好好的，人家有人家的算盘，你未必知道而已。

赵朴此时又在说，完全无视宏伟矗立的大门，一门心思说，说话的时候侧着头看艾峰:"这事吧,教育局的不愿意管我也理解,教育局是清水衙门,对付不来……"

"教育局是清水衙门?"艾峰笑了,"教育局是哪门子清水衙门?你见过最近修的那些新学校吗?你知道那花多少钱吗?就古城底下一个县,建了个中学,花了两个亿!没见过吧?你能想象吗?两个亿!改天你一定得去看看,那斜坡阶梯,那大柱子,那大操场,全大理石,快赶上天安门广场了。为啥?你说为啥?工程经费越多,进口袋的越多呗。教育局,嘿,我跟你说,最肥的就是教育局,越穷越肥,因为国家上面给贫困县的教育经费是最多的。"

赵朴听了,好一会儿没有说话,低头走路,眼镜滑到鼻尖上,又两次推上去。艾峰看到他两次又想掏小本子写笔记,但两次又都放回去了。艾峰觉得好笑。

长生寺景区里建得十分辽阔,辽阔得连艾峰这样不喜欢讲情调的人都觉得粗俗了。几十米宽的大马路,两侧几个树坑栽种几棵孱弱树苗,远处看不到边际的地方是所谓的参观点,中间漫长的距离必须乘电瓶车前往,又是一笔坑人的费用,路的两侧排列金色新建的大佛像,电车上的导游还一直唠唠叨叨,劝他们去拜,求婚姻家庭幸福。艾峰万没想到长生寺里如此景象,他知道长生塔的奇观别具一格,但不知寺院竟是如此的好大喜功。远处新修的舍利堂是个菱形,空心,相当后现代,金属外表面在太阳下反射着刺眼的光。

"我的意思呢,"赵朴又说,"也不在教育局。还是想发现社会现实。弱者的反抗,好多你觉得不合理、没道理的反抗方式,其实还是因为实在没有其他法子了。你想,一般人谁愿意天天没事找事还伤自己,还不是被逼得实在没法。你报道的时候能不能发掘一下……"

"到时候再说吧，"艾峰不置可否地打着哈哈，"先看看是什么情况再说。不过你也别想得太好，'谁天天没事找事'，你上班了就知道，好多人就是天天没事找事。"

"这回我觉得不是，你没听说吗，他们那儿拆迁都上防暴警察了。"

"有什么不对吗？"

"你不觉得……"

"你不是也说了吗，那本来就是违建，村民还打执法人员，这还不上警察等什么。"

赵朴愣住了，想了想才说："我们需要从弱者的角度想问题，弱者的抵抗是泄愤的抵抗。你看过斯科特写的东亚小农吗？你回去看看。看上去小农是在偷盗欺骗，但实际上……"

艾峰一边听，一边走，一边看两旁的佛教装饰物，只听进了一半。他对赵朴有点倦怠。赵朴开口必须引用经典，一副谁不读政治学术书谁就活不下去了的架势，每天劝别人读书。艾峰对于劝人读书倒没什么不满，只是觉得赵朴拿读过几本书来区分一个人，未免有点太过偏颇。在读书之外，你先得睁大了眼睛看看这世界不是吗。艾峰觉得，一个人要是真有水平，无论读了多少书，遇上别人也不会显得傲气。因而每次遇到这种场合，艾峰就喜欢打哈哈，不认真回应。只是不想跟他一起板着脸说话。谁没读过些书呢，艾峰想，不就是读过些书吗。你看得见问题，却给不出解决，屁用没有。

"哈哈，"艾峰笑道，"回头给你发几个我们的调查案例，让你认识认识小农哈。"

艾峰近来过得不太爽，两篇稿子被部门主任毙掉，选题会上，他的一个主意被部门主任评为"糟糕选题的教科书"，让他在小辈和实习生面前丢脸，异常没面子，于是，他一气之下决定私自给自己放几天假，装出仍然在采访，出门走走，最后回来说"没多少有趣的新闻点"打发过去，反正这种事也很正常，谁也不能保证所有线索都有新闻。他对报社的现状不满，什么事情不先从实情出发，反而从立场出发，先设计出一个结论，再按照结论找一些事件、找一些人说话。这种东西他不感兴趣。

刚毕业的时候他还非常有社会公德心，总希望把新闻做得有点深度，像科学研究一样，深入到社会内部挖掘，后来干了一段时间发现根本就没有这种时间。天天有报纸，天天得搞出点东西，就算是他们负责的专题，不定期出稿，也总是赶时事热点话题，差不多选题会后三天就得组稿，五天就得下厂印刷，一周之后话题就过时了，再发出来也没意义。所以在仅有的三天里，只能打电话找几个关系好的专家说说话，再去相关场所踩踩点，以保证写出来的东西是事实就行，至于客观全面发掘和深度社会分析，按总编的话说，你写了也没人看。艾峰写稿子越老练，采访的热情就越低。他知道不是所有记者都像他这样，也有好多记者越干感触越多，他只是一上来的期望太高，稍微一失望，就觉得人间乏味，不如随波逐流。可他的内心又不甘随波逐流，于是难免玩世不恭起来，对事情，第一反应总是嘲讽调侃，最不喜欢听豪言壮语。

他用这样的眼光看世界，就看出世界很多有趣的地方。他看到许多以前没有发现过的事，多半以尴尬为主，没什么善恶可言，都是博弈。Game Theory，游戏理论，这名字真是好得不能再好了。他觉得大师造词就是牛。都只是游戏而已，你看着不合理的，人家都有人家的理由。小农怎么了，小农弱势，但人数还多呢。世界嘛，他想，总归都是有理由的。即便是看书，看魔障了可不行。书是围绕世界转的，又不是世界围着书在转。

两个人终于穿过了漫长而无聊的佛光大道，下了车，避开兜售高价香火的摊位，进入菱形大殿里转了一圈。跟着人流，小步小步地挪动。大厅光线晦暗，祭祀饰品堆积。没看到传说中的舍利，只看到一个小方玻璃盒，供在饰物烦琐的祭坛顶端，远远就用绳索拦住游人，似乎就想起到让大家看不清的作用。就像所有的豪言壮语，伸手一指，看，远处是神奇和美好，然后利用谁都看不清、谁也摸不到的优势，激情澎湃描述一番。

可是舍利本来就不存在。那就是一种想象的美好。

"快出来看！有人要跳塔啦！"外面忽然有人喊。

赵朴连忙拉着艾峰出门，向塔的方向跑。艾峰心怦怦跳，也赶着推开人群。整个下午，他俩第一次有了某种共同的目的。艾峰觉得幸运，这是他第一次赶上新闻现场。他转念一想，又觉得造化弄人，在最想放弃工作的时候，却遇到了努力工作时求不得的机会。

艾峰闻到人群的汗味。人群向塔蔓延。东张西望的人摆动着头，一边向前涌，一边窃窃私语。赵朴一直小心翼翼地说："不好意思借过一下"，艾峰嫌他慢，大声吆喝着"让让哈，让让"，他俩在人头的海浪中挤到了浪花前沿。

他们抬头张望。想跳塔的人坐在塔第五层。

阳光中，塔通体洁白，清冷如玉，仰头看不见顶。

待两个人的眼睛适应了逆光仰望的明暗，赵朴突然发出"啊"

的一声惊叹,狠狠捏了一下艾峰,捏得他叫出声来。"那是徐妈!哎,那是徐妈!"赵朴叫道。

"什么徐妈?"艾峰问。几秒钟之后,他突然想起赵朴唠叨了一下午的故事。

塔上的人动了动,似乎往外挪了一寸。底下一片惊呼。

逆光看去,塔身有光晕的轮廓,宛若圣洁。

"哎!徐妈!徐妈!"赵朴挥着手大喊,"你还记得我吗?我是小赵啊!"

他们又往前挤了挤,几乎挤到了最前排。赵朴拼命举手挥动着,想要引起塔上人的注意。喊了一会儿似乎有用了,塔上的女人把面孔投向他们所站的方向。艾峰心思转了转,心里对事情有了自己的判断。

"哎!我是记者!"他大叫道,"你别冲动,有事跟我说!我是记者!"

他说着,从口袋里掏出记者证举到眼前。他知道,这么遥远的距离,塔上的人看不见,但他又知道,当人想看的时候,什么都看得见。

"我真的是记者!"他喊。

他们把徐妈从塔上接下来,陪她坐了一会儿,就一起回到村里徐妈的小卖部。

村子不大,村口的小卖部人人皆知。艾峰带着点审视和批判看着村子,村里大张旗鼓地建设,好几户人家都在自家原本的房子上又盖了一层小屋,盖得既粗糙又简陋,砖石里凸外进,腻子都没刮匀,但还住着人,晾着衣服。艾峰不觉得奇怪,这种事他见多了。每次有哪儿的村子风闻拆迁,就全村出动盖房子种树。他还见过那种邻村配合的。一个村的树苗被政府清点完毕，定了赔偿之后，当夜挖出来，卡车运到另一村栽下，等着政府过两天再来这村清点。夜半时分，半个村的男人扛着树苗沿村边走。

他看着屋顶高处的一间间小房，和里面偶尔走出来的面无表情的农村姑娘，避开屋顶上跌落的水珠。看到这些，他觉得一切都显得合理了。

他们来到徐妈家里听她讲。傍晚的暮色笼罩头顶。沟通交涉让艾峰把图画看清了。他从徐妈的絮叨中找到了关键的部分，之后与村民的谈话更印证了推测。

正如他所料：徐妈，以及这一村人最大的不满，不是为何拆迁，而是为何不拆迁：明明说好的拆迁，怎么就不拆了？

而徐妈特别不满的是，这次政府来人，为什么只拆违建部分，而宅基地却不动，因此没什么赔款。于是乎她闹，若是能闹得全村被拆了就好了。

这下明白了。艾峰嘴角露出笑意，这倒是有的可写了。

他想了个办法把赵朴打发回去——这并不是很容易的事，赵朴仍然希望他以"被贬损的和被忽略的"为角度写文章，但他可不想这么落入俗套。他要写，就要以更新的角度去写。写个 10 万 + 的点击率。看看部门主任还怎么说。他要写拆迁过程的利益大饼，写每人拿了多大一块。

"徐妈，"他晚上等赵朴走了，悄悄把徐妈拉到小卖部外边问，"您是不是想把这件事报大一点？您看政府今年财政吃紧，经济一时好不了，咱这拆迁的事说不准就黄了。您看这长生塔每天长高，说不准长到什么时候，要是不抓紧跟上，错过了时节谁也找不回来。"

他说着用手指指远处月色中朦胧的塔,又说:"我很想帮你们。你帮我也多找点线索。你回头给我拿账本整个算算你们村的账。"

(六)

曹东教授拄着拐杖,手里还捏着那张报纸。

"就是这张,你们看看,我是不是该去。"他对参会的老朋友们说。

坐在一旁的老江把报纸接过去,但显然心思也没在这个上面。

"我跟你们讲,这可是国策,是大事,这初期要是推动不好,后面会扭曲整个制度。"曹东教授异常严肃地说,"土地政策可是立国之本。"

曹东教授自从看到报纸上长生寺的报道,就开始着手准备这个研讨会。研究所原本就有定期学术研讨会的惯例,他的老朋友又多,时间定在周末,一个电话过去,给面子来捧场的人着实不少。他思忖再三,将会议主题定为"以土地流转看乡村自治的可能性"。

会议在研究所的一个咖啡苑里。自从去年改造了研究所的一个食堂,修了这个咖啡苑,开会时的气氛就好了很多,开会之后总会留下来喝咖啡闲聊神侃,因而来的人也越来越多,但也有坏处,讨论的气氛过于放松了,形不成约束,主题尚未展开,话题就偏到郊外去了。

曹东还想继续讨论土地流转的规范问题,底下几个人已经开始说起来某个旅游胜地最近开发的文化商业综合体了,从旅游开发,聊到了出国见闻。玻璃咖啡桌上散落着撕开的包装纸,果盘里的水果还剩下几块，横陈着躺在空盘子里。

曹东不管台下听不听，只是一门心思说着："长生寺这个问题吧，一般都关注民众怎么找政府维权，政府给不给解决，以后上访怎么弄通道什么的。但实际上问题不在于县政府能不能给解决。县政府不管解决不解决，都属于临时性的，不是根本的，就像你不能指望总有青天大老爷出现。根本的还是得有体制性社会保障。制度性保障。"

曹东停下来，等着回应。

底下私聊的惬意持续了一阵才淡下去。

周一江语调轻松地说："老曹啊，据我看，中国老百姓还不太一样，有时候还真就盼着青天大老爷。"

曹东被他的语气弄得有点烦躁，装作没听见，继续说道："民众诉诸权力的方式，不管是恳求的还是反抗的，实际上仍然显示出极大的权力依附性。现在的城镇化也是权力主导的城镇化，强拆先不说，大规模不合理的冗余建设，好多地方出现鬼城，文化遗迹附近也弄得不成样子。这次之所以想推土地流转，实际上还是想推民众自治和文化自治……"

"我说老曹啊，你做了这么久还没感觉吗？"秦勤教授说，"在中国现在这环境里，想做一件事，可不在于有没有道理、该不该做。你就是得想清楚了人家为什么要这么做。现在政府卖地赚得盆满钵满，为什么要改？凡事都得有个激励相容。地方政府……"

曹东绷着脸，没有说话，对研讨会很不满意。他坐在垂下的投影屏前，被玻璃墙投入的阳光晒得十分焦躁。他对场地不满意，对与会者的态度不满意，对自己的表达也不满意。在座的都是他相熟的人，他们常在一起讨论中国古代乡村自治政治结构，讨论城市维权行动背后的权利意识，讨论奥古斯丁和马基雅维利，他本以为他们会很支持，却没想到他们多半抱着冷眼旁观和微微讪笑的态度。他们要么认为改革只能从高层做起，要么认为目前的民众自治充满弊病，要么对现实失望、对任何变化的可能性都充满悲观。他们穿着朴素但体面的夹克和毛衣，戴着眼镜，博览群书以至于一开口就是俯瞰世界三千岁月。

但是他们永远站在世外，点评世间之差错，却不认为自己应该或者可以做到点什么。

可是曹东不认为世界会自发发生变化，人需要做些什么，做了才有可能有变化。

"反正这个项目我是肯定要做的。"

曹东拄着拐站起来，感谢所有人参会，然后自行离开。

三天之后，他拖着尚未痊愈的脚踝又一次降落在古城机场。一旁陪伴他的是一个基金会的年轻项目官员。曹东带着一个仨人组成的小团队，准备开始他的自治项目试验田。他已经联系了县政府发改委的工作干部，有些进展，但电话里却不足以消除疑虑。他一瘸一拐，却挺直腰背，一路不住喝水润喉，准备在稍后的会面中展露自己的口才。

他被古城的夏风吹得迷了眼，坐在汽车后座上，又吹又揉痛苦了许久之后，才睁眼打量这个地方。高速公路两侧，黄沙轻卷，一间间低矮平房挂着彩色巨大招牌，在正在建设的高楼的骨架旁匍匐，像黑黝黝的窑洞。小汽车飞奔经过乡野。

"土地流转可不是资本家的事情。"曹东教授对随行的年轻公务员讲，"这才是切身关系到所有国民的大事。你看现在两亿多农民工为什么进不了城？为什么农村好多地荒无人烟？就是因为这些农民不能从土地的身份上解脱出来，还跟背后那块地连着。农民也有权从土地转让中获得自己一份收益，凭什么只让政府和开发商获益？我跟你讲，现在好多人想买农村土地呢。你说大城市那么多雾霾，好多文化人、艺术家想到环境好一点的农村买地呢。农村多好啊，能自己盖房子，自己种点菜吃，自己有个小院儿喝喝茶养养花。好多城里人都羡慕农村生活呢。现在土地不流转，农民进不了城，城里人也进不了乡。"

办事员随声附和着："曹教授您也想到乡下买地盖房吗？"

"那是。"曹东教授应道，"那是当然。我周围有不少朋友乐意呢。现在大城市的房地产太贵，不值得买，大家手上有点闲钱怎么办，没地方投资，不如到乡下买块地。几个文化人，坐一起喝酒论道，对乡村文化建设也有好处不是嘛。我跟你讲，土地政策可不是小事，这是推动乡村自治的第一步。乡村自治是……"

"曹教授，"办事员笑脸相迎，"您要是很想到乡下买地，到时候可一定来我们这边啊。我们这地儿要是能来您这样的大学者，那才是蓬荜生辉。您别看我们这地方现在挺穷，历史上也是人杰地灵的。而且我们这儿有长生塔，风水好，吉祥，人家都找人师给看过的。您去过长生塔了吗？那周边地方可好了，有一座小山，山下有条小溪，我估计您肯定喜欢。要不然下午我带您去看看？"

曹东教授犹豫了一下："下午我本来想先去拜访县发改委的……不过也好，他们今天也正好忙，明天再去也行。长生塔是在尘凡村是吧？那边现在什么地价？"

（七）

下楼吃饭的时候，龚旭被电梯里的人挤得异常烦闷。

人挤人的狭小空间里，正赶上前面的女生烫的卷发搔着他的鼻子，痒得令人心烦，气味也有一种他不喜欢的化学品味道。

金融公司所在的写字楼地下，总有一系列拥挤的小餐厅，被中午觅食的白领占得满满的。听上去生活在云端的金融行业高薪青年，工作时办公桌确实在云端，但午间时光总被打回到地下的人间世界。BHG超市里卖的盒饭有一排人排队，一茶一坐门口也有穿衬衫、挂着工牌的男女等位。龚旭和几个同事晃到大排档，看到有座，想也没想就进来。大排档有各国餐饮，龚旭买了一套肉骨茶套餐，58块，坐到木桌旁。

午餐短而潦草，大家都匆匆忙忙只为了填饱肚子。盯了一上午下跌的股价，局势不好，上班期间刚刚咧嘴骂娘，没人有心情大吃大喝。低头扒了好一会儿，才有人抬头说话。说话也只是闲极无聊地随便扯几句，只为了填补等待别人的时间。话题从周末刚发布的新款手机开始，讲到叙利亚局势，再讲到美国大选和新一周宏观经济数据发布，最后有人提到某省的村庄对峙事件。这个事情在早上突然到处传播。龚旭撂下筷子。他对大部分话题只敷衍两句，这件事他却有些话想说。

"那学者到底怎么回事啊？"有人问，"他是想帮那家人打官司还是怎的？"

"那个曹东啊？他好像就是去调研的吧？结果让人给打了。"有人接茬道。

"本来没他什么事吧?"龚旭插嘴道,"他跑那儿干吗去?"

"谁知道!"一个女同事说,"一种主持人间正义的英雄感吧。"

"我看是博眼球、求出位而已。"龚旭撇撇嘴。

女同事说:"也别说得那么难听。人家不是去做公益的吗?"

"做公益?"龚旭还是冷笑道,"你问问他怎么不在北京农村做公益呢?为什么非得跑到西北去?你知道那是怎么回事吗?人家那拆的本来就是违章建筑,也说好了赔偿标准,那户人不干,非要狮子大开口,就这么厚脸皮。这个曹东还跑那儿怂恿,结果越搅越浑。他不就是为了他自己名声吗?这些公知。"

"你真够愤青的啊。"旁边的 Adam 笑道。

饭桌上没人应承他的话,倒有人讪笑。这让他有点憋屈得慌。他倒不是必须要别人赞扬,只是他想说的话还没说完,既没有获得认可,又没有辩论一番并取得胜利的好胜感的释放,心里怪堵得慌。整个下午他都有点心不在焉,正赶上大盘震荡调整,看不清形势的情况下,经理让他们都暂缓操作。他无聊时就上 BBS,一边看新闻,一边灌水。

上 BBS 是龚旭从学校时养成的习惯,也是他知晓天下事的主要来源。每天上 BBS 看看,大家争论社会热点。曹东试图建立并打造的试验园区被很多人寄予厚望,说是文化、居住、社区交往、生态环境功能全都具备,不必大拆大建,村民自行改造乡村,回归传统文化。这简直是打造桃花源一般的空想主义,与当地政府发生冲突,却在网上获得各种赞许。

龚旭说不清自己为何讨厌这种噱头。远在十万八千里之外养尊处优的学者,动不动跑到一个地方要去改造拯救人家,除了自负,还包含着强烈的自私自利。龚旭觉得,他不是执行过程中受到阻挠才和政府冲突,而简直是为了要和政府冲突才过去。人心阴险之处他做金融这么久也算是有见识。要不然为什么他不和政府协商推行计划?为什么要一个外国基金会给他出资?为什么到那儿就组织全体村民和政府对峙?

全都是有目的的,龚旭想。现在这些人也是全不动脑子,管他好坏,一律是体制的错,中国都是坏的,外国的月亮都是圆的。原先报纸上说得很清楚,是当地政府没钱继续开发了,村民一看没有好处捞了,才想各种办法上访,说不拆迁,让他们住危房,全是政府的错。这是多胡搅蛮缠啊。

下午不知怎的英镑又反水,他早上做空的那一票本来寄予厚望,现在反而亏了几十 bp。隔壁小区的房子涨到每平方米九万三了,再查查自己小区,好几个星期没动过了。他很后悔当时没跟老同学一起再出手一套昌平的房子,现在老同学净赚两百多万了,又开始在群里嘚瑟,龚旭气得想砸屏。

他把自己的不舒坦在 BBS 上发了出来,对曹东和长生寺事件多有微词。不出所料,有人与他辩论,还诋毁他是"拿钱发帖""屁民总替贪官着想",等等。龚旭内心烦躁,却也不是愤怒。他早就料到会有这样的言论,也正是在等着与人争。上午平仓过快、置换操作节点没选好、意外遇到三连停的郁闷情绪,正需要一个出口释放。他攻击骂他的 id "脑残""带路党""捧公知臭脚",骂完有种神清气爽的感觉。他批评曹东的保护村计划纯属文人的意淫,还是老一套的鸡犬相闻的理想小农世界,酸朽得不行。人家要是就愿意拆迁拿钱,到城里买房不行吗?乡村再怎么好,能有发展机会吗?

他最不喜欢一些人总拿情怀说事。

他并没有将这些愤懑情绪带到下午的讨论中。下班之前，他们有部门里的例行讨论。他仍然正好领带，扣上袖口的扣子，对着电脑屏幕的反光将头发梳整齐，捋了捋西装的下沿，挺直站好，带着打印好的分析报告出现在讨论室，郑重得好像是去做路演，为了给参加讨论的上级经理一个敬业的好印象。

这一天的讨论并不顺利，他推荐的股票池和策略并未得到经理注意，经理一直和小组长讨论他们的一个想法，并最终根据经理个人意愿选择了第二天的投资方案。龚旭坐在后面，成功地发言三次，每次都在恰到好处的切口，但每次都被忽略了。

整个下午的恼人情绪最终像汇入主干道的支流，不可阻止地碰面交缠在一起，相互放大，相互干扰，到了最后成为一触即发的爆竹，又像是吹得过于鼓胀以至于变得青白透明的气球，指尖的戳点就能让其爆炸。只要一点刺激。

晓嫣承担起了这个任务。

她迟到了三十分钟，但并未对此有何表示。在将太无二的高背沙发上一坐下，她就揉着被购物袋勒红的手掌娇滴滴地说："加州卷，加州卷，我要吃加州卷。"然后又瞅瞅龚旭的脸，问他这几天为什么不好好睡觉，黑眼圈丑死了。

龚旭一下子火了，腾地一下站起来，说嫌我丑，我就回去睡觉。

晓嫣连忙拉住他的手，好说歹说让他坐下来，自己也坐到他的一侧，双手搂住他的手臂，头靠在他的肩膀上。龚旭的肩膀仍然挺立得僵硬，晓嫣愣是强行将他拉低了三寸。他顺从也不是，抵抗也不是，心里的火气化为胸口的一起一伏，却憋着不说话，头脑乱乱的。

晓嫣撒娇地说着她这一下午的经历，出来见客户，结束得早，也就不想回去了，顺道购物，人品大爆发，赶上雅诗兰黛的特价大卖场，收获颇丰，花了不少钱，但是算一算，省下来的钱更多。龚旭没好气地说，一分钱不花省的最多。

谈到移民的时候，该爆发的终于爆发了。

晓嫣早就和龚旭说过想移民国外的计划，龚旭却不大热衷。晓嫣家里经济条件好，如果她想移民，她家出钱给她在国外买房是完全做得到的，因而晓嫣从大学时候就抱定了早晚有一天去国外定居的念头。龚旭一直推托，本以为过一阵子在国内结了婚生了娃，她也就不会再说什么。没想到结婚前她就开始逼他考虑移民。

龚旭有好多理由，例如他自己这边的事业刚刚开始腾飞，例如国内金融市场发展机会多，例如将来的文化环境和小孩教育，等等，但实际上他心里没有说出的理由是最讨厌晓嫣拿两个人家世相比。虽然他现在工作挣钱比晓嫣多很多，也算得上是人中翘楚，但是晓嫣家世比他好得多，也总是有意无意说自己父母给自己的支援，说两家对比，说国内的房子太小，国外的别墅多棒。这些都让龚旭有一种莫名的羞辱和刺痛感，心里时常生起一种你等着瞧、看我在国内市场怎样翻云覆雨挣大钱给你看的愤懑志愿。

龚旭一直低头刷BBS以避开谈话。他看到下午的讨论在发酵，正如所有社会问题最后都会变成BBS上大家牙缝里谈资。有人贴出了长生塔的照片，碧蓝的天空中白得耀眼，向看不见的尽头延伸，即使在狭小的手机屏幕上都能看到塔身一寸寸茂盛生长。

晓嫣感受不到龚旭的不快，仍不住地说着国外的好和国内的问题，空气差、食物不安全、人权不受尊重，美国好，加拿大好，新西兰好。餐厅灯光飘飘忽忽,晦暗不明,声音却嘈杂烦乱。厨房的蓝色门帘不停被服务员掀上掀下,令人烦躁。

到最后,龚旭终于受不了了,把筷子一拍,寿司往酱油里一扔,皱着眉头说:"你怎么跟网上那些公知一个德行?"

(八)

陈晓嫣回到家,就把高跟鞋一甩,钥匙往桌上一抛,噘着嘴把自己扔进沙发里。屁股碰到沙发垫子之后微微弹了起来,在空气中上升了一个微小的高度之后,又落回来,最终颠了几下之后坐稳。她的心也经历了类似的曲线。

坐稳之后,她抱着垫子鼓着嘴坐了一会儿,似乎也稳定了下来,不像最初进门之前那样生气了。她拿起手机,想看看龚旭有没有发一条道歉或者关心的微信。

微信上有78条未读留言,来自3个群组和7个联系人。她从上到下速速浏览,还没看到龚旭的头像,就看到大学同学齐易的4条留言。

齐易的留言就像他这个人给晓嫣留下的印象一样,温和有礼,不温不火。当初晓嫣觉得龚旭比齐易潇洒有趣,但是今天看到齐易的温和,却突然有一种莫名的好感。他说自己搬了大房子,在洛杉矶郊外,房子后面有一个相当大的、虽未修剪打理但是自有野趣的、带秋千的花园。他贴了两张照片。晓嫣回了一条:"这么大",齐易立刻回复说:"嘿嘿,地广人稀嘛",晓嫣于是问:"很贵吧",

齐易说:"不算贵,赶上跌到谷底,抄了个底,比北京房价便宜多了"。就这么聊着,晓嫣已经把最初拿出手机时的目的忘干净了。

这时,晓嫣的父亲陈贵德推开书房的门,来到客厅,手里还拿着手机,边走边说。看到晓嫣,父亲点头打个招呼,然后对电话里说了几句"就这样吧,等我明天到公司再说"之类的话,挂了。

他坐到小沙发上,隔着玻璃茶几的一角拍了拍晓嫣的后脑勺说:"又回来这么晚?"

晓嫣仍然低着头,把最后一条消息输入,点了发送,并确定发出去之后,才抬起头,对父亲吐舌头一笑说:"不晚啊!这还晚?我朋友们这会儿才刚开始夜生活,我都没有。"

父亲微笑着摆出教训人的样子说:"你怎么不跟好榜样学学,你看人家张叔叔家闺女,天天在家读书弹琴。"

晓嫣哼了一声:"那还不是嫁不出去?"

陈贵德哈哈一笑,说:"你嫁得出去吗你?"

"怎么嫁不出去?!我就是得好好挑挑。"晓嫣说到这里,想起龚旭,心里一阵不爽,"对了,爸,你说,我移民国外好不好呢?"

陈贵德往后一靠说:"随你便啊,你只要想好就行,别三天一个主意。"

"我就是拿不定主意啊。"晓嫣说,"我觉得现在北京交通堵、空气差、人多、素质不高,吃饭也尽是地沟油,看病也不方便,他们都说国外要舒服多了,天天都是蓝天白云。而且,国外的房子大多了,我同学他们留在美国的,用北京一个小公寓的钱能买一套大别墅。"

"这个随你便。看你想过什么样的日子吧。我是不行,要是早上下去连根油条都没有,那就难受死了。"陈贵德仰着身体,跷二郎腿,摆出很舒服的姿势,似乎只是在享受这难得的悠闲夜晚,让身体懒惰而放松,至于说话,不过是放松过程中的些微点缀,似乎不在意似的,"空气这东西嘛,其实无所谓,适应了就得。我小时候啊,吃东西都不讲卫生……"

"能跟你小时候比吗?"晓嫣觉得如此降低生活标准简直是一种蔑视。

"你要移民,龚旭能同意吗?"

"他?我管他做什么?他愿意出就移,不愿意移拉倒。"

"哟?"陈贵德觉得很诧异,"怎么,吵架了?"

"爸,龚旭这个人吧,我现在觉得,人品是不是有点问题啊。"晓嫣把手机放在茶几上,上身前倾,手指绕着长发发梢,"他现在有时候脾气很不好,还在网上跟人对骂。而且,他看事情越来越偏激了。这两天长生寺那边的文化村不是特别火吗,他骂人家专家……"

"什么村?"

"文化村。就是长生寺那边,一个村子……爸,你不上网吗?怎么什么都不知道?倒也没什么特别的,就是原本村民跟政府冲突,具体是强拆还是什么事我也不太知道,但是后来有个学者要把那边弄成文化保护村,要搞传统文化自治。现在村民和政府好像正在对立。本来人家学者也是好心,但龚旭一顿骂,把人家都说得好像有阴谋似的。你说他是不是心理阴暗?我听人说只有心理阴暗的人才会把人都想得这么阴暗。是不是啊,爸?你说,现在好多地方搞开发,搞得特土,本来挺有文化的地方建得跟土地庙似的。这回人家保护文化，好事一件，也不知道龚旭吃错什么药了，神神道道的，把人家说得一无是处，还拿我撒气。"她说着低下头，一缕头发在手指上绕啊绕，"我现在是觉得吧，两个人能不能在一起都随缘，不能强求的。我要看他这个人人品怎么样，也不一定非要在一起。"

陈贵德沉吟不语，一直饶有兴趣地看着晓嫣，到最后看她不说话了，才等了等问："你是不是有其他喜欢的人了？"

晓嫣一下子恼了，眉头皱着，站起身来："你说哪儿的话呢！我去睡觉了。"

她拿起手机，转身嘟着嘴进了洗手间。陈贵德在她身后，一直笑吟吟地看着，看得晓嫣心里直发虚。

洗完澡上床之后，她又拿出手机，躺在床上翻看。灯已经关了，手机屏幕成为房间里的唯一光源。她确认了一遍，龚旭确实没有给她发任何消息。这让她又一次觉得生气起来。但齐易又发来5条消息，最后一条是"？"，很明显不知道她为什么突然不理他了。晓嫣心里很有点暖意。起码还是有人会和她说话，还是有人等着她发的讯息，等不到就担忧。这说明还是有人在乎自己的。

她翻身，趴在床上，盖着被子，和大洋彼岸的齐易又开始聊天。她有了一种中学时偷偷在被窝里看小说的感觉。这种偷偷摸摸更增加了心里的甜蜜。齐易处处关心她，这是她好久都没有感受到的了。

起初她还只是问问齐易加州的风土人情，但说着说着，就忍不住把自己和龚旭吵架的事说了出来。说忍不住也不对，其实她从一开始潜意识里就希望告诉齐易。这一点她想到之后有点脸红，但自己也不能否认。她讲了龚旭待她的粗暴无理，讲了他们的意见争执，更讲了龚旭观点的偏颇和自己对国内环境的失望。齐易于是恰到好处、甚至是预谋一般地对她普及美国的好处：民主、纳税人意识、人权受到尊重、政府待人民谦恭有礼、权力不会仗势欺人、卫生条件好、蓝天白云，如此这般。

"就是啊，"晓嫣说，"在国内生活太没有安全感了。不知道哪天就吃了毒奶粉，也不知道哪天房子就被人强拆了，人被抓进黑监狱。"

"嗯，有钱赶紧移民吧，免得受欺负。照目前的情势看，说不准哪天动乱了。"

齐易的话真是说到晓嫣心里去了，她顺势向齐易打听在美国读书、工作的事。

"你放心，全都交给我帮你办好了。"齐易的表情似乎透过微信闪闪发光。晓嫣几乎没有察觉自己的心。她只觉得，人就应该去开明的国家生存，这是正义。

她临睡时终于收到龚旭一条信息。她有点激动，赶紧点进去看。但不知道为什么，龚旭给她发过来一张长生塔的照片，一句留言都没有。她生气了，想把手机丢开。但不知为何，却转不开目光。照片里的塔高高耸立，缄默不言，但似乎能把人的心思全都吸收进去。

塔在屏幕里生长，一寸一寸，向虚空延伸。

（九）

当陈贵德站在最终封顶的会所天台上俯瞰脚下园区的时候，他内心中油然升起一种超然于世的感觉。

三层会所在半山腰位置，不仅能看到整个园区广阔，花园亭台阁榭，也能看到更远处的乡村原野。他似乎在俯瞰世界，不仅仅是物理意义上的从上到下俯瞰，更有了一种更遥远的俯瞰：原来众生在大地上辛苦就是这个样子。这是他第一次这样想。在北京的时候，即便他到高楼顶层视察工程进度，他也只感觉到一种分秒必争的紧迫感——四周都是破土而出耸立的新楼，高，都在比谁更高，快，非要加快进度不可。然而在这里，在这个四面沃野、只有低矮平房和群山环抱的偏远乡野，俯瞰更多的是一种静止而无压力。你站得高于世界，你看得到世界。他对自己的地位有了一种非常满意的愉悦感。

会所还没有完全竣工，只是完成了主体结构，室内室外都还是一片水泥初抹的粗粝，还没有安装任何琉璃和装饰，只是无色的胚胎。只有高的视野，还无雅的氛围。

来到地面上，远远地，一眼就望见工地出口外站着的长袍的僧人。僧人年纪已大，双手合十，正对自己的两个手下讲话行礼。陈贵德连忙加快了脚步。一大早他就让两个部门经理去请圆德大师，本以为大师难出门，请不请得到还不一定，却没想到这么快就到了。大师的长袍是红褐色，外罩了一件带毛绒边的灰布坎肩，戴了一副黑框眼镜，面色平和恭敬。

陈贵德快步过去，下意识伸出右手，做欲握手状，连说："大师好，大师好。"

手伸到一半，忽然觉得不妥，记忆中从未见过僧人握手，连忙又收回胸前，也作个揖，讪讪地再添了一句："大师好。"

圆德大师也不摆架子，微微欠身道："陈施主好。"

陈贵德向左一让道:"天寒地冻,大师到屋里坐。"

圆德大师却摇摇头说:"我来看看禅堂。"

"坐一会儿,喝点热水,我再陪您看。"陈贵德客气道。

见圆德大师执意拒绝,他也不好再坚持,便又引路向禅堂走去。禅堂在园区另外一侧,与会所方向正相反,靠近长生寺,有小门相连。设计的初衷是为了让别墅业主能在家修行,也能随时找大师问道。这些有钱的业主信佛参禅的极多,很少有开发商能想到这方面的需求。禅堂的设计图纸和方案中,圆德大师给了很多建议,陈贵德心里感激。

其实他没想到这个小区能获得寺院人的支持。最初来到这里的时候,他已经抱定了斗争的念头,将省市国土资源厅局、景区开发有限公司、寺院、学者、乡镇政府和村民都当作假想敌,想好了怎样忽略闲言碎语,将项目强势推进下去。谁料到过程却出奇顺利,省国土资源厅原本就规划过这片区域,但经济下滑招商也不容易。县教育局一个叫王贵祥的副局长跟寺庙住持关系好,陈贵德就送礼登门拜访,请他从中斡旋,最终顺利推进。捧着从寺院里拿来的小册子,看着上面讲因缘的小段落,他觉得也许自己当真跟这块地方有缘吧。

工程进行得很快。六月立项,八月奠基,至隔年二月就拔地而起,陈贵德自己也没想到。他最初的想法其实很简单。长生寺现在香火旺,又有学者的文化建设,前来参拜的居士极多,其中有钱人不少,两旁若有清修隐居的宅院,说不准会买下来作为居所。自从女儿告诉他,他就开始留心,出名的地方总有商机。最终还是办下来了。小区几乎占了整个村,村子拆了,公司赔了一大笔钱给村民。政府和村民基本上都很满意。

小区规划得清幽雅致，院落占地远不如院落之间的绿地花园大。他找了知名设计师，就为了在上流圈子里留个雅名。这是当前做房产生意最重要的地方。院落和花园都是中式设计，檐廊翘角，小桥亭台，曲径通幽。他弄了松树和槐树，待繁茂时，也能绿意幽然。

宅院都是中式方正，有正房、厢房、清修堂和院落，售价从六百万到一千万不等。

长生塔，是最好的卖点。

陈贵德扶着圆德大师颤巍巍地走上电梯，用手护住大师一侧的臂膀。工地脚手架还未拆，一般人走路常会抬头提防。谁料大师却岿然不动，也不东张西望，也不仰头，只仍然眼观鼻鼻观心的模样，表情都未变过。这等气定，陈贵德心下肃然起敬。

"大师，到了。你小心脚底下。站稳，站稳。"他说。

圆德大师脚下站稳之后，调整了一下呼吸，沿四面护栏走了走，最后停留在看得到山的一面，远远眺望。日近黄昏，有落日挂在棕灰色山顶。二月的小风灌进脖子，冷得陈贵德一个激灵，大师却无动静。禅堂在寺院边上，抬头刚好看见长生塔。

陈贵德凑近大师说："想不到这边的山色这么好看。"

圆德大师问："你知道塔的长生是何意吗？"

陈贵德愣了愣："生得高，看得远嘛。高一层，看得清楚一层。"

圆德大师却摇摇头说："高一层，看脚下花朵蝼蚁，反会模糊一层。众生平等，看得见、看不见的都平等。看得远一分，却未必更清明，能见到山，却不见下层所能见之物。"

"呃……那您说为什么要长生呢？"

"塔乃人间之象。将人所不能见，变成人所能见。塔之长生，可知人间苦之难灭，乃为欲之难灭。"

"大师指教得是。"陈贵德也说不清自己听懂没有。

圆德大师又沿着顶层绕了一圈，在刚刚竣工的门廊看了看，又来到上行的阶梯处，问："这禅堂将来，如何管理？"

"哦，您放心，禅堂将来对修行的居士开放，对咱们寺里也全开放，对旅游的不开放，这样保证来的人都是居士，没有杂人烦扰。您看这茶室、教室，就是让寺院大师来讲课传法的。二层是图书室。"

圆德大师似乎想说什么，但最终点点头，不置异议。

陈贵德见气氛舒缓，赔笑道："大师，您看，我这是不是也算捐了个门槛了？"

圆德大师却摇头道："捐门槛一说，最是误人。"

陈贵德吓了一跳："这是怎么说？"

圆德大师道："你是有罪愆，想要赎？"

"那倒也说不上。做生意嘛，那些都是寻常事。就是怕太贪钱，佛祖怪罪，捐点香火，想来死后也有个好去处。"

圆德大师说："凡做善业，若以捐门槛为目的，仍为一己之私，心意不正，善不长久。须知佛家最深要义为大菩提心，也就是利益众生之大悲心。非发此心，才称善业。何况，为捐门槛，仍然计较一人之我相，尚不见空。真智者需不执我相，知世事为空。有无我之心，才有真利生之事业。这点要切记。悲智二字，乃善业之要义。"

陈贵德听得云里雾里："哪两个字？"

圆德大师在手掌心写下悲、智二字。他一边给陈贵德描画，一边缓而又缓地说："弘一法师曾云：'常人执着我相而利益众生者，其能力薄、范围小、时不久、不彻底。若欲能力强、范围大、时间久、最彻底者,必须学习佛法,了解悲智之义,如是所作利生事业乃能十分圆满也。'这话说得再对不过了。"

陈贵德心里琢磨,这两个字听起来不错,比他之前想的名字好多了。

下塔之后,他带圆德大师到工地旁边的售楼处,进了自己办公室。一杯暖茶之后,吩咐手下人找来钢笔和A4白纸,让圆德大师把刚才说的两个字写下来,以便悬挂,日日研习。圆德大师推辞一阵,就不推辞了。以钢笔代毛笔,写了铿锵的两个大字。

当夜,送走大师之后,陈贵德吩咐手下孙经理,迅速把大师的两个字找人扫描出来,用软件做毛笔字的效果,放大之后送去加工,做成2米乘1米的牌匾送来。他说,禅堂要定名悲智禅堂。

"怎么不叫长生禅堂了?"孙经理诧异地问。

"佛门社区嘛,还是按大师走。"

"可长生禅堂挺好的啊,紧挨着长生塔,容易做市场,出去一准儿能打响。"

"叫你改你就改。"陈贵德摆摆手。

孙经理手里捏着那张白纸,迟疑着不肯离去。

陈贵德于是耐心解释道:"今天人家大师说得对,做事不能光想自己,得想到你服务的群体。客户想要什么,咱们就得提供什么。现在谁是客户啊?居士。居士听谁的啊?大师。现在这是大师亲笔题的字,说这是佛家要义,挂出来效果多好!"

"对了,"孙经理说,"那个来闹事几次的徐妈来了。"

"她又来干吗?当初钱不是都给好了吗?"

"她问能不能解决她儿子的工作……"

"哦,他儿子学什么的?"

"说是什么工商管理。"

"那跟没学一样。"陈贵德说,"你问问她,愿不愿意让儿子来这儿售楼啊?也能学点实在的。"

"好。我问她一下。"孙经理刚想出门,又想起来,"那曹东教授的事……您看,九折能给吗?其他人咱们最多给过九八折。"

"给!当然给!死脑筋。人家大学者,一个人开口能带来一票人的。再说了,你给人家的是房子吗?给的是土地和老房子,人家还得自己花钱改建呢。省了咱的精装费你怎么不说?这些小事你们自己心里得有点判断。"

孙经理这才心安理得地去了。陈贵德让剩下的员工也都回去歇了,自己一个人留在空无一人的售楼处。他又看了一会儿电邮,处理了总公司的两项上报,用手机和妻子女儿聊了会微信,然后把电脑关上,写字台的抽屉锁上,灯关上,从办公室出来。

经过大厅的时候,他本来没打算停留,低着头朝玻璃门走,但在低头锁门的那一刹那,忽然注意到大厅中央的楼盘沙盘仍然在幽幽亮着,四角的小灯一闪一闪。他静立了片刻,在返回和离开之间犹豫了一瞬,还是重新推开玻璃门,回到大厅。空旷无人,他的鞋跟在地面敲响。空气中仍然弥漫着淡淡的檀香味,是白天点燃之后遗留的,他不大喜欢这种味道,它轻微发甜,有种让人头晕的力量。但是在这独自一人的夜里,那若有若无的气息却沁入心,让他有种飘飘悠悠的舒适。

他在楼盘沙盘前站定,低头俯视。灰色的院落在大片绿色中星星点点，泡沫塑料制造的团团簇簇的绿色植物掩映着房檐，院落中有小桌和藤椅，院外小桥下有精细添加的红鲤鱼，鹅卵石小路通向塔。他俯瞰着，渐渐入了迷。他对这一切非常满意，几乎自己也想要留一套住在其中。他想象着将来完全竣工时的样子，外面看上去封闭幽深，小区里面却开敞自在，袅袅佛音从塔里传出，檀香弥漫，往来的都是衣着素净的知名人士，相互之间合掌行礼，在绿树掩映中坐下畅谈佛理学问。他很期待那一天。他从小上学少，这次能受到学者的支持，将来也能与文雅人士往来，他觉得自己得到了很大提升。

"如果情况好，能做到50%利润。"他想，"按现在的销售状况，春天就能卖到八成了。让曹东和其他业主在圈子里宣传一下，还能再冲一冲。这个项目做完，公司也许可以转型了，以后多做一些这种文化项目，还是有很广阔的市场空间的。以后争取在全国推上十个八个。全国乡建是大产业，一个房子一千万，卖上一千套是……"

夜色阑珊，月光清灵，沙盘上的小灯孤绝地亮着。陈贵德又一次感受到俯瞰人间的甜美意味，他对自己很满意，对财富的前景很满意。他觉得这世上的所有人都是满意的。

小区外，塔向天空节节长生，没有尽头。

潘薇挂了电话，怔怔地坐着。尽管事先预料到可能不妙，但没想到这么坏。她想问一下董阳，是不是有可能，哪怕只是那么一丝丝可能，陪她去参加一下晚上的同学聚会。他认识她的那些朋友们，之前见过多次了。他们分手只一个月有余，她本以为作假一次不为过，可他的身边传来的是撒娇的声音。她支吾了几句，终于没说出口。

周五下午的办公室里充满食物的气味。隔壁座位的榴梿糖散发出带怪味的甜腻，又隐约夹杂着鱼片的咸腥气。办公室里闷热，不透风，人的味道在头顶上空盘旋融合，像某种物质发酵后的酸腐——没有哪种食物的气味像人体那样带着臭烘烘的温度。百叶窗合着，缝隙里透入灰蒙蒙的光，在地毯上留下一道道横纹。

潘薇的面前放着她的工作计划，A4纸上5行8列的表格，小五号字将表格占满,上面用红色水笔画了圈,旁边标注着黑色的细小注释。角落里,纸张已经被蓝色圆珠笔画花了,螺旋状的随意线条破坏了黑色字迹,仔细看过去,涂抹中还包含着零星无意义的字词,例如水壶、大雁,都是接电话时无意识中写下的。潘薇看着,像看着一幅不认识的画,举起来,仔细辨认了一下,没有放稳,纸张滑落地上,发出极轻的唰的一声,飘飘悠悠,落在深灰色地毯上白得刺目。她低头看了一眼,没有捡。不知为什么,她想起原先上学时每次熬夜复习之后,走出考场,头脑晕晕乎乎,像浸在真空里什么也听不见,虽然每次都考得很糟,但还是有着解脱的感觉。

屏幕已经黑了,看时间也该出发了。可是她枯坐着无法起身。哄笑声一阵阵从隔着一道玻璃墙的另一侧传来。有人拿着一盒麻糬给大家分:"北海道带来的!"那声音重复了几次。

微信提示音忽然响了。她的手微微一抖,匆忙地滑开屏幕,点进去,发信人却不是他。

发来消息的是大学时的一个女生同学。同学催她发照片。下午她和同学通了电话,准备当一次红娘,撮合她的一个男同事和同学的一个女同事。两个人都比她还小两三岁,就已经开始着急了。她只好又把电脑打开,等系统启动。等待的过程中,她忽然注意到,屏幕旁买来防辐射的小盆仙人掌已经有几分枯死状态,叶片的颜色比花盆颜色还淡。她吃了一惊,想不起自己上次浇水是什么时候了。她的第一反应是将它扔掉,真的拿起来又不忍心,或者是不想承认失败,最后还是放下了。植物的枯萎和衰败加重了房间沉闷的气息,似乎生命全都在慢慢流逝,只有堆积的速食品长期不变地存在着。

电脑终于重启了。潘薇从电脑中找出男同事的帅气照片,连上手机,发过去,又发了一条"小帅哥吧",打上吐着舌头的三个小笑脸。同学打出 OK 和两个心,潘薇回了两句 mua,朋友说"改天见面聊"。

隔壁工位上的赵西从隔板上探出头,戴着眼镜,长脖子向前一探,如蛇的律动。

"美女,明儿培训还是九点吗?"赵西问。

"啊?"潘薇用了一小会儿才反应过来,"是啊。"

"烦死人了。"赵西说,"培训凭什么放周末搞啊?咱这相当于一个礼拜上六天啊,连着一个月没歇了。"

"应该就快完了吧。"

"你明天去吗?"赵西问。见潘薇给出了肯定的答复,他有点失望地皱皱眉咕哝着说,"你说咱跟着培什么训啊,真是没有的事,不是说是新员工培训吗,人家新员工又没活儿,咱这礼拜一到礼拜五累得跟孙子似的,晚上陪客户逛街都不给倒休,周末还不歇。倒霉催的,又不给加班费。"

如果在平时,潘薇会和他一起议论几句,但此时她没有。她只是站起来。"明天见啊。"她说。

钱包、手机塞进小皮包,脚尖在地上探着找来找去,高跟鞋在桌子下面躺着,像两只翻倒在水面上的鱼,她用脚趾把鞋立起来,脚探进去。小皮包是黑色的,有细黑线压出的斜菱纹。耳机线在手上绕了几圈,也塞到小包边角。用手拽了拽裙子下沿,将裙边向膝盖拉了一寸。穿大衣之前,又把裙子外面黑色的宽边腰带正了正。她对着书柜的反光看了看自己的侧面,小肚子在宽腰带的遮掩下还是能看出轮廓。她知道自己状态不好:额头上新起的几颗痘痘,不成功的染发,腰上赘起的小肉。她移动的时候需要提着气,像穿着纸糊的衣服。

"薇姐，周日还组织爬山吗？"李倩过来靠着潘薇的桌子问。

潘薇想着周日黯淡的前景："哦，看情况吧。我也说不好呢。还不知道天气……明天培训时商量吧。"

"我查了一下，好像天气还不坏。"李倩一边说一边用左手碰碰仙人掌的刺，右手拿着一个印着粉色蝴蝶结的袋子，"薇姐吃巧克力吗？"潘薇没有动，李倩就自己又拿了一颗，扔进嘴里，又快速舔了舔捏巧克力的两根手指，"组织一下吧薇姐，好久没去了。也带姐夫一起去吧，说了好几次了。"

"看情况吧。"潘薇抿了抿嘴说，"我得看明天工作赶不赶得完。你昨天不是看见了吗，陈总又给我派活儿了，礼拜二得给人家那边发过去，不知道能不能弄完呢。一到年底就这样，活儿要么不来，要么就全都赶一块儿来。"她拍拍李倩的肩膀，笑了一下，"乖，没事，我要是去不了你就找华姐组织呗，她也没问题。"

"我不爱跟华姐出去，"李倩嘟囔道，说完意识到声音好像有点大，于是向小办公室方向瞥了瞥，"你不去就没意思了。"

这个时候桌上的座机响了。潘薇拿起听筒，同时用手握了握李倩的手，微笑表示歉意，李倩知趣地回自己的位子去了，临走的时候给潘薇留下了两颗巧克力。

"啊，是陈总啊。"她一边接电话，一边将小手包抓过来，用左肩膀和耳朵夹着手机，用三根手指在小包中翻找出了小记事本和笔。"您说，"她快速写下一个地址，几个数字，又在地址下面画了几道横杠。电话挂断，她拎起手包，抓起纸条，去敲总经理办公室的门。

下楼之前，她去大办公室里打了个招呼，办公室正在商量晚上去哪儿撮一顿，潘薇推荐了一家日本料理。

"薇姐穿这么漂亮上哪儿去？"她听到有人问，但没找到来源。也不想找。

下楼的时候，潘薇体会到一种奇怪的、人与身体分离的感觉，像是指挥着另一个人走。停车场的灯似乎坏了，黑暗，空旷寂静。灰色水泥墙壁与地面连成一体，在暗中看不出细节。鞋跟在地上敲出嗒嗒的声音，形成空洞嗡鸣的回音。墙上有安全出口的小灯，成为地下空间唯一的光源。四方形的水泥柱子，沿一条笔直的线延伸，从绿色幽光处延伸至不可见的远端。另一侧出口隐隐有光，光从出口斜向下打在地面上，又很快消失在暗处。

她把车打着了火，却突然停了下来，没有挂挡，手放在手刹上，过了一会儿，干脆把车熄了。她把双手直直地撑在方向盘上，撑了片刻，胳膊肘软下来，搭在方向盘上，头枕在小臂上。钥匙还插在方向盘下。车窗前挂着一个带佛像的小金铃，她伸出手摸了摸它垂下来的丝穗。那是他们一起去潭柘寺的时候请下的平安铃，她亲手系到车子的后视镜上。

几十秒之后，她抬起身子，拨了母亲的电话号码。她迟疑了几次，先选到母亲的名字，没有按下去，向下滑动到他的名字，在小头像上触碰了几次，却还是回到母亲的名字，拨了号，在铃声响起的瞬间手臂变得虚弱无力。分手这么久，她第一次想告诉母亲分手的事。或许是第一次觉得这是最后的结局了。她并不清楚自己想从母亲那里听到什么，但她清楚，母亲有她没有的某种果决。在她和董阳第二次分手的时候，母亲曾经爆发过一次，和他的母亲狠狠吵了一架，以至于他们第三次复合的事她都没敢告诉母亲。或许她想要的就是那种责骂，通过狠狠果决的责骂，让自己彻底哭一场，总强过现在这样——她都不知道现在是什么样。

母亲嘴里像是有食物，吞咽了一下才将"喂"说出来，但声音里充满喜气洋洋。背后是麻将牌相互碰撞的哗啦声和搅动的嗡鸣。黑暗中，她细听那清脆的撞击声，可以透过一千公里的空气看到房间里几个穿着亮色羊绒衫、盘着头发、腰腹突出的女人坐在桌边嗑着瓜子伸手摸牌的样子。房间里有烟雾，是男人吃饭时抽的烟尚未散去。黑胡桃木窗台上排列着一整排酒盒与酒瓶，打开的酒瓶中，液体平面在阳光里有一丝发亮的边沿。窗台底下摆着用保鲜膜包裹致密的果篮。

"没事儿，有时间，你说吧。"母亲说。声音仍然是欣欣然的，似乎不在意牌友的存在。潘薇却语塞了，她几乎能看到牌友等待母亲时的样子和脸上的表情。她不知从何说起。"怎么了？你在哪儿呢？"母亲掌握了话语的主动，"上哪儿去？聚会？什么聚会？"

"妈，你要不然下礼拜就别过来了。"她最后决定说，"先不和他家吃饭了。"

"啊？为什么？"

"我们俩最近忙。他家里人也忙，可能暂时过不来。"

母亲听了有点火："是他家人说要坐下来见面的，这临了又变卦了？"

"不是，也是我的问题。我这几天特别忙，我们组长刚才又给我……"

"那不妨碍两家大人见面啊。"母亲说，"你们忙你们的，我们还是可以见见面的。你说你们俩和好，还要结婚，这么大的事，到现在了两家人都没坐下好好把事说开了，这算哪段呢。当初你们闹得那么厉害，到现在总得有个说法吧！"

"妈，这事，回头再说吧……"她能听得出电话里面母亲突然出现的警觉，"真的，妈，回头我有空跟你细说。也不是什么大事。真的。反正你就别来了，我下礼拜可能特别忙，之后还要出差。"

"你没事吧？"

潘薇镇定了，笑着说："没事，真没事。我过两天再跟你细说。结婚这么大的事，不用太着急。对了，你前几天不是说想买理财产品吗，我给你挑了几个……"

母亲的牌友聊天的音量像涨潮的水声在听筒里蔓延开。她们在身后的笑语像是某种召唤，母亲在仔细过问潘薇的感情与回到牌局之间权衡了一下，对二者的费力程度做出了正确估量。也许是不想让人听到她们的对话，母亲将时间还给潘薇。电话挂了，发出短促的"咔嗒"一声。

潘薇握着手机，又静坐了好一会儿。脑袋边上仍有嗡嗡的声音，车库里显得更加寂静了。黑暗中的视觉逐渐适应了，车和立柱的轮廓在眼中清晰起来。蓝色白色，影影绰绰的素描感。她转开 CD 机。CD 机里发出刻意制造的唱针与唱片之间带杂音的摩擦。拐角处不时转出一辆车，夜灯沿着水泥墙面一点点推移，将房顶上黑色铁皮管道的盘根错节暴露出来，转到她的方向时有片刻刺眼的光晕，然后光又一点点消失。有一个男人拎着公文包走进车库，经过她车前无意中抬头看了她一眼，又匆匆低下头走过去了。

开出车库的时候，潘薇瞥了一眼后视镜，吃了一惊。镜中的自己，眼袋明显，额头上的痘痘在侧光的照射下投下阴影，像有抬头纹似的。这是她第一次见到这样的景象，不由自主踩了刹车，想用纸巾擦一擦额头。踩得过急了，人向前冲了一下，身后一辆车就发出连绵的鸣笛声。她的脸一下子发烧了，摇下车窗，向身后车子摇摇手，然后慌忙重新开动。

迎着路灯和饭馆的招牌进入公路。写字楼和住宅相互紧挨成一排，一层多半是底商，干洗店、地产中介门店、咖啡馆和韩资银行门市部，楼上是办公室的蓝色玻璃。再过去是一串专供商务宴请的中西餐厅，深色的招牌绘着云纹莲花和意大利旗帜。这一带潘薇常来，带客户来这里价格环境都合适。下班高峰期，车流密集，走一下停一下，行车不超过五十米。二环桥的环岛看上去近在眼前，却很久都没到。目力所及尽是灭掉片刻后又亮起的车尾红灯，明明灭灭，像永远不能实现的希望，却又给人一点点挑逗。

堵车的时候，潘薇整理车上的杂物，整着整着手抖起来。眼镜盒是他的，耳机是他的，运动包是他的，碟片中有一些是他的。她想着怎么把这些东西给他。规整的时候，心还算平静稳定，只是突然有片刻想到，他边拆CD的包装边朝她皱着鼻子笑的情境恐怕再也没有了，那种一去不返的消逝感才将她紧紧攫住。眼泪几次涌上来，擦过眼睛和鼻子的纸巾一张张，团成令人厌弃的小团，丢在一边。

开到餐厅门口，她在停车场上照了照镜子，发现眼泪已使睫毛膏在下眼眶留下黑黑一条线，她慌忙用纸巾擦，却擦不净，蹭得脸颊都黑了。反复擦，擦得心烦，把纸巾扔到一旁，气馁地斜倚着靠背。月亮异常明亮，大而圆，没有云。月光照在红裙上，红裙也发亮。点了一根烟，轻颤着抽了两口，缓缓呼出气，手才终于稳定下来，心也慢慢平静下来。熄了烟,深呼吸,又拿出小镜子,把眼角擦净,补了粉底和唇彩,才迈下车。

聚会的餐厅她来过一次。一个专门办公司年会的、以不实惠和浮夸装修而闻名的西餐厅。进大厅的时候,已经有不少人,衣着整齐,言谈礼敬。男生多半穿着衬衫或休闲西装,女生保守一点的穿连衣裙,开放一点的穿露背小礼服。回型吧台在大厅中央,天花板上垂下银色金属板,台面上排列着整齐码放的酒杯,斟了香槟或者红酒。长桌沿大厅西侧排开,东侧是一个一个高脚小圆桌和吧台椅,北面靠墙两排是自由取餐区。乐队等在大厅东南角的小演出池,架子鼓、两柄吉他和一柄贝斯,乐手正低着头玩手机,等待演出开始。

潘薇沿着长桌寻找熟人,桌子两旁已几乎座无虚席。空位上也都有衣服和包,表明座位主人只是又去捡拾下一轮食物。她和两个学长笑着打了招呼,相互换了名片,却没坐下。这次人来得很多,一些人长年在国外,趁圣诞假期特意赶来。

她看到了金玲玲,却不想被她看见,低头转身向另外一桌走。但金玲玲已一眼看到了她,从座上站起来,笑着打招呼。金玲玲穿了一条花裙子,头发像火炬一样吹起来。

"潘薇,这边有座!胡峰,你把你外套拿过来,放我这边就行。来,坐这儿吧。"金玲玲一只手端起自己的盘子,跨过身边的许林走到外面,另一只手按住胸前的长项链,以免俯身的时候项链蹭到食物上,"正好我还要再拿点东西。"

潘薇无可奈何,只好在一旁坐下。"哎呀,好久不见了。"她笑着向隔壁胡峰招呼道,"你怎么样啊最近?怎么没带你老婆来?"

胡峰打趣她:"美女啊,怎么来这么晚?"

"堵车嘛,没办法。你知道我们单位那儿……"

"出门太晚,不真心!罚酒啊。"

"好,好,"潘薇拍着他手臂,"待会儿一定自罚三杯。"

和周围都招呼了一阵,潘薇起身去拿食物。回来的时候,每个人都进入了交谈的状态。潘薇坐下,一根一根吃着意大利面,吃得很慢,低着头,以图不加入对话。

艾美坐在潘薇旁边,穿了一件黑色露背小礼服,正在逗许林的小女儿:"哎哟,太聪明啦!那你告诉阿姨,这个是什么啊?"许林的太太与邻座张济宣寒暄,她不上班了,在家专心带孩子。"你不知道,现在真不是想交钱就能进好幼儿园的,我们小区只有几个家长托人送了公立,剩下的基本上都去了私立。就半年了,我们也不打算搞了,还是送到私立好了。反正等她上高中后,也想把他送出去,早学英语也好。"许林的啤酒肚裹在深蓝色毛背心里,正在给赵炎讲自己新换的公司。

江畔和胡峰在聊胡峰工作的基金公司最近投资的一个保障房项目。"我跟你讲啊,"胡峰说,"这事儿你也不能不让地方政府捞一点,要不然他们为什么干啊!现在修一个中学都花上亿,你说为什么。我们不光建楼,还建广场呢。"他俩偶尔抬起杯子,在对话中插入对红酒产地和品质的议论。

江畔注意到潘薇的沉默,向她敬酒。潘薇问江畔是不是国庆的时候结婚了,江畔称是,潘薇举杯连说恭喜恭喜,一饮而尽,向江畔亮了一下杯底,说:"我还是听赵小江说的呢。是哪个姑娘这么有福气啊?我早就跟周媛媛说过,咱们这帮人里,嫁给江畔最幸福了。"

"得了,尽瞎说。"江畔笑道,"你当年也看不上我啊!"

"哎,金玲玲也结婚了,听说了吗?"胡峰插嘴道,"就在上周。"

"哦!"潘薇不由自主叹了一声,停了几秒,微笑说,"好事,这是大好事啊。"

"金玲玲!"胡峰招呼桌对面的金玲玲说,"潘薇还不知道你结婚的事呢。"

金玲玲转头,找了几秒才找到声音来源。"啊?啊。"金玲玲矜持地笑起来,"哦,是啊,我还没大规模通知呢。本来想请大家吃饭的,可是陈达去欧洲出差了,之后我们还订了蜜月,来不及请了。等我们回来吧,回来以后再请。给你们带点特产。"

金玲玲又说了些什么,好像是蜜月地点,又好像是在说工作。哄笑声在四周环绕,潘薇耳朵里有一种类似耳鸣般的吱吱声,恼人,但又并不强烈,只是注意力全被这单调声音占据了,其余什么也听不到了。她摆头,闭上眼睛,屏住呼吸,想摆脱这耳鸣。有人用胳膊肘捅了捅她,她抬眼看,发现是金玲玲在对面叫她。金玲玲说:"听说你也快结婚了?"

"我?"潘薇讶然,"听谁说的?早着呢。"

"是吗?我听说——"金玲玲顿住,又说,"那你也快点啊,咱们几个就差你了吧?"

潘薇"哈"地笑了一声:"我啊,一个人自由惯了,真不想结婚。"

"原来如此,怪不得当初你那么挑呢。"金玲玲似笑非笑地说,"四大金刚?哈。"

接下来的晚餐索然无味。潘薇用叉子搅动意面,味道奇怪的海鲜看上去红彤彤又油腻,趴在盘子里萎靡而冰冷。有人站在吧台边低声谈笑，角落里的圆桌聚成一群，站着拼酒，有人沿每一桌来回走动交换名片。三四个小孩子不知疲倦地在大厅里绕着圈跑，又趴在地上钻过放着花瓶摆设的黑色大理石桌子。每个角落都有人在低头玩手机，与周围隔绝。

演出池里忽然响起《加州旅馆》。潘薇停下刀叉，直起后背坐着。从吉他的第一个音符开始，她就被闪回的画面包围。漫长的前奏有一种唤起的功能。上一年年会在餐厅角落里，早年某一次在成都的一间小酒吧，还有一次是什么时候，好像在黑暗中一座孤岛般的舞台。他出现在音乐的各个角落。吉他的线条在空气里延伸，不断行进着，趋向于某种压抑却蕴含深广的回忆画面。

潘薇忽然站起身来，一个人走出了大厅。

门厅的玻璃门透入丝丝冷风。前厅没有人。走下台阶，站在门边。左侧的换衣间门上，粉色穿裙子的小人像一闪一闪亮着荧光，看上去凄清落寞。潘薇没穿外套，小风一卷，哆嗦了一下。

寒冷中，她的头脑渐渐冷静清晰起来。她似乎看到她的心跌入井台，悠悠地下降，"咕咚"一声破开水面，再无声无息撞到水底的淤泥。这景象并未让她惊慌，却让她微笑了。她点上一根烟，在门边站着，眼睛越过最近的景物却没有在看。门外偶尔驶过一辆车，街面清寂，对面是一片黑漆漆的青草地，酒店的灯洒下凄冷的光晕。她吸了两口，因为用力，咳了两声。回头看看，身后两个迎宾的姑娘相互倚坐着，小声说着话，谁都没有看她。目力所及，一切都清冷而无声无息。金玲玲的话仍然在耳边飘来荡去，有些恼人，但是她已经不太难受了。前一年聚会的时候金玲玲说过一样的话，什么"别到最后剩下你一个"之类的，当时她受不了，当天晚上就回去找董阳了。她倒不是多么爱他，只是没有别的选择。可是这一次，不知为何，心里寂静得就像这夜色一般。

"潘薇！"一个声音从她身后响起来。潘薇惊了一下，听声音是周媛媛。潘薇迅速眨了眨眼睛，用手掌揉了揉整个脸，在眼窝和鼻子的周围摩挲，然后转过身。

"你怎么了？没什么事儿吧？"周媛媛解释道，"我有点担心你，就出来看看。"

"哦，我没事儿，"潘薇笑笑，"就出来打个电话。"

她指了指手机，晃了晃。小风从门缝钻进来，身子不由得打了个激灵。

周媛媛欲言又止："真的没事儿吗？"

潘薇笑得更开朗了些："没事儿，能有什么事儿。"

"我刚才听说，你和董阳又——"

"没有的事，早没关系了。"

"他要出国吗？"

"可能是吧。我也不知道。"潘薇笑一下，说得很快，快得好像是有急事一般，却又很轻，"他可能有女朋友了。我也不太清楚。你不用担心我，我没事儿。"

"真没事儿就好。薇薇啊，"周媛媛靠近了一下，用手轻扶潘薇的上臂，"其实我想说的是……姜晨他今天跟我说——"

"姜晨？"

"我同事。就是上周……"

"哦……"这么一说，潘薇想起来了。上周，周媛媛还不知道她和董阳的事，给她介绍了她的一个同事。在一个火锅店，对方是一个寡言的男生，不是那种冷峻的寡言，是不知道该说什么却又想说、每次说出口因为不确定又迅速收回的寡言。他小心翼翼地问出一个问题，她滚珠般回答了一串之后，他眨眨眼，看看空气，又问另一个问题，她看出他并不是很在意她回答了什么，而是想尽办法能够再问下去，让话题总在相关的范围滚动。也许他并没有听。他问的都是市场的事，技术的事，有关于她工作的事，没有问过她个人的事。那个晚上之后她如释重负般没有跟他联系。

"他觉得，和你可能不是特别合适，还是做个朋友好一点……其实不是你不好，他只是觉得……"

"他觉得我怎么？"

"没怎么，就是觉得你太优秀了，有点太厉害了……不是觉得你不好。可能就是认为自己有差距吧……其实他在我们单位还是比较靠谱的那种，领导挺喜欢的。不过就是……薇薇啊，你觉得我要不要再跟他说说？"

"不用了。"潘薇不知道该怎么形容自己心里的情绪，她的心像被一床厚被子狠狠压住的感觉，闷得很，不知道自己怎么会落到这步境地。

她有种自暴自弃的冲动，没有任何意愿挣扎出这片境地，只见到一片狼藉。她想把话说得委婉一点，"媛媛啊，真是让你费心了。不过还是不用了，我想还是尽量找一个生活圈子的吧。"

"可哪儿那么好找啊。"周媛媛突然变得很有说话的冲动，"薇薇啊，你接下来真的别太挑了吧。你年龄在这儿摆着呢，不好找呢。一个圈子里的固然不错，但现在哪有那么多同龄单身的呢。还有啊，我真得跟你说，你别一上来就说的都是工作的事，现在没有几个人喜欢女强人。你说你工作那么忙，人家肯定得想，那家里怎么办。"

"上次不是他在问嘛！"

"人家那是感觉出来你的心思都在工作上才问的。你以后不能这样。"

潘薇抬起头，轻轻眯着眼睛看周媛媛，看得周媛媛有点尴尬。"嗯，李大威也这么说。"周媛媛说。

潘薇轻笑了一下："上个月我不是和李大威一块儿去了趟上海嘛，结果他骂了我一路，说，你还想不想嫁人了？谁会找你这样的啊，你看看你每天的工作，干那么多事有意思吗？你看看我老婆为我牺牲多少，你能吗？我老婆什么家务都做，什么都听我的，不上班都没关系。你说谁找你累不累啊，在外面风光有什么用？"她被一种说不出的感觉逗笑了。

周媛媛却没有笑："李大威也是跟你太熟了，不是哥们儿的话不会这么说的。"

"反正你是不知道，李大威这把我骂的哦，"潘薇继续摇着手笑道，"我这一路就心想，我招你惹你了，好不容易跑出来散散心，还要受这闲气。"

周媛媛一本正经，说话的语调纯熟而显得稳妥："其实他说的有道理，真要是结了婚，俩人总得有一个人牺牲多点。等将来有了孩子，你不是得看孩子嘛，就不可能这么忙了。你现在觉得一些事挺重要的，什么业绩啦、公司市场份额啦，可是将来你就发现其实全不重要。你看我跟张伟，我现在不也一下班就回家，什么都不做了嘛！"

"所以说哈，"潘薇漫不经心地看着自己的手，"这世界对女人苛刻啊！"

"不是苛刻的问题，是总归你要决定二十年以后想要什么样的生活嘛！"

"二十年……想那么远干什么？"潘薇从盒子里拿出最后一根烟，"我就知道一件事，所有的悲哀都是自己想出来的，不去想，就没悲哀。你觉得我工作忙吗？我倒觉得还不够忙，再忙一点才好。"

"那你可得想清楚啊，以后肯定还总有人说。"

潘薇尽量放松地拍了拍周媛媛的手："我习惯了，早没事了……真不往心里去。"

周媛媛一时说不出话来。潘薇拉着她的手站起来："这儿还是冷，咱们回去吧！"

回到大厅里，众人已经从桌边站了起来，凑成一堆，等着做游戏和抽奖。潘薇回到熟人中间，粲然一笑。他们聊起最近的综艺节目，聊一个电视明星刚刚爆出的丑闻。胡峰喝得有些high，大声地说这个酒吧酒不好，没度数，鸡尾酒都是用糖水勾兑的。江畔搂着他的肩膀，拍他的胸脯让他冷静。金玲玲和艾美议论着今年的奖品，ipad-mini是不是鸡肋产品。见到潘薇她俩，金玲玲笑吟吟地迎上去。

"哎，潘薇啊，你到底想找什么样的啊？"金玲玲晃着手里气泡清透的香槟，微微笑着说，"刚才我们正聊这个呢。回头我帮你介绍一个。"

"我？"潘薇哈哈地笑起来，"得了吧，我是真不想结婚。人家给我算过命，结了婚也得离，还不如不结呢！"

"你真逗。"金玲玲说。

潘薇摇摇头，声音不自觉地变成了她每次在台上主持时的调子，甜丝丝的，抑扬顿挫。"结婚有什么好的啊。我现在晚上一个人没事了，还能跟人吃吃饭，去看个话剧啥的，结了婚天天得回家伺候人，麻烦死了。"她把手顺势搭在身边的胡峰肩膀上，微微侧着脸，像要靠过去似的，但却只是仰头大笑了一下，又恢复到正经的神气，"我就算要找啊，得找一个理解我的。要是我天天晚上应酬到十二点回来还喝了酒，他不能总耍脾气。我们做销售的，都是这样，也不是你想怎样就怎样的。最近这些日子经常弄到半夜。要是我打点了客户老板，回家还得打点丈夫，那就太辛苦了。那我宁愿自己一个人过。"她豪爽地拍打胡峰的大臂，"你别笑，我是说真的。"

她听到有谁接了句什么，但那句话没有进到她的脑子。周围的声音又成了连片的嗡鸣。众人开始议论，她跟着点头，他们笑，她也笑。她的眼睛一直注视着吧台后面酒保加冰块的动作，酒保动作熟练而机械，沿着成排的杯子不断重复。那动作永恒不变地一次次重复。她心里有多么羡慕他，他可以重复地只做一件事。

"来，来，咱喝酒！"潘薇粲然笑着招呼旁人。

"你行吗，我怎么看你好像已经醉了呢？"江畔说。

"瞎说，我一杯都还没喝呢。酒呢？酒呢？"

胡峰站起身，将桌边的红酒瓶子拿来，晃了晃，里面空了："这儿没了，叫服务员吧。"他说着伸出手，向吧台那边摇晃道。

"服务员，拿酒！"潘薇也用柔美的声音向吧台叫道。

与此同时，主持人宣布游戏开始了，像把一切都拯救了似的吸引了所有人的注意。众人把脸扭向舞池，看大屏幕上放出的动感音乐和游戏规则。游戏很简单，一组七个人，每个人都蒙上眼睛，转两圈，然后摸索着找到前方的画板，在白纸上画出一张人脸，每个人画一个器官，最后组成一张完整的脸，比试哪一组画的五官全都准确、时间最短。

主动参与的人迅速组成两组，潘薇被艾美拉入了第二组。第一组玩得笨拙，蒙着眼的人没有经验，一旁叫喊着指点方向的人也没有经验，场面混乱，有一个人一直走过了画板，跑到远处才掉回了头，还有一个人把脸画得太大了，直画到纸面边缘。潘薇定定地看着，她以从未有过的清明看着蒙眼睛的人。对那人来说，眼罩戴上，世界就消失了。那人伸出手摸索着向前走。遥远的地方传来海浪一般此起彼伏的"左""右"，遥远得像是在世界之外。世界只剩下黑暗和寻找，每一步不知道对与错。他小步移动，用指尖在空气里触碰。四周的指路人七嘴八舌，每人都有一种意见。他能听到太多，可不知道谁是对的，谁是错的。他看不见前方，也没办法回头。一个人只有一次机会，这是最要命的，他只能坚决地走下去。

第二组的比赛开始了。前几个人壮志满腔，发明了一种口号，讲究效率，按部就班，像生活般一帆风顺。他们在白纸上画上了一张充满所有边角的脸，鼻子就位了，眼睛就位了，耳朵就位了，很丑的脸，但规矩极了，也得意极了。潘薇站在人群背后，纸上的脸在她眼睛里晃来晃去，晃得世界都旋转起来。有人将她推出去，哄闹着给她系上蒙眼的围巾。她一小步一小步向前走。她透过黑暗看到自己，看到自己手里捏着一把小刀，走到白板边上，将纸一刀一刀割破，纸上划出肋骨般的平行线，碎纸条如失去生命的植物垂到地上，纸屑在空中飞。她看到自己亲手割碎这一切，不过她没有。她小步小步地摸到画板边上，从左上，到中下，再到右上，画了一张巨大的、巨大的、弯弯笑着的嘴。

那张嘴一定欢喜极了。潘薇听到,周围的人爆发出一阵阵欢呼声。没有人注意到画板后的潘薇。他们都在欢庆胜利,胜利之后,大家一起搭肩喝酒庆祝。聚会的热闹气氛又现高潮。

大地

辜鸿将店门关上,最后环视一圈,将门锁上。

这是赌场的最后一个下午。店里已经搬空,寂静而萧条。关张吉祥,他用悄无声息庆祝。一直有电话打过来,问这几天还开不开业,什么时候重新开业,阿鸿不得不一一解释。关了,再也不开了。赌场藏在小区里,三室两厅公寓,联排别墅的一层。从楼外看不出端倪,四下安详。他给花园浇了点水。这次说不准走多久,花只能自生自灭,全凭造化。

阿鸿还没有吃东西。刚起床就接到安羽的电话,让他过去帮个忙。他已经很久没有见过安羽了。这一次离去有一种生死未卜的荒凉,临别时能见安羽一面,他觉得也好。

安羽正在给外甥上思想课,希望阿鸿帮她。安羽外甥今年高三,面临高考，但因为种种原因不想考了，想直接出来找工作混生活。他的梦想很不少，喜欢音乐，也喜欢跑酷。学业一般，对学习没有兴趣。和家里关系不太好，家庭条件不好，家人又给他极大压力。小男孩长得满俊朗的，高高瘦瘦，看上去就很吸引女孩子喜欢。安羽穿着蓝色羽绒服，靠着麦当劳高而硬的卡座，双手捧一杯咖啡，正在循循善诱，给他讲考大学的必要性。阿鸿坐在一旁，先听了一会儿，没有插嘴。他知道安羽为什么叫他。

轮到他说话了："孩子，你喜欢那些东西都没问题，喜欢在房顶上跑来跑去也没问题，不过我只问你，你有没有自己一个人站在一个陌生的地方，身上一分钱也没有的时候？完全陌生的地方，一个人也不认识。"

男孩想了想，摇摇头。

"那你如果到了那么一个地方，有没有办法活下去？"

男孩坦直地说："没有。"

"我有，你小姨有，你小姨夫也有。你没有。所以你别想着那么早就出来混。你还没有混的能力。"

"我打过几份工的。"

"做过什么？"

"卖东西。还做过家政，给人家打扫卫生。"

阿鸿笑了："那你要一辈子做家政吗？我上高中的时候也卖过东西，后来还卖得不错，不过我跟你讲，时间久了你就看出来了，那些都是虚的。我这辈子最后悔的事就是上学时没好好读书。"

安羽插嘴道："强强，今天我叫阿鸿过来，是因为我最知道阿鸿这些年是怎么一步一步走过来的。阿鸿中学的时候就跟同学开琴行,我亲自去看过的。阿鸿敲架子鼓,骑摩托车,跟朋友玩乐队,我都是见过的。他高中时也卖东西,你知道卖什么吗?卖汽车。你卖过吗?后来他做手机生意也非常好,做得已经很大了。可是他还是会后悔没有继续上学。"

阿鸿戏谑地笑了:"哎,说这些干吗?"

安羽明白他的意思。"说一下没事的。"她接着说,"强强,跟你说这些,你未必听得进去。可是我之所以一定要说,是因为我见到阿鸿所有这些年。我比谁都清楚。十年前,高考完的那个暑假,阿鸿去北京找我,我们一起去看 Beyond 演唱会,看完夜深了,我们坐在马路边聊天。阿鸿说他没有高考,不想上大学了。我说好啊,没问题啊,不上大学也可以有很好的出路啊。"

阿鸿笑着对男孩说:"你听到吗,你小姨害人不浅啊。"

安羽叹了口气:"后来阿鸿开店、跑广东、卖房子,这一步一步我也都是看到的。阿鸿已经算是做得很好了,其他人闯可能还没有他做得好。可是他心里还是会后悔没有好好读书。所以强强,这些话我必须说,你明白吗?"

男孩也许听了,也许没有听,只是没有反驳。

阿鸿把薯条递给他,问:"有女朋友吗?"

男孩愣了一下,然后摇摇头:"分了。"

"现在没有对吧?"

"嗯。"

"那我就这么跟你说吧。不管你有没有女朋友,有没有有好感的女生,有没有喜欢你的,都不重要。只要你没考上大学,她们考上了,所有这些你喜欢的、喜欢你的,统统都消失了。全都没有任何结果。

你好好想想。挺帅一小哥,上大学找个姑娘总没错吧。"

阿鸿不知道,说了这么多,哪些话或者哪一句话能起作用,或者都不起作用。他只知道他应该尽力。不仅因为这是安羽拜托他的,也因为他内心觉得自己应该尽力。出门的时候他拍拍男孩的肩膀:"你回去想想。要是真的不想考了,回头跟我混。"

他和安羽告别,安羽问他接下来有什么计划,他说要去一趟广东,也许还要去香港。他没有告诉安羽真实的情况与目的。情况比较复杂,在外人面前也不好讲。他准备等一切妥当再告诉安羽。只说处理一点生意上的事,他对安羽笑了笑,挥了挥手离开。

安羽是他的初恋。十三岁的时候他跟她说,十年之后要娶她。他那时以为日子很长,但没想到过得这么快,不只是十年,十五年都过去了。她已经嫁人了,但不是嫁给他。他中学时也有过一个很要好的女朋友,从初中到高中,他为了她付出不少,为了等她,拒绝了很多别的主动示好的女孩,也伤害过不少人。一直到她大学毕业,他们都断断续续,分分合合,他始终希望把一件事做得长久,可是她终究选择了在上海上大学的另一个男孩。当他知道这结果,心中只觉得荒唐。这些事,不提也罢。他已经过惯了一个人的生活,两个人倒不习惯了。

阿鸿开车,看着后视镜中的安羽越来越小,直至看不见。他心里向她悄悄告别。他回家拿了行李,开向火车站。这是他第二次南下广东,两次都带着巨大的心理压力。

上了火车,他把行李放到铺位,独自坐到走廊里与铺位相对的座位上。座位窄小僵硬,往来的人匆匆忙忙,不断碰到他的腿。他在人的缝隙里寻找相对通透的视线。方便面的气味弥漫四周。

他望着远方田野的尽头。北方的土地平整广袤,翻起的黑色土壤在冬天的沉寂中呼吸。一丛一丛矮小的红砖房,整齐凑成聚落,蜷缩着寻找温暖,抵御厚重大地上渺小的孤单。风吹过田野,枯枝歪向一边。冬日的天空蓝而寂静,阳光淡薄。远方有一排一排电线杆,串联成默然的卫士。好久没离开故乡了。在日常的琐碎事务中,极少有机会能退步抽身。他在那城市生活了二十八年,城市破旧的街道熟悉得就像自家寒酸的厨房。他一直想离开,却一直没能离开。每次离开都像是一场孤独的永别,最终却又回来。

前面是哪方,谁伴我闯荡。
沿路没有指引,若我走上又是窄巷。

他想起安羽提到的 Beyond 的演唱会。这是永远忘不了的。难得和安羽一起,听小时候他们最喜欢的乐队。已经十年了?是,还有五个月就十年了。那个时候真年轻,那个词怎么说来着,青葱岁月?是这个词,不过有点矫情。那时候多彷徨。安羽以为他是个性的选择,可是不是,他没有选择。他高中的课本几乎完全没有摸过,仍然崭新的封面让他没有选择。他的放弃只是没有办法。

他和安羽坐在工体外的马路上。他吃着一个汉堡,安羽看着他,听他说话。演唱会余音还盘旋在两个人头上,让他们都有些激动。那个时候他已经两年没见到安羽了,可是当音乐响起来,他们都不费力气背诵出那些歌词,熟悉的感觉就回来了。演唱会结束后有人唱着歌爬到工体院子里的雕塑上,甩着 T 恤向下面挥舞,逗留不走的人聚在下面跟着他一起唱。他对安羽说,再也没有谁能有这样持久的歌迷。那是怎么样的热血沸腾。从工体大院出来，他们在马路上走，坐到马路边上说话。他告诉安羽他的高中三年，他的颓唐与意气风发，他的选择与无奈。他对着她唱歌，在深夜街头低声唱歌，把粤语歌词唱得沧桑而带感。安羽那时候梳着两个小辫子，脸晒得黑黑的，眼睛亮亮的。深夜的街头有呼啸而过的车，伴随他们的寂寥。

他们算是从小一起长大的孩子。认识的时候不到十岁。听着Beyond的歌，攒下所有钱买10块钱一盒的卡带，学粤语，几个好朋友一起唱。下午放学不回家，去小花园坐着聊天，男孩追着女孩到处跑，跑累了坐下唱歌。唱"这一生不羁放纵爱自由，也会怕有一天会跌倒。"总是以为未来都是天空海阔，所有的感情都在肆意蒸发。

只有淡忘，从前话说要如何。
其实你与昨日的我，活到今天变化甚多。
只有顽强，明日路纵会更彷徨。

他一直看着窗外，沉浸在广袤无垠而几乎一成不变的景物中。深远的风景让他内心回到久违的安静。他太久没有安静过了，大起大落的一段日子几乎夺去了他的所有精力。他背着七百万债务去香港。这是让他彻底看清欲望的一次失败。赌博让一个人看清一切，这是永远的真理。原本他们的规矩是自己永远不上手，他和他的两个合伙人，在开店初期就给自己定了这一条。开店是和菲律宾几个老板合伙，他们做代理，管收钱和发钱，初期投资不大，但需要两百万流动资金。他们选的项目是一种在线游戏百家乐，中心在香港，整个亚洲都联网可以下注。赌客们盯着屏幕,赔了赚了找他们结钱。他们的工作也简单,只是开场子维持秩序。实际上秩序都不用维持,每个人都很安静严肃。工作量不大,但一天下来神经紧张。他以前不知道这个城市有这么多有钱人,这个他从小到大生活在其中的陈旧的工业城市,原来埋藏着这么多有钱人。那种感觉就像厨房油腻的边角缝隙里发现藏有很多金子。他厌烦那些人,但他们是客户,他对客户不挑不拣,也有偷钱来赌的,他们只作不知。

钱这个东西是欲望,沾上了就停不住。来赌的人千奇百怪,上得了台面的,上不了台面的,很多人来钱的途径比偷还不如。在钱面前,四方妖魔都原形毕露。

他一直看着,看那些赌客怎么兴奋大笑,又怎么灰头土脸。他们赌场不出千,联网赌博,也没有出老千的能力。他们照常收付所有盈亏,最后的赚赔由主机决定。不怕让你赚,只怕你不来。开赌场的人都懂得这一条。只要你来,就有输光的那一天。人的想法就是那么奇特,只要赌,不到输光就不会停。他见过有人一天晚上赢走六十万,过了几天就赔回来两百万。说这是弱点都太轻了,几乎是盲点。因为看过所有这些,所以一直告诉自己不可以赌。

这一次还是失手了。原因是两个合伙人的小气。有一个赌客输了钱找他们赊欠,赊欠了一百五十万。这种情况以前也有,只是数额没有这么巨大。他们的客户多是老关系户,通常不会出问题,但这一次,这个人跑路了。几个手机号都停机,住的房子退掉了,认识人也都说不清楚踪迹。阿鸿的意思是三个人先拿自己的钱赔上,以后再说。留得青山在,不怕没柴烧。另外两个人舍不得,觉得冤枉,就想下场子赌,赢了钱赔上。他们先进了场,他不得不跟着进场。

最后他算是还剩一点理智,输到一百万就住了手,其他两个人都输到两百几十万才停。毫无办法,七百万的缺口,再无回旋余地。三个人凑了凑,他又迅速贱卖了两处房子,但还差一百多万没有补足。

他只身上路,带着银行卡和燃尽的心,南下广东。

火车发出的咣当声有节奏地敲击夜幕,穿过山岭,不时进入隧道,风驰电掣地闯入无尽的黑暗,向前摸索,不知哪里是尽头。突然出了隧道,无穷无尽的星和夜空出现在头顶。突然又重新回到隧道。车厢里的灯忽而全灭,引起一阵娇滴滴的惊呼,片刻之后又亮起来。阿鸿仍然在窗边坐着,他不饿,也没有睡意。远行让他感到沧桑。

夜里,他躺在床上,想起了父亲。父亲这几年苍老得很快。之前几十年钢管厂老工人,身板一直还算结实,下岗那会儿提前办了内退,十几年在家没有事做,身子反倒一天天衰弱下去。父亲和母亲都是沉默寡言的老实人,在厂里上班这许多年一直谨小慎微,没什么怨言,他早就给过父母很多钱,可是他们仍然保留着以前的习惯,搬着马扎坐在阳台上补鞋,生虫的米也不舍得扔,骑车去很远的早市买便宜蔬菜。他家穷,父母只是习惯隐忍。他说了也不听。他给父母买过两处房子,安排他们住到城郊,空气好些。他也是为了自身的隔离,他知道父母一直担心他的生意。

临走前一天,他回了趟家,匆匆吃了口饭,看看没什么事情就要离开。父亲却叫住他,问他南下具体做什么,絮絮地叮嘱他路上小心。父亲以前并不多话。他猜想父亲感到了什么。父亲站在厨房门口,手里拿着搪瓷缸,锁骨显得很瘦。

"我没问题。放心吧。"他说。

"有些事,别做。"父亲说。

他怔了一下:"知道了。"

父亲又叮嘱些别的事。他一一点头答应了。父亲欲言又止的样子让他心里难受。

在那些苍翠的路上,历遍了多少创伤。
在那张苍老的面上,亦记载了风霜。
秋风秋雨的度日,是青春少年时。
迫不得已的话别,没说再见。

次日上午,火车依次经过河南、湖北,下午进入江西。阿鸿给炮兵挂了个电话,告诉他自己第二天清晨就可以到。炮兵说没问题,会去火车站接他。

阿鸿到餐车吃饭,随意点了点儿东西。窗外开始飘小雨。南方多山,火车从层林间穿过,视线多林木,不同于北方的无垠的原野。途经小镇子,能看到镇上坐着的人和小店向上卷起的铁门,时间看上去平静悠长。

他不知道找到炮兵能怎么样。炮兵是他在广东最熟的人,这一次能不能找到合适的人,要看炮兵怎么筹划。炮兵早年跟他一起卖手机,两个人性子都仗义,交上朋友。后来炮兵南下广东,本来邀阿鸿一起,但阿鸿上一份感情还没结束,放不下的东西太多。据说炮兵在广东几个地方都有关系。阿鸿除了想借钱,也想着看看接下来有没有生意做。他在家乡待得太累了,广东的机会也多些。

阿鸿这些年什么都做过。手机店做得大时,开了十来家分店。他还应合作运营商的朋友所托,去运营商做非正式雇员,兼职做市场。

那段时间,他面试过大学生,跟他年龄一样大,只比他多上了四年学。他知道他可以抓住机会报复一番,刁难一下他们,他能看得出这几年大学生活并没有教给他们什么宝贵的东西,可是他内心深处同样知道,尽管他们低声下气地求着他,可是在很多年之后,在他仍然混迹市场卖东西的时候,他们会有他得不到的未来。他最终什么也没有说,冷漠地提问,旁观着从校园兴冲冲走出来的男生。他越是看得到未来,越是心冷如铁。

手机生意做到一半,为了跟女友在一起,准备出国,他盘掉大部分店面,找中介办移民,可最终女友选择了别人。他心灰意冷,南下广东,跟炮兵喝了一个月酒,认识了不少朋友。

阿鸿坐在餐车中,看着窗外,买了两罐啤酒独自喝了。陈年往事滑过心头,露出经久掩埋的角落,像小时候住过的筒子楼,小孩们跑过,扬起积年未扫的灰尘。

时间一晃而过。

广州火车站和以往大有不同。除了富有特色的红色铁架和安全舒适几个红色大字,其他大部分都改换新颜。广场上的人少多了,大包小包坐在广场上睡觉打扑克的外来者少多了,卖食品饮料的本地人也少多了。空空荡荡让人有点不适应。冬天的温润和夏天躁动的湿热也大不相同。也许是物是人非,阿鸿觉得,这次,一切看上去都冷静得多。他很快和炮兵联系上,炮兵已经在肯德基等了半个小时。果然还是好兄弟,阿鸿心里想。他见到炮兵第一件事就是用锤头锤他的肩膀,太久没做这个动作了,手打在身上竟有些僵。炮兵胖了,头发剃成了短寸,更显得脖子上的肉,背心下面的肚子也凸显了出来。他淡然笑笑,拍拍阿鸿的后背。

"中午吃饭了吗？想吃点什么？吃海鲜吗？"炮兵问。

"不了，累了，想先洗个澡睡一觉。"

炮兵要带阿鸿回家，阿鸿坚持住酒店。太多年一个人住，已经不习惯和任何人住在一个屋檐下，怕麻烦，更怕给人添麻烦。

晚上和炮兵出来吃饭，吃完饭还去老地方吃夜宵。广州的变化不小，清静整洁了很多，以前常见的路边摊少了很多。阿鸿感觉略有遗憾。他喜欢这个城市，尽管外来人多，但不像北京上海那么快节奏运转，这个城市悠闲自得，老人带着小孩在街上坐，租界时期的老建筑伴随着形形色色的老字号。早上早茶，午后吃下午茶，晚上夜宵，缝隙时间穿插各式糖水。慢慢地泡在时光里，忘了时光。满城绿色的榕树，树下有老人悠长的日子。那种悠长对阿鸿是种奢侈。

炮兵介绍了两个朋友给阿鸿。不知为什么，阿鸿觉得炮兵有一点回避。每次他提到往日的友谊，炮兵就笑笑，并不接茬。阿鸿很快明白，炮兵这次不能借他钱，因而不愿意谈起。阿鸿于是也不再提。他问炮兵老婆和儿子的情况，炮兵嘻哈地笑着说，就那样吧。阿鸿知道炮兵是有儿子的人了，和以前已经大不相同。

两个朋友都是广东人，炮兵说，都是义气的兄弟，在这边路子很广。他们是潮汕客家人，在广州这边做珠宝玉器的生意，时常往内陆跑，一年到头四处飘着。两个人说话很脆爽，讲起泡茶之道，更是滔滔不绝。他们问阿鸿做什么生意，阿鸿说目前没有什么大买卖，只是做做房产中介。

"卖房子啊，那是现在最赚钱的啦。"年长一点的赞叹道。

"什么卖房子，只是中间人而已。"阿鸿笑道，"上嘴皮碰下嘴皮的事，俗称中介。过去老话讲下九流，车船店脚牙，无罪也该杀。

我们就是那最末一等：牙。黄口白牙张嘴就来，最招人恨的。"

年长的哈哈地笑了："小哥谦虚。"

"我们鸿哥爱说笑，"炮兵说，"其实鸿哥的买卖挺不小的，好几家店呢。自己手头也有好几处房产。"

"都卖了。"阿鸿说。

炮兵接着说："鸿哥以前生意做得也好。我在老家就是跟着鸿哥混。我们区里吃得开的，都知道鸿哥。人家还多才多艺，我当初是学架子鼓才跟鸿哥认识的，鸿哥也算是我师傅呢，哈，我现在早忘了。鸿哥人仗义，没得说。"

阿鸿知道，炮兵是在替他美言造势，大概是想介绍给这两个朋友和他们的朋友，能帮忙度过这次危机。下午出门前，炮兵和他说过，这次应该能找到广东这边很有势力的一个人，跟香港百家乐那边的老板很熟，兴许能免掉一部分债务。况且阿鸿说过，接下来也想再找点生意做，炮兵也算是不遗余力的中间人了。

几个人喝酒聊天，还算愉快。两个广东兄弟给他们讲潮汕风俗，客家家族史，珠宝玉器生意经，阿鸿饶有兴趣地听着。尽管债务在身上冷硬如铁板，但他知道什么时候不该紧张。他觉得接下来贩卖些玉石也是不错的选择。啤酒喝得毛孔张开，暖风一吹，头飘在云雾里，内心的压抑消散了很多。

喝到后来倒是炮兵激动了起来，借着酒劲抽泣，大致说着时光流逝人会变龌之类的话，最后倒是阿鸿安慰地拍着他，送他回家。

在广州盘桓几日，阿鸿见炮兵也不方便，就告辞离开。他跟两个潮汕兄弟一起，坐车去另一个小镇，是靠近广西边上的一个县城。他并不知道到了那里将见到谁，只是既然来了，就把心装进肚子，走一步算一步。

老式火车塞得满满的，正是春节后迁徙的好时节，行路人的行囊、干粮和瓜子皮将旅途充满，拥挤得困窘而生气勃勃。下了火车又包了一辆当地的私家车，开车的师傅路途很熟，应该是往返过很多次。

县城修得很是现代，马路宽而崭新，夜总会比比皆是，不像早些年的夜总会装饰艳俗，这里的建筑颇为低调新颖，一看就是这一两年大手笔投入的设计。路上人不多，车也不多，但车都是好车。阿鸿好奇地从车窗望出去，猜测着小城的经济来源。车开到一家旅店，停下，两个潮汕兄弟帮忙开了房间。阿鸿并不多问，照例自行修整，回到自己的房间睡了一个下午。当天晚上亦无事。

第二天，阿鸿被引介给奇哥，这个地方为首的人。奇哥年纪倒不大，不过三十七八岁的样子，只是看得出长年风吹日晒，皮肤黑而粗糙，显得颇为沧桑。言语举止倒是成熟稳重，不多话也不粗俗。打扮和身边人也没有太大差异。阿鸿摸不清情况，自然谨言慎行。奇哥的随员中有一人很面善，仔细回忆想起来，是当年来广州时一起喝过酒的朋友，想来也就是引见人了。

阿鸿着重打了招呼，奇哥待他很和气，先是亲自领着他四处转了，看了看山水，然后又去海鲜酒楼吃了饭，酒席间言谈甚是亲切。让他在这里多住些日子，小地方空气好，就当疗养，身心皆是放松。奇哥又一一介绍桌上的兄弟给他，又说早就听说过阿鸿，有眼光讲义气。只是一句不提香港的事。阿鸿也不便问。

又过了几天，仿佛无所事事一般，每日早上起来有人带他去吃东西，下午随便四处转，想娱乐只是记账就可以，想自己在房里待着，倒也没人打扰。这样的日子让人越来越疑惑，他试探地问可不可以去附近镇子转转,陪他的小哥说,奇哥说了,随意活动仅限于本县城,最好不要出去。阿鸿越发疑虑。

他想旁敲侧击地问问,奇哥却总是很技巧地绕过去,只问他生活如何。他于是干脆不再问,耐心等着,兵来将挡水来土掩,反正生活无虞,暂且静观其变。县城周边风景着实不错,无名青山,竹林小路,每天走一趟,就像一层层剥落身上的尘埃。

总共闲待了半个月,奇哥终于派人叫他,陪他一起去香港。

事情来得如此突然,他倒是有点准备不足,但现实比他想象的轻易得多。路上奇哥就告诉他,已经找人打点过了,七百余万债务免到五百万,以后也不提了。阿鸿很感激,按这个数额,他身上的钱就足够了。这算是欠了一个很大的人情,能够不欠钱债,对他最好不过,但必然欠人情债。路上奇哥话不多,跟他聊起来,也是问他这些年做生意的经验,绝口不提债务的来源。他一一坦率答了。

渡海的时候,阿鸿心里一阵唏嘘。香港是 Beyond 所在的地方,那是小时候他们多少次想来的地方。他们听着歌学粤语,学 TVB 的剧中人打招呼,计划到家驹出事的地方凭吊。那时,他怎么会知道最终在这样的情境中过来。香港比他想象的清静很多,绿树很多,路上也干净。入夜了小店都关了,马路上人很少,秩序井然,完全不像小时候看到的古惑仔电影,街上全是帮派火并。与香港老板的会面简单得超出想象,在一家港式酒楼吃了个午饭,结清了生意,也就了事。许多日子的计划反倒像多此一举。都是朋友啦,香港老板拉长了尾音,笑着,很精明地说。

事情就算过去了。奇哥带着他在港岛上转了转,爬到太平山上俯瞰,寂静的大海收纳人的彷徨。奇哥问他接下来有什么打算,他说走着看吧,看看有什么生意好做。

临走的上午,他去 Beyond 正品专卖店,给安羽买了一副耳坠子。出门之后站在街上,忍不住哼起歌,越长越大声,张开双臂对着天空,让风吹过自己。高楼间露出一片碧蓝的天空。四周声音都消逝了,只留旋律。他抬起头,岁月仿佛在那一刹那从身边流过。在那些开放的路上,踏碎过多少理想。在那张高挂的面上,被引证了几多。

千秋不变的日月,在相惜里共存。
姑息分割的大地,划了界线。

从香港回来,仍然回到边境县城。日子又回到之前莫名其妙的闲置,他表达过该离开了,奇哥只是不置可否。每天仍然吃了睡,睡醒了吃,白天去爬山,听风吹过,晚上自己在房间胡思乱想。

终于有一天,一早起来,奇哥就来到酒店,说带他去看一点东西。

他什么都没问,跟着奇哥上路。一辆路虎,穿过整个县城,在省道上开了一小段,拐入一个镇子,镇子离县城不远,但似乎人烟稀少。镇子在更靠近山的方向,几乎被山势遮掩。进镇子的入口处有人查检,山壁两侧隐约露出铁网。唯一的一条公路穿入穿出,过了入口,视野才豁然开朗。镇子面积不小,公路两旁有几座新修的房子。背后是更多废弃的旧房子。视线中,最醒目的是正前方的三座连在一起的巨大的仓库,看起来森严威武。

"阿鸿啊,"两个人坐在车里,奇哥问阿鸿,"你家里都有什么人?"

阿鸿愣了一下:"就我和我爸我妈。"

"小光说你还没结婚。有女朋友吗?"

"现在还没有。"

"嗯。"奇哥点点头,"以后漂亮女孩还多着,不急这一时。"

说着,他们来到仓库门口,奇哥手下一个年轻孩子上前用钥匙打开两道锁,又按了密码。门开之前,奇哥转身问阿鸿:"你知道我要带你看什么吗?"

阿鸿摇摇头:"没什么想法。"

"你自己看。"奇哥说,"我只能说,这桩生意一旦开始做,不容易停,但是它的好处是连绵不绝的。"

阿鸿的心顿时沉了一下。

奇哥说着欠身,推开高大的铁门,让阿鸿进去。阿鸿迈了一步,经过片刻眼睛适应暗处,逐渐望见庞然的仓库内部。

高昂的穹顶,铁质骨架,顶天立地的铁架子,如同冰冷的巨人。铁架子上是武器,各式各样军火。离门口最近的架子上是普通的手枪,稍远的架子上摆着狙击枪,一路往里走着,能看见冲锋枪和迫击炮。一排醒目的AK47占据了单独的一架,在它身后,更靠里面的架子上有手雷和手榴弹。仓库最里面是几辆安静停放的军事吉普,顶上都已经架好了车载冲锋枪,仿佛随时可以冲出门去。

阿鸿倒吸了一口凉气。从小到大,他没见过这么多枪。只是他面上不动声色。奇哥一直用余光打量着他。他一路沉默地走,仔细打量架子上的弹夹弹药,偶尔问一两个技术问题,比如枪支型号和上膛技巧。

他们走到尽头,观赏了吉普,又向回走。接着参观了另外两个仓库,仓储侧重各有不同,有一个侧重炸药和引爆装置,另一个侧重雷达和监听设备。第一个仓库无疑最大，火力最重。奇哥介绍说，很多设备是国内军工厂生产，运送到缅甸或者泰国，再贩卖到更远的地方。他做这一行已经十余年，道上行情已经基本稳定，公安时而查检，他们都知道怎样规避。未来这方面的潜力更大，非洲国家的局势越发不稳定，越不稳定，就越用得着他们。

阿鸿点头——听着。事到如今，他终于明白这一个月的生活。奇哥一直在等他。

他们看过了这一切，回到县城。奇哥设酒席款待，问阿鸿上午的观感，阿鸿大赞军火库设置合理，管理一流。奇哥问他是不是想好要入伙，他说既然来了，就听从奇哥安排。奇哥哈哈地大笑了，拍他肩膀说够爽朗。晚上，阿鸿早早回房间。不一会儿，一个浓妆艳抹穿衣很暴露的女孩敲他的门，他没有拒绝。他知道这是奇哥派人看着他，他不能给任何人留下把柄。他让女孩进入房里，在他的床上睡，他一个人站在阳台上抽烟。女孩起初在房间里叫他，叫了一会儿他不应，赌气假睡，逐渐真的睡着了。他关上灯，醒着坐在沙发上。他内心紧张，因为紧张而睡意全无。

坐在黑暗里，他又一次想起父亲。不知为什么，现在每次想起父亲，都是一些小细节，似乎整体已经消融在这些细节中，不再有整体，只剩下细节。他想起有一次，他给父亲买了一块相对名贵的表，大约人民币几千块。与天下几十万一块的名表相比，这不算什么。然而父亲当成宝贝一般，平时从来不戴，偶尔才像披红戴绿一样戴出去，给别人看一眼。手表被父亲在家藏了很久之后，终于有一天戴到以前工厂社区的澡堂，想给老工友们看看，结果忘在换衣间没有拿走，弄丢了。父亲像一个小孩子一样哭了，从此之后，不管他再给父亲买什么东西，父亲都只是收在家，再也不带出门。他费力买的意大利羊绒围巾收在柜子里，一次都没有戴过。后来每当他看到出入他赌场的大腹便便戴着各种名表的人，他就想起这件事。

他很想念父亲。扶着门、弯着腰、择菜的父亲。小时候骑着二八自行车带着他的父亲。下雨的时候，父亲会把雨披罩在身后他的身上，那时他就钻在雨披的帐篷里。中学他在学校逃学之后，学校把父亲叫过去，父亲老老实实地接受了批评，带着他回家的路上也不说话。他那时心里无名火起，甩手就跑出去。父亲把存折收起来，不给他看。他知道那上面没钱。父亲却嘴硬着，说他卖报纸能挣钱。

夜深了，他需要尽快做出决定。奇哥的意思已经表达得清清楚楚，奇哥还有一份巨大的人情他还不上，这些事他都明白，可是他同样明白，这条路踏上就下不来，从此刀头舔血，可能就回不了家。回不了家，就见不到父亲。

他坐在黑夜的沙发里，凝视着对面的墙。月光把树叶的阴影打在墙上，清冷得黑白分明。他聆听着黑暗深处女孩沉沉的呼吸，均匀有力，透出疲惫不堪和心无城府的结合。他等着。等着。等到最后，蹑手蹑脚站起身，将值钱东西装进随身提箱，随便抓了两件衣服。

他推开门，将提箱放在门口，先在楼梯口走了一圈，确定没有人守着，才拎着箱子下楼。酒店前台值班的小孩被吵醒，抬头看了他一眼，他笑了笑说赶火车，小孩就又趴下去睡。他静悄悄出门，向县城出城的公路方向走。起先不敢动作太大，走到县城边缘开始跑，出了城就把箱子顶在头上，拔腿飞奔。他不敢拦车，也没有车可拦。

他在巨大的紧张中奔跑，喘气逐渐困难。天亮是一道界限，他需要在天亮前赶到隔壁镇子，最好能坐上去南宁的巴士。他尽自己全力跑，箱子在头上像防弹的钢盔。国道蜿蜒起伏，笔直地穿过田野。月亮照在沉睡的菜地，照在没有方向的路上。他很累，但不敢停。

他心里掠过很多事。他想起中学时骑摩托车在公路上，也像这样，空无一人飞速奔驰。那是他倒卖东西挣钱买的第一辆摩托。他喜欢深夜骑车，没有打扰也没有限制。他上身伏在摩托上，眼睛顺着车把观察路面，右手的加速转到最大，用余光看速度表上的指针，指针打到表盘边缘，轻易超过偶尔遇见的夜行汽车。他的头盔被飞驰掠过的尘埃和虫子噼啪撞击，每骑一段时间，就必须停下来，将面罩上的死虫子清除干净。那个时候他会休息一会儿，站在路边，让晚风吹去头上的汗，看着黑夜，让体内的温度冷却下来，内心充满喜悦。

他喜欢摩托车。高二的时候骑着摩托带着安羽去看琴行，他在马路上故意骑得快了点，安羽紧紧抓住他的衣服，尖声叫起来。后来有钱了，开车带安羽出去的时候，安羽平平静静坐在副驾驶，再也没有当时的亲切。高中毕业后，他把摩托卖了。就是那么一转念的工夫，他突然不想骑车了。他也不想再敲鼓了，琴行做了一段时间就转手给了别人。他把高中的一切关上了。交钥匙那天，他站在马路对面，回头看着琴行，接手的人在忙着搬东西，搬进搬出，有人撕扯着玻璃门上贴着的塑料红字。他看着，似乎看到天荒地老。小店很快清理干净，和周围的市场融为一体，卖菜的三轮车从面前滑过，似乎从来没有那段突兀而格格不入的杂音。它的峥嵘洗干净了，回到了它的世界。他心里一片空白，搬着撕下来的海报独自回家。

他跑着，跑得精疲力竭。不知道跑了多少公里，前面渐渐能看到密集的房子。他的心脏突突地跳着，但神经缓和了些许。天已经亮了。他站住，想休息一下。他停在路边，拿出半瓶矿泉水灌进肚子，回头向来路望去。

令他吃惊的是，他看到一辆警车在他身后很远的地方，缓缓靠着路边停下了。

他警觉地直起身来，不知道这车是不是半路跟上他的。他跑得太急了，一路上都没发现有警车存在。它是从哪里出现的呢，一路上都是农田。他站了一会儿，决定假装没有注意到。他将空瓶子塞回箱子，又顶起箱子，向前跑去。他跑进前方的县城，在第一个路口右转，又左转，拐入一片居民区。他将箱子放下，躲入一家小早点铺。

他吃了好一会儿，仔细看着，门口没有警车经过，吃完出来观望了一阵，两侧的马路上也不见警车踪影。这才放下心来，拖着箱子慢慢走。他打听了长途客运站的位置，距离不算太远，他打算步行过去。吃饱饭，太阳出来暖暖地照在身上，他开始觉得全身疲惫。他心里计划着下一步的打算。

转出巷子、走上大路的一刹那，他看到前一天乘过的那辆路虎，正从县城边缘开过来。他一惊，连忙后退几步，回到窄巷。他不知道它看到他没有。他闪回吃早饭的小街，又转进居民楼，重新开始跑起来。他不认识路，只朝着太阳的方向，他知道那是长途车站的方向。时间还早，路上看不到出租车的影子。

不知为什么，他心里闪过命运的轮廓。他不知道命运到来的时候，是不是都有着特殊的气味，是不是现在他闻到的这种潮湿、混杂着青草与煲汤味道的气味。他被某种他也说不清的东西追着，他能闻到它的气味。在路与路之间转换，每一条路都仿佛是相似的，又仿佛蕴藏着截然不同的危险。他奔跑着。路的两侧是凉粉店，烟酒小卖店和敞开的杂货超市，铁门卷到头顶，货物堆放杂乱，水泼到门前的地上。招牌残缺，红字凋零，老人一动不动坐在门口，无表情的女人在柜台后忙碌。他看到一切，和他到过的每一个县城一样看不出分别。他穿过一切，就好像一直处在其中。他到过很多个这样的地方，但总是在穿梭，总是停不下。他想起家乡，只有它是不一样的。他一直在远行和扎根之间来回牵扯，牵扯到最后已经无法离开，双脚和大地缠绕在一起。有那么一瞬，他觉得他所有的奔跑都是为了回到它。

他不知道他还能不能回去。他对这突如其来的一天没有概念。命运在某些地方看着他，露出时而含蓄时而嘲讽的微笑，它时常向他伸出橄榄枝，却又在最后撒手，让他独自坠落。他总以为自己知道界限在哪里，却从来就没有安然度过任何一件事。他想起这些年他亏欠的人和亏欠过他的人。他相信时也运也，最终都是命。中学时他身边有很多围绕的女孩，他都没动感情，有的时候和某些女孩在校园里炫耀地走，只是为了炫耀。他伤害过她们，却没有觉得不妥。最终他唯一等过的女孩走了，所有人都从身边烟消云散了。这就是命。他越来越深地懂得这一点。万物总是要归零的，荣耀与卑微皆不足道。

他奔跑着，精疲力竭却机械地跑着。

他想起儿时憎恨过的老师，那老师对班上的穷孩子与富家孩子摆出相反的面孔，对他的几个兄弟说过各种伤人的话。他那时憎恨世态炎凉，内心有一种"你等着，等我早晚荣耀加身摆脱贫穷再收拾你"的狠意。可是当他奔跑在陌生世界的边缘，他发现贫穷是他生长的泥土。他并不想真的摆脱它。他生于斯长于斯，所有的亲人都生活于斯。他们抓住泥土就像有些人试图摆脱泥土。他奔跑得越多,内心就越漠然。他越来越沉溺于追索岁月流逝中的蛛丝马迹,想知道其中让人痛苦的意义。没有人知道大地的秘密,当初告别的兄弟各奔东西,各有各的路,有的醉生梦死,有的苦苦支撑,有的在卑微的鞍前马后蹉跎岁月,没人知道未来。他在浪费光阴,在一个人的路上独自而无意义地奔跑,风吹过麻木的脸。

他终于看到了长途车站,一条拥挤的马路背后,一个破旧的广场。广场上停满小公共。长途车站旁边是一座小商品城,红黑塑料袋在门口飘飞。他向广场跑去,隔着人群与麻袋,能看到广场背后的进站大厅,在台阶上,顶着蒙尘的暗红色大字。

他在杂乱横陈的面包车之间过马路,忽然看到路口转过来的警车。车牌是早上那一辆,向广场的方向开来。他立刻向反方向走,试图从小商品城的一侧穿过广场。刚过了马路,就看到路虎从另一侧趋近了广场,缓缓前行,像一只逡巡捕猎的老虎。他立刻折回,内心燃起希望,重新向警车开来的方向走。他在广场中央停立片刻,然后开始奔跑,以最明显的姿态,最快的速度,向候车大厅跑去。

"站住!"

他听见远远有人叫道。他判断不出声音来自哪边。他回头,看到两辆车都有人走出来。他知道两辆车的人还没有看见彼此,等他们相互见到,他们的目标就不再是他了。他说不好谁会先看到对方,谁会对他紧追不舍。他没有时间思考了,只能按本能告诉他的第一选择,向候车大厅奔跑,穿过人群,三步并作两步奔上台阶。

他看到候车大厅顶上透过的太阳。他听不见是否有人在身后。他心中升起一种突然而然的放松。一切都只是命运的赌博,虽然知道不应该进场,但骰子已撒下,就无法收回。

他这辈子,命就是赌博。

他推开候车大厅的玻璃大门,绕过卖水果饮料的摊位,到窗口边递给窗口里的姑娘一百元纸币:"最近的一趟车,去哪儿都可以。"当姑娘面无表情地撕下一张票,他回头望向门口。与此同时,他心中响起萦绕许多年的旋律,最熟悉的旋律。这是在每次大起大落的奔驰之后,他总会坐在路边,独自哼唱的旋律,直到天黑与天明。

在那些苍翠的路上
历遍了多少创伤
在那张苍老的面上
亦记载了风霜
秋风秋雨的度日
是青春少年时
迫不得已的话别
没说再见
回望昨日在异乡那门前
唏嘘的感慨一年年
但日落日出永没变迁
这刻再望着父亲笑容时
竟不知不觉地无言
让日落暮色渗满泪眼
　　——《大地》

冯静踏出火车站,并没有想象中的伤感。万物都是喧嚣躁动的,消解了一切可能与悲伤有关的情绪。她坐上一辆小公共回家。路边在修楼,黄沙从缝隙漫进车窗,用手摩擦皮肤能感觉落上去的一层生涩。两旁都是运货大卡车,高耸的车厢,压迫着视线。路上堵车堵得厉害,几乎像是一条不认识的路,新铺的柏油路面时断时续,路中央有刚竖立起来的水泥桥墩,桥墩顶上是暂存于想象中的高架桥面。

这次回来,冯静心里并不情愿。只是生母的事不能不管,想来想去她还是买了火车票。她已经两年多没回家了。离家七年,她总共回家三次,前三年两次,第五年一次。

小公共停了,她被扔在一个新修的环岛。粗粝的风卷起远处工地的尘土，尘土飞上天，让太阳轮廓迷蒙。路两旁的杨树砍掉了不止一排，环岛旁一角有一栋带罗马柱的烂尾高楼，楼上挂着白字残缺的红色条幅，地上堆着瓦片、沙子和石子。四处都在建设，村子靠近城市，城市一寸一寸延伸到村子边缘。阿静低头捂着嘴穿过公路，货车带起的风撩动头发。

她在村口停下来，向村子望去。

时间带着悠长不变的气味笼罩着村里的小路，院墙外路边上的黄土缝里种了丝瓜。细微之处似乎有些东西变了。陈爷仍旧目不斜视地低头骑车，黄婶依然揣着手坐在小卖部门口。瘸了一条腿的杂毛黄狗在水沟边闻来闻去，见到人就哆嗦。荒草比从前多了。村里既有自暴自弃的荒芜，又有争先恐后的堆砌。喑哑的锯木声从院墙里单调传出。

十八岁那年，阿静高三上到一半时，父亲说想给阿越转学到城里上初二，还缺些钱，于是送她去了北京。在北京有老乡给她介绍了工作，辗转换了几次，做过保姆和美发店助理，后来去了美容院。阿静还想考学，不愿意走，走的时候负气，想哭，又不想显得自私，忍住了没有说，却不愿再回来。偶尔接到弟弟的电话，问她怎么不回家，说爸妈生气了，她也只是哦一声，没有回应。她给弟弟讲了些理由。讲她每次请假时李姐的表情，讲她们最近院庆工作多，讲春节时如果留下加班就有三倍工资。真正的理由总是没法说的。电话中的对话总是仓促的。他们都害怕冷场，在来来回回的问候中翻来覆去。

她离家的那天大雪封门。春节刚过，墙上的春联在寒风中瑟瑟发抖。门神瞪着眼睛送她，张着大嘴，说不清是笑还是怒吼。她凝视着他们，这是她仅有的送行。阿越还没有睡醒，她从他窗外看了一眼。她站在院门外，母亲出来，递给她一袋包子。

"你爸打电话说，地里那边货还是没拉完，让小工给耽搁了。"母亲说。

"哦，那我自己走吧"。阿静拉了拉帽子，拉起箱子。

母亲给她打开门，打了招呼，转身回房里，脸上寒意十足。父亲和阿越都不在。房子里显得空荡。院子里搭起了简陋的玻璃顶棚。院子里以前一直种着一棵樱桃树和两棵海棠树，现在都不见了，铺上了白色有褐色暗花的瓷砖，像一间新的公共厕所。玻璃顶棚下隔出三间卧房和一个新厨房，阿静在电话里听阿越说过，新盖的房拆迁时都有补偿，拆迁之前还能向外租。新修的顶棚不算正房面积，但可以算厢房。听说丈量的人已经来过了。

母亲在正房的大屋，盘着腿坐在炕上。客厅黑着灯，能看见茶几上剩下的果皮和烟灰。地上有瓜子皮铺成的地毯，在经过层层过滤的惨白的月光中零星破碎。母亲正在看电视剧，歪着头，用较好的一侧耳朵对着电视，靠着一摞被子。阿静坐在炕边。母亲的身体肥胖敦实，脸耷拉着，下垂的皮肤将眼睛挤压成三角形，表情专注而一动不动。母亲梳了一个短辫子，头发没有染，鬓角看得见白，穿一件蓝色半旧羊绒衫，肘部有轻微开线。火炕上铺着桃红色条纹床单，<u>坐上去硬邦邦发烫</u>。

空气里仿佛绷着一根弦，母亲除了最初的一声招呼，一句话都不说。

阿静等了一会儿，又等了一会儿。沉默开始发酵出某种紧张。有一瞬，她几乎想走了。在这个节骨眼上回来，她知道母亲怎么想。她觉得自己回来实在是多余，何苦自找这不痛快。可是过了一会儿，平静一下，还是忍住了。

她将随身包打开，拿出一盒茶叶。"妈，给您和爸买的。"

"说了别带东西。"母亲看了一眼客气道，"放那边吧。"

"您和爸身体都还好吗？"

"还好。"

阿静把茶叶放在餐桌上。桌上有一盘榛子和父亲棕色的小酒壶。她还记得第一次给母亲带礼物。那是她第一年回家的时候，花了第一个月的工资，给母亲买了一条围巾。母亲看了说这围巾买得不好，镇上就有卖的，比她买的便宜还好，然后放在一旁，没有再看。她当时还受不了这个，回到房间哭了一晚上。

母亲又专注地看电视。阿静也看。母亲和她没有话。电视中皇后和嫔妃分成两个派别，彼此有投毒，有谎言。八点半，母亲问阿静有没有吃晚饭，如果饿，可以给她弄点粥。阿静说不饿，旅途劳顿，只想早一点睡。她想等父亲，可是父亲去邻居家打牌了，始终没有回来。阿越还在省城。

夜晚，阿静回到自己的房间。房间黑得吓人。她按墙上灯的开关，但啪啪几下也没有反应。她摸黑绕过地上堆的纸箱子，摸到立柜边上，抓出床单和被子铺开。铺的过程中适应了黑暗，看到整个房间，月光把床头木的裂缝照亮了，枕头抓在手里，荞麦皮干枯。她在静默中坐了很久。即便做好一切准备，家的陌生还是让她感到震惊。

次日清早，阿静去找周亮。

周亮的店在另一侧村口。依靠着一条新开辟的马路。马路只打了路基，还没有铺沥青，坑坑洼洼像一条无水的河。是一家新店，店门对着小巷，窗子开向公路。贴着红色塑料字，周杰伦的照片嵌在广告牌上。店门口挂着气球和红条幅，写着开业酬宾一类的金黄色大字。门外摆着一排用白色泡沫塑料纸包住横梁的崭新自行车。远远地看见周亮，蹲在地上，调试一辆新车，手抓着车的脚踏板，快速转着，观察着车轮。阿静没有叫他。

好一会儿，周亮拍拍手站起身，正要向门口走，才看见她。周亮用手蹭了蹭鼻子，显出略带惊讶的笑容。

"你咋回来了？"周亮问。

"听说你快要结婚了，我当然得回来随个份子。"她掏出一个红包。

周亮有点尴尬："客气啥。"

"不是客气。礼是应该的。"

"你等会儿，我洗个手啊。"周亮转身回后面去。

掀起的布帘子在周亮身后缓缓飘落，阿静在店里踱步子。新店还没完全收拾好，刚入库的车子摆在中央。地上堆满了刚拆开的盒子，人走过会激起透明的塑料袋飞来飞去。

她思忖着该说什么开口。她并不想叙旧情，只想问一问他这一年半的状态，也想告诉他一些她自己的事。虽然都在北京，但海淀和丰台的距离还是很远。她低着头，轻轻用脚尖踢一只吹鼓的塑料袋，塑料袋圆滚滚的，漫不经心的飘起又落下，令人着迷。

她和周亮分手是在前一年五月，六月就下了一个月的雨。她在下雨的时间不断回忆自己之前的所有生活。她猜想自己总有一天会为那个决定后悔,可是她试图说服自己这样是对的。她并不埋怨他,他想回乡,她不想,如此而已。这没什么不能理解。大家都会出来做事可是最后都会回去。周亮一直希望回来开这么个铺子。最早他是在圆明园那家店里说起这件事。他当时蹲在地上修一辆车的后轮,突然抬起头,眼睛眯起来,也是用手背蹭了蹭鼻子,鼻子上一道黑,像雨天过后印在地上的车轮子印。她呆愣了一阵子,能看得出他是真的兴奋,只好假装没听见。在那之后,她有很多话都没和他说过。

阿静仍然记得去火车站接周亮的那一天。她高三中途出来,半年后,他高中毕业去找她。据说他爸妈想让他去省城,但他非要到北京不可。她从西站的人流中看到他汗津津的脸,她手心的汗把紧紧捏着的站台票攥湿了。他看见她笑了,抹了抹脸,把头发揉得竖了起来。她要帮他拿包,他全背在背上。两个牛仔布双肩包,都被包里的东西撑得歪扭。他一边走一边龇牙笑着说:"你没高考也就对啦,我白耽误了两个月,考得一团瞎,还见不着你。"她的心狂跳起来,侧过头不好意思接话。

就在这时,周亮的新娘忽然走进店里。阿静见过她一次,在北京的一次老乡会上。大概是湖南人,能嫁过来并不容易。新娘穿着土黄色的小皮夹克,黑色小皮裙,底下是黑色毛裤和高过膝盖的皮靴。她的眉毛大概是刚文过,又细又黑,挑上去又坠下来,显得有点突兀。她走路很快,风风火火,似乎还叫着周亮的名字,见到阿静顿住脚步,略微疑惑地笑了一下。

阿静低下头,看到自己手里的红包,忙塞给新娘,说"恭喜恭喜,我是周亮的同学。我们曾经见过一次,今天就是来给红包,正好给你我还有事就不等了。"说完转身离开了。

从对面的水果店里,透过窗棂,阿静看见周亮从里屋出来,到店门口张望了一阵又进去了。待一会儿,周亮又走出来,新娘在他身后跟着,尽力挽住他的胳膊。他回头和新娘说话。远看起来,他几乎一点都没变。头发剪短了,皮肤变黑了一些,显得更结实了,半旧的深蓝棉布夹克背后印着阿迪达斯,夹克显得有些瘦小了,再也装不下时光。

阿静回家时,家里没人,她想喝点热水,拎起水壶去厨房。走到院中听到院外母亲归来的声音,她不想停下来招呼,撩开厨房帘子进了厨房。

和母亲走在一起的是三婶。两个人刚从早市回来,停在院子里,一边处理刚买的三黄鸡,一边絮絮地聊。她们聊得不外乎是最近的消息:听说县政府已经下文了,肯定要搬迁到这附近;听说回迁房明年五月就能盖好;听说这区域将来是最大的新区,有医院和小学;听说公交也快要通过来了;听说河边上的地也都要征,搞绿化带……

拆迁分房在即了,这个下午就要抓阄选房。母亲说她腿脚不好,想要一楼,不知道这次抓阄能不能抓到一楼。三婶问母亲最后户型选好了没有。政策是按宅基地面积等面积补房。三婶准备要三套,每套八十几平方米,他们老两口一套,两个儿子一人一套。母亲犹豫了一下,说阿越爸惦记着只要两套,或者要现钱。三婶哦了一声,明白了似的,没有再往下问。

母亲接着富含深意地说:"唉,一遇上这事,平时看不见人影的都回来了。你看咱村儿后面陈爷家,仨闺女都回来了呢。就知道这两天分房,赶紧往回跑。平时这仨谁也不着家,你看陈爷平时自己多苦,见得着谁?现在都回来了。哎哟,这种事多着呢,都没法说。"

三婶感叹着点点头:"现在这娃们,一个比一个精。"

这时候,炉子上的水壶发出由弱渐强的尖声呼啸。阿静也被吓了一跳。手忙脚乱关火,水已经溅到灶台上。院子里,三婶和母亲被这突然的声音打断了,同时噤了声。炉火关了,水壶仍然发出不甘愿的嗞嗞声。阿静盯着静下来的水壶,好一会儿,没奈何撩开帘子出去。见到母亲和三婶,她点点头,错身过去。三婶脸上也是讪讪,不知道说什么好。

早饭之后,父亲载着阿越回到家。阿越从省城坐火车回来,一夜卧铺,清晨才到,父亲一早就去车站等了。母亲端出刚刚包的热腾腾的饺子,阿越却说困得要死,不想吃只想睡。

父亲一个人吃饺子的时候,阿静小心翼翼地挪过去,坐到旁边,想抽空子和父亲说话。父亲没有转头,却在她坐下的一瞬起身说时间紧了,要出门。阿静不想错过机会,跟上去,父亲上车,阿静也坐进车里。父亲看了她一眼,没说同意,也没说不同意,只是掏出手机,一路上一直讲个不停。

阿静跟着父亲,到了南边的地里。这本是一块耕地,承包给农民,父亲把地圈了起来,盖了厂房,租给汽车零配件公司,一年能挣六万块。但这厂房挨着高压线,属于违章建筑。区里的安全生产部门来了两次,催他把房子推了。阿静在电话里听阿越说起过这事。这厂房花二十万盖起来,当初也知道盖房是违规的,只是以为能混过去。

厂房宿舍已经一片热气腾腾,刷牙的、洗脸的、端着瓷缸喝粥的,都在宿舍前凑成堆。父亲进了院子,大狼狗冲上来欢腾地跳。灰色水泥地面上一道一道带车轮印的黄沙。

不一会儿,区里安全干部到了,从一辆黑色大众车上下来。父亲递烟的时候不住弯腰。又过了一会儿,又来一辆灰白色小车,车上下来一个平头中年人。阿静见到这人才明白父亲的意思。这人阿静认得,比父亲小十几岁,姓潘,小时候跟着他爹妈在家里借住过一段时间。后来老潘退休了,小潘连连升官,说话越来越有分量。父亲因为认识这样的人,感觉自己也光荣了一把,逢人就说"咱区里有人",过年过节都不忘了上礼。两边人见了面握了握手,相互都客气地笑了笑。空场上,四个人在沙土中围成一个小圆圈。安全干部似乎开了个玩笑,小潘带着骄矜的气度笑了,笑得并不夸大,点几个头,握握手,几个人就散了。父亲大概留安全干部吃饭,不停往家的方向指。安全干部只是摇手,用手往另一个方向指来指去。父亲敬了最后一次烟,陪着几个人在空场上拍了几张照片,目送他们上车离开了。黑车离开之后,父亲回到自己车上,拿出一个厚厚的信封,交到小潘手里。小潘摇着手不接,父亲直接塞到灰白色小车的后座上。

信封看上去方方正正,像一块棕黄色的砖头。

回家的时候,小潘的车一直不疾不徐地跟在后面。阿静在后座上观察父亲的侧脸,父亲的脸上既有松一口气的自得,又有惯性未消的紧张。他对她的凝视浑然不觉。

干涸的河边,工地的蓝铁皮刚刚架起。阳光照耀着砂石货车的轮毂，一转一转晃人眼睛。建设工地总是带着急迫的轰然，用静止不动的土堆提醒着人们时间的转动。农人无限的时光被压缩了，再没有日复一日地耕作，被倒计时取代。

回到家，阿静进厨房帮女人们做午饭。三婶和隔壁的表嫂都来帮忙，从早上起就开始忙。母亲炖了一只鸡，正在用小火煨着。表嫂在水池里刮鱼鳞。阿静和表嫂不算熟，表嫂三年前嫁到这村时阿静已经走了。表嫂家是山里的，因为发大水冲了家里的土房子，才带着老父亲下来。能嫁进来落户，表嫂很知足。母亲提到表嫂的时候总会说，"嘿哟，她们山里穷着呢，吃不上喝不上，她原来从来没出过山，哪儿也没去过，她们那儿哪像咱们村儿这条件。"此时母亲正给表嫂讲村里的新状况，提到村西边日益扩大的租住的外地人群体。好些想落户的，母亲说，你去看看，尽是上门女婿，倒插门，就想落下来，老家都穷着呢。

阿静一个人坐在角落择菜。把菜叶从带着泥土的根上扯下来，码齐了放在盆里，有瑕疵的、颜色黯淡的角落都小心地撕掉。母亲很容易获得优越感，拿家里吃上几顿肉和邻居比较获得优越感，拿自家盖上了一间房获得优越感，拿本村和邻村比较获得优越感。阿静觉得，母亲在这样的比较中迅速衰老下去。

"北京好不好啊？"表嫂忽然问阿静。

"啊？"阿静说，"哦，还行，挺好的。……就是太大。从一个地儿坐到另一个地儿，能在车上坐上俩小时。"

"嚯——那得多大啊。"表嫂配合地感叹道。

"见了大世面的，"母亲插嘴道，"心也大。去了大城市的就没见着给家里拿回点什么。还不如人家去县里的,心还想着家,隔三岔五都能寄点钱回来。"

阿静心里一刺。她前几年给阿越寄回来的学费自己没有算过,但不比她的吃饭钱少。她尽量镇静地说:"大城市生活开销也大。"

母亲仿佛教育表嫂似的说:"是啊。大城市人都爱美,都能捯饬。我跟你讲,在美容院捯饬可花钱呢。"

阿静听到这里,手里的盆往地下一撂,发出咣的一声,腾地站起来。"我上屋去了。"她说。她抬眼看一眼窗户,逆光的窗框外能看见布满雨点泥污的玻璃顶棚。

阿静站在院中,透过玻璃顶看天。她不想进屋,也不想回厨房。粗大的木头斜靠墙站着,底下是煤渣和劈到一半的木柴。她看着头顶上的玻璃顶,想起了从前的海棠树。每到四月,院子里的海棠发了骨朵,就兀自向天空高傲地伸着。白色的花开了就像要飘走,如同灶台上大锅里的热水,白烟袅袅升到天上。

她在一家美容院工作,这两年一直单身。沿着五环一条几乎不流动的河,有一片平房,一直等拆,出租的价格很低。美容院包下来好几间给她们做集体宿舍。一个月六百块。没有男朋友的基本都住在这里,上班很近,相互照应也方便,除了冬天冷得像冰,没什么不好。不上班的日子她沿着河走。冬天河水结了冰,能看到小孩滑冰,还有人在冰上遛狗,夕阳照着冰面,有反光的明亮和大片黑色阴影。零星儿个人骑着车穿过崎岖的河岸。晚上去吃面,坐在店里跟老板娘一起看一会儿电视剧,被蒸汽包裹。

她和姐妹们住在一起,大多数比她小。她们晚上十点钟到宿舍,一起吃点东西，看网上的电视剧。美容院每年组织运动会和新年联欢，素质拓展的时候分组比赛，小组赢了，她们会激动得一塌糊涂，为了游戏的成绩抱在一起又笑又哭。美容院经理李姐保养得很好，时常顶着光洁细腻如少女的额头，拿出考勤记录的本子，解释她们的轮休制度。每一年，就有一个姐妹嫁人回老家。阿静默默送她们走，在火车站，当小姐妹为了告别哭得花容失色时，她大气而平静地拍着她们的肩膀，说一路平安。

她一个人留在美容院。她喜欢美容院的繁复。给一个客人做脸，要十几道工序，从按摩肩颈开始，卸妆、清洁、柔肤、去角质、去黑头、修眉、补水、上精华液、上面膜、护肤、擦美肤霜、防晒霜。这过程她从来都弄不错。用指尖挑出一点点蛋白乳液，在皮肤上晕开，轻拍涂抹。这动作她做得完美。美容院墙上挂着仿名作的小幅油画，门口有一道绛红色纱帘，房间里是胡桃木的老式家具，天花板上有同样质地的绛红色纱帷，桌旗是黄色有吊穗的印花丝绸。她偶尔在没有客人的时候一个人坐在房间里，双手放在膝盖上。她能看到那屋子虚假的华美，但她喜欢。它的安静脆弱仿佛不能被惊醒似的。

她偶尔和顾客聊天。一般都是顾客问起她才会说话。什么地方的人，几岁出来打工的，上完学了没有，一个月能挣多少钱。顾客也会说她们的事情，上班太累，公司里钩心斗角很麻烦，月供压力很大，生了小孩肚子上的赘肉就下不去了。房间的幽暗灯光中，女人们闭着眼睛，头发由毛巾包着，露出毫无掩饰的苍黄的脸，在面膜覆盖下，讲述各自抱怨的生活。艰难困苦在衰弱的脸上一览无余。她默默听着。

即使那样富贵，也有那么多话说。日子有多苦，不过是心里一念的事。

她很努力地生活在那片区域。外面总是熙来攘往。沿街小店一年到头贴着写着狂甩字样的黄纸。有的店墙都破了，露出墙里砖头的残渣，但还在卖。店外的地摊上挂着密密麻麻的衣服，一摊连着一摊。她不常买衣服，但她买三轮车贩卖的馅饼烤面筋烤冷面和大缸咸菜，也去五环桥下买脸盆、拖鞋和水桶。有一次提着东西走累了，她坐在石头上休息。头顶是高架公路，背后是五环路粗壮的混凝土柱子，有大卡车从头顶呼啸而过。远处是大片翻起的土，尘土弥漫而来，在天空的灰暗中显得迷蒙阴冷。那片区域破旧，但她不觉得不好。那个地方没有排斥，庞大的世界中，只有那里显得包容。

趁阿静不在的工夫，母亲给厨房里的表嫂普及阿静的历史。她压低了声音，带点神秘。这些事她还从来没对表嫂说过。

"你不知道，我刚嫁过来的时候，这孩子是个什么样子。嘿，都四岁了，还不怎么说话呢。整三年没人看。她妈死的时候她才一岁多。中间她大姨带过两天，也是个疯子，不管孩子。我一看，脏兮兮的，一个月不洗澡，见人就往柜子底下钻。她姨夫又爱喝酒，喝了酒就打她，她就怕人。后来谁叫她都不理，我以为是傻子呢，结果上医院一看，嘿，就是耳朵堵了，估计从来没掏过，大夫拿钩子钩出来，你猜怎么着，这好些，这么长，都硬了。这以后才好了，又能说话了，也上学了。

"你说说，这些事不都是我带着弄的吗。当初他爸出去干活根本没空管，要不是我弄着，这孩子不就废了吗。后来上学了，这孩子脑子倒是不慢，成绩倒不差，但当初要不是我带着治病，哪有现在啊。你问你三婶，这么多年我们亏待她了吗。我这人公平，从来没有二心，都是一碗水端平。你看那些年那么困难，也没饿着她不是吗。

"你们说我冤不冤，拉扯这孩子那么些年，受累不讨好啊。她这么长时间都不着家，连个电话都没有，她爸寒心啊，寒心。你们说这孩子是不是没良心？

"我跟你们说，她娘死的时候脑子有毛病。那会儿她爸还不行，从老爷子那辈就穷，她爸也穷，家里啥都没有，她自己受不了苦，就什么也不干，光知道在家里哭。谁也没逼她，自己喝的敌敌畏。这可不是我瞎编的，是她大姨承认的。那是她亲姐。你说这不就是自找的吗，我嫁过来那会儿这儿也还是穷，可有多穷！那我不也就认了吗？

"冯静这孩子就是心重，我知道，她就是有一次想跟她爸借钱，说是病了要在北京看病，她爸没借给她，她就恼了。打那天起她就不着家。你说我们哪知道她说的是真的假的。她说她是肾积水，还是天生的，这一听就是瞎话，之前那些年咋没毛病呢。不定是啥事要借钱呢。她那会儿还在美容院上班，美容院是什么地儿你们也知道，什么人都有，保不齐干不干净。那时候家里没钱，钱都周转着，哪有多余的钱给她？

"她后来就再也不着家了，她爸寒心得很。你说那些日子我多累，劈柴火，还得给司机做饭。她爸那腰也是盖房时候搬砖累的。那么些砖头一个人搬，小工儿也找不着。这些事儿，都没指望她帮忙，但她平时一句话都没有，家里最难的时候连个影儿都见不着，这会儿分房子跑回来了，算哪段儿呢？其实我们不是不想着她，也不是不照顾,只不过哪有人没事就惦记财产的?不像话了吧?再说我总得提防着她将来离婚吧。女的现在离婚的多着了,好多男的中年都有这么一出。要是把财产给了她,将来让外人分了一半去,我们不就亏了吗?你说是不?我们是那不讲理的人吗?你要是对家里好好的,孝顺听话的,能少得了你一分钱吗?这孩子自己不懂事,能怪谁?她爸说了,一分钱都不给,想要房,门儿都没有。"

阿静在院子里站久了,本想回厨房,走到门口听见了最后几句对话。她怔怔地在厨房外站了一会儿,觉得自己就像靠墙的木头一样,一步都走不动了。

来到客厅。客人在沙发上,父亲和阿越作陪。父亲递烟,阿静把茶壶从茶几上拿起来,拿到一旁灌了水又放回去。父亲几乎没注意她,只在她把茶壶放回来的时候侧了一下身子。潘叔叔倒是招呼阿静过来。

父亲对阿越很用力地说:"你刚才路上不在,没听见,潘叔叔说咱们这块儿的规划呢。你潘叔叔现在调了,调到规划委了,咱们这片儿规划的事都归他管。人家刚说了,咱们这片地方以后都得拆,要建产业园,省里最大产业园。东山靠南那头,现在不是好多农家乐吗,到时也都得拆,整个山脚下都要统一规划,要建一个国际级的会议中心和五星级度假酒店,将来那什么什么国际洽谈会都上咱们这边来。到时候好多企业招人,专招大学生。"

父亲想让阿越回家工作,这样只要给他盖一套房就能娶媳妇了,而不用去省城买越来越贵的商品房。父亲说的时候在国际级和五星级上加了重音,希望声音里的昂扬能给阿越一些影响。阿越却明显不感兴趣,一边听,一边低头玩手机,玩到激烈的地方还把手机端起来,凑到眼睛边上。阿静却想听,她听到东山两个字,只希望能听到更多。

"你听着呢吗?"父亲问阿越。阿越唔了一声。"你问你潘叔叔,是不是这么回事。"

小潘靠着沙发后背,一只手向左平放在沙发背上,另一只手举着烟,微微点头。阿越仍装作没听见。父亲见他冥顽不灵,忧愁地叹了口气。阿静很想插嘴问,可是没机会。

午饭吃得漫长,父亲和潘叔叔换了几轮杯盏,脸上看见些颜色了。阿越匆匆吃了一轮,跑到一旁看电视去了。大锅炖烂的土鸡,加豆腐熬的鲤鱼,酱牛肉和火腿。一直等到桌上的主菜吃了大半,母亲和三婶陆陆续续把最后两个菜端上来,又给男人盛了米饭,才坐到桌边。阿静等到最后,见桌上拥挤,盛了一点饭,拨了两个菜,拿凳子坐到一旁。

"再来吃块肉饼。"母亲叫阿越道。

"不吃了。"阿越眼睛盯着新闻,"尽是肥肉。不好吃。"

"嘿,这孩子,腻腻乎乎的多好吃。"父亲说。

父亲喝了酒,又有点喝多了,话多了。潘叔叔和母亲说话,说怀念当时住这儿的日子,空气好,也清静,只可惜当时住的院儿已经没了,很怀念。

"是啊,嘿,我跟你说,才可惜呢。"母亲说得痛心,"那个院当时才卖了四万块钱。拿到今天,涨了多少倍。别说卖了,就是等着补偿,也能给两套房子。就跟这院一样大,二百好几十平方米呢。你说说,真是的。"

"那怎么就卖了呢?"

"唉,你不知道。当初我们本来想得好好的,两块地盖两个院儿,以后给闺女一个院,儿子一个院,这也就放心了。可是把话一说,这丫头来了句:谁要你们那破院儿。她爸一听,当时就火了,没两天就把那院卖了。你说说这傻丫头。是不是自己没眼光。"

"唉,真可惜啊。"潘叔叔叹道。

那一年卖院子的时候静已经高三了。父亲搞运输,替人开车好多年,总是卖苦力吃亏,让车主赚钱,父亲觉得不合适,一直想买辆自己的大车自己干。卖院子用来筹钱买车,都是父亲的主意。只是卖得便宜了,多年后才觉得不划算。

说起这院子,就又说起拆迁分房。几个人于是议论了一阵。要房子划算还是要钱划算。父亲问小潘省城还会不会涨,会涨到什么程度,要了钱够不够去省城买房子。小潘跟着聊了几句,传达的信息让父亲把忧心写到脸上。房价一直在涨,而且涨得超出父亲预料,今后可能还要涨。父亲顿时不想说话了,愁得多喝了几杯,小潘不明就里,出于礼貌,陪了几杯。又推杯换盏了一阵,小潘也有几分醉,父亲母亲送小潘进屋午睡。

众人都散了,母亲在厨房收拾。父亲又回到桌边,一个人喝小酒。父亲坐在木皮翻起的圆桌边上,用棕色小瓷壶和小瓷杯自斟自饮。阿越回房间看书了,阿静收拾地上一片狼藉。饭前的瓜子皮就嗑了一地,饭后又把桌上的鸡骨头擦到地上,她一点一点把碎渣扫进簸箕。扫帚的刷毛规律地滑过水泥地面,在安静的房间发出重复的沙沙声。

阿静看着父亲。父亲这一次把头发剃得很短,灰白的薄薄一层紧贴覆盖在头皮上，白发增加了很多，脑门附近有被帽子压出的一圈痕迹。父亲还是穿着旧日的毛衣，棕黑色胸前有暗蓝色菱形格子。父亲的一只手撑着额头，乍看上去像是在低头哭泣，但偶尔抬头的瞬间，阿静仔细凝视，发现他没有哭，只是醉酒之后怅然而呆滞的愁容。有那么一两个片刻，父亲的眼睛扫过她，但却没有停留，皱着眉头又低下头去。

突然，父亲开始讲话。她愣了一下，凝神去听。很快她知道，这又是父亲醉酒后惯常的话多，与其说是和她说，不如说是自言自语。"那会儿吃不上饭啊。"父亲自己给自己斟酒，"操，我他妈的那会儿一顿饱饭也吃不上啊。真他妈苦。就八几年那会儿，修高速公路。唉，真叫苦。现在腰上这疼全是那会儿落下的毛病。那会儿人小，就知道傻干，他妈往死里干，有把子力气就不知道歇着，全透支了。就没赶上过好时候。……真他妈的衰。赶上好时候的人啥都不干，包个果园都不长果儿，结果赶上占地赔一百万，这他妈是什么运？"

父亲悲戚的脸抬起来，发红的脸上带着疑惑的神情，像是在询问天地间不可知的力量，为何他的所有努力都赶不上安乐前行。父亲忽然站起身，走到墙边弃置的红木凉椅上坐下，身子歪向一边，胳膊肘支在扶手上，带着放弃般的疲倦皱着眉头，支着脑袋。

父亲总是在酒后念及从前的苦。每当现实有困境，就更容易感叹。阿越还有一年毕业，铁了心说毕了业要在省城找工作，已经找了女朋友，以后要在省城安家，很快也该谈正事了。父亲念起自己结婚时寒酸破败的房子，连张桌子都没有，夫妻二人加老爹，仨人围着个炉子，把窝头和土豆煨在炉子沿上，破瓷碗盛点咸菜就着吃，家徒四壁，连一件像样的家具都没有。父亲总觉得曾经的贫穷是令人羞耻的事，即使没有其他人这么觉得，他也羞耻。他认为一个人穷得让老婆受不了只好服毒自尽是人生极大耻辱，以至于他一喝醉就念念不忘，清醒了却绝口不提。

阿静向墙边走了两步。"爸。"她叫了一声。

父亲睁开眼睛，脸上仍是愁容。

"爸。"她又叫。

父亲用鼻子出了一口气，哑着嗓子说："你还知道回来。"

"爸，咱们商量一下今天下午的事吧。"阿静说。

"还回来！心里没有这个家。给你打电话也不接。"父亲念念叨叨。

"我总得做客人，接不了电话。"

"那你不知道打回来？你是假装不认识我，还是没我这爹啊。"

"爸，咱别说这个行吗。"

阿静知道，再这么说下去，又会回到以往的老路上。以前她和父亲试着谈过，但两个人会自顾自地说出来，委屈中不能自控，把情绪全说坏掉。现在想起来，几次反反复复说的都是差不多的那些话，相互都太清楚，以至于说也没有意义。

"我知道，"父亲说，"你不就是埋怨我没让你高考吗……"

"爸，咱别说了。"

"可是当初不是也征求过你的意见吗？你不也说，很可能考不上吗？那两年咱家困难，不也是没办法的办法吗。后来你上北京我不是也给你寄钱了吗。"

父亲还是要说，借着酒劲，把固执的劲头扩大十倍。阿静把心一横。说就说嘛，好容易回来一次，说说也痛快。

"寄钱？那我上次肾积水时告诉您，您怎么一分钱都不借呢。"

"那是你没说清楚。我哪知道你是肾积水。"父亲辩解的时候不看阿静的脸，"我以为是你那男朋友做生意要钱呢。你不说他做生意吗？我怕你俩被人骗了。现在到处是骗子。"

"可我告诉您我是肾积水了，要手术。"

"那会儿家里手头也紧，实在是困难。你看咱家包的院那边，投的不都是钱吗，那会儿要不包地，现在人家占地也分不了你钱，不就傻眼了吗。那回是你没说清楚。你不能就为了这一次连爹都不认了吧。"父亲甚至委屈起来。

"您巴不得吧。"阿静脱口而出。父亲的委屈把她的委屈勾起来，她甚至想说点狠话，说得过分，也才好让心里不那么压得慌，这就好像内心痛苦的时候喜欢把皮肤掐红掐紫，用外表尖锐的疼遮掩内部持续的疼，"没我这闺女您倒是省心多了。"

"你说什么呢。"父亲的声音愤怒起来。

阿静还想说，想说"如果没有我分房子就省心多了，统统都给阿越，不用这么遮遮掩掩提防着，还不好意思说"。她想挑衅地问问分她一间房怎么样，想把话说得狠一点直白一点，挑明了看看父亲是什么反应，总比这么憋着却又被猜忌好。她心里一酸，眼泪险些涌上来。还总是钱的事。以往每次说的都是关于钱的事。但她知道，问题绝对不只是如此。父亲总说她不问候也不尽孝。可她尽的孝都在哪里？打工这些年她给阿越寄了不少钱？阿越高三时，她打两份工，每天从美容院出来还要去夜市的面摊上帮忙洗盘子。北京冷，她的手上都是红皱，抹多少护手霜也不行。她熬得生病的时候在医院里走投无路，又能找谁？

阿静很努力地忍住没哭。以往每次说到僵局，最后他们都会哭。她泣不成声，父亲也会流泪。上一次回家，是她和父亲最后一次也是最深的一次对话，她坐在父亲拉货的卡车里，卡车停在麦田旁的公路上，头顶是遮天蔽日的高大杨树，他们都哽咽着说不出话。阳光照在刚刚收割只留麦秆的土地上，粗粝的风穿过开着的车窗，吹得流过泪的脸生疼。

阿静看着父亲。午后的阳光照着衰弱、陈旧的房间，沉默笼罩着地上的垃圾和两个人，让两个人瞬间的温情和更长久的隔阂暴露在空气中，一览无余。她想起小时候父亲干活儿回来吃面的样子。时间如毫无感情的削面刀，将记忆中的情形一片一片切削殆尽，飞入白茫茫的蒸汽，只剩下骨瘦如柴各怀心事的两个成年人。儿时的记忆虽然最少，想来却最是丰饶。

"爸，咱别说那么多了。都是过去的事了。"她说，"咱们说说正事吧。我已经找人了，今天下午就能办。我自己去就行。就是……您看这钱该怎么出？"

父亲想了想才记起她说的是什么事："这事啊，回头再说吧。"

"什么时候再说呢？东边山脚下就要拆了。"

"还有好些日子呢。"

"可刚才潘叔叔还说很快呢。"

"这事啊……我估摸着国家也有赔偿。回头我去问问，应该能给赔偿。"

"如果没有呢？"

"没有再说。"父亲说，"回头我问问再说。"

阿静叹了口气："我已经找了人了。三万就够。我出一万五，您出一万五。您看行吗?"

"要不还是等两天吧。"父亲犹豫了一下说,"这两天南边地里还想盖房。"

"可是马上就下雪了。冬天不好弄。"阿静说。

阿静的话音未落,阿越推门进来。他的动作干脆生猛,将屋子里凝滞的空气拦腰斩断。他手里拿着两沓厚厚的一百块钱人民币,鲜艳崭新,每一沓都用黄色牛皮纸条从腰身处捆好,刚硬整齐。

"爸,我不是说不要了吗。"阿越说,"您怎么又给我塞包里了?我都说了我不缺钱,要不了这么多,没处花。"

两万块钱如两块砖在阿越手里端着,像是随时可能跌落下来。

父亲咂了咂嘴,似乎有点气,不耐烦地挥挥手,想把阿越打发走似的:"这孩子。不是下个礼拜小颖她爸妈来吗?你买点东西。别让人家看轻了咱家。"

阿静站起身,低着头,从阿越身旁穿过去。她已经没什么可以说的了。

她回房间用最快的速度把自己的随身衣物和手机收回包里,打点停当,环视了一下房间,做最后的告别。旧衣柜,旧床板,刻字的书桌。然后她低下头,匆匆走过门廊,不想和家里其他人碰面。母亲和表嫂还在厨房,父亲和阿越还在屋里,她不想告别。

路过客厅的时候,她发现小潘叔叔把外套、公文包和早上父亲塞给他的黄色牛皮纸袋子一起放在了沙发上,她想了想,带着破釜沉舟的心情把牛皮纸袋子拿起来,揣进包里。

阿静独自走出院门。中学时一直留着的小黑瓶贴着衣服内部的口袋。

她还记得中学时去买它的情景。她一个人,怯生生地走进店里,一开始还不敢问人,只沿着水泥墙和玻璃柜台一点点挪步子,仔细辨认每一种药瓶上带着神秘感的名字。

后来的很多年她常想,人从这个世界上消失那么容易。一个人说没了就没了。像一棵树一样。其实这件事并没有一般人想象的那么严重复杂。只要一个动作,事情就结束了。随时可以在决定的边缘。就像在山脊上滚动的一只轮子,如果它要歪向一边就掉下去了,那只是早晚会出现的概率问题。一件事的触发就够了,二分之一的概率。左边就活,右边就不活。没有那么稀奇。这一切也没有那么悲怆。

上一次她回家,参加一个初中同学的葬礼。新结婚的两口子,媳妇和婆婆吵架,媳妇被赶出家,赌气一个人晚上不回家,过马路时被一辆过路的大车卷起甩到水库里。桥上的摄像头记录下一切,在葬礼之后去了同学家,录像在电视上幽森地放着,人影在电视里,就像还活着。葬礼后大家就去吃火锅了,死一个人就是这么简单。

她住院那些日子,一个人打吊瓶,美容院的姐妹来送饭。父母并没有电话。她的肾积水有一阵子相当严重,走路也走不了,还是前男友和两个朋友过来帮的忙。那一次生病让她就像蝉一样蜕皮,蜕尽之后,赫然发现,自己一直都是孑然一身,从前,现在,将来都是。她发现她什么都不需要。不需要恩宠,不需要陪伴,也不需要忍受不能忍受的事情。

她穿过村子,走过巷子与墙根边的菜地,走过已经人群散去只留下菜叶的早市。她避开熟人出没的路,转过墙角,前方是小时候戏水的河边，芦苇还在，河却没了。河床干涸得只剩下杂草和一个个水洼，如记忆的干枯剩下零星的漏洞。她沿河边的芦苇丛走，似乎能看到一个小女孩环抱双膝，坐在河边。河水消失了，泥土堆积，芦苇下的土地开出花来。

忽然，一个声音在她身后叫她。

"姐！"

她回头，看到阿越。阿越匆匆跑过来，脸颊两侧有汗珠。

"姐，你是不是缺钱花？"阿越拿出刚才捧着的一叠钱，一块红砖，"你拿着吧。我用不了的。"

阿静摇头说："我不缺钱，你留着花吧。"

"我用不了这么多。你拿着吧。"见阿静不要，阿越抓着钱呆呆地站着，"你在北京怎么样啊？身体还好吗？这次回来太急了，都没得空找你聊天。"

"没事。都没事了。你放心吧。"

她看着阿越。他们站在河边上，干枯的芦苇脆弱而纤细，虚弱的阳光照在阿越的眉梢。他又高了，皮肤虽然黑，但很俊朗。他上大四了。她在心中算着。下个学期该开始找工作了。阿越很聪明，一定能找到一个不错的工作。他喜欢的女孩子叫小颖是吧，是他的同学吗，听上去就是个聪慧的女孩。他应该幸福。不知道为什么，她的眼角有点湿。很多年时光在他们中间一扫而过。

"姐，你要是没事，"阿越犹豫了一下，"还是多回家几回吧。要是回不来就打打电话，爸妈他们生你的气呢。"

阿静点点头，眼泪在眼眶打转。

"再怎么说他们也是爸妈啊。"阿越说，"你让着点他们也就得了。"

"我知道。你放心。爸妈如果有病有灾,我一定管,一定拿钱。你放心。如果有需要你就给我打电话。"她顿了顿,"我不回来,是不想让他们觉得我惦记着什么。"

"那是什么大不了的事。你放心,家里有我的一份将来就有你的一份。"阿越的手插进两个屁股口袋里,显得轻松又决绝。

阿静看着阿越,落下泪来。她觉得全世界的阳光都在闪烁,让她睁不开眼,只好闭上眼睛。阿越,你还是个孩子,她想,一个孩子是不知道什么是亏欠与赔偿的。孩子的世界只是"我跟你好"和"我不跟你好了",用一根棒棒糖就能把后者变成前者。孩子不会知道大人怎么会说着"我跟你好"实际上不跟你好,也不会明白亏欠了会继续亏欠,因为曾经亏欠,所以没办法只能继续亏欠。孩子更不明白一切都有计价。等明白了也就不是孩子了。

阿越是个好孩子,阿静想,他什么都不知道。他不知道他和她有不同的母亲,不知道她曾经吃不饱,更不知道她原来挨打。他现在很真诚。也许他将来会因为买房子而要家里所有的钱,会因为有她的存在就不能生二胎而埋怨自己有这样一个姐姐,就像小艾的弟弟,但那是将来。他现在是真诚的。这一点就抵得上全世界。她哭了。

她转身向芦苇丛中走,不想让他看见,胡乱擦脸。

"姐!"阿越又从身后跟上来。

阿静回头。

"你去哪儿?"

"我去办点事,下午约了人。"

"你……怎么了?"阿越下意识地看看一旁的河水。

"我没事。"阿静说,"不会有事的。"

"真的吗?"阿越又跟上一步。

"真的。你放心。不会有事。你早点回去吧。爸妈还等着呢。"

阿静大步走了。阿越犹豫再三,终于没有跟上来。

她一直走,沿着阳光下干枯的河道。河流的干枯随着时间流逝成为不可逆转的单行线。她想一直走下去,似乎也只能这样走。在她小时候,河里汩汩流动的水一路顺流而下,一直通向水库,水库里有人戏水。而现在,河里剩下河床,地下水下沉,水库不能再游泳。时光流向不可倒退的未来,万物都退不回当初。她只能顺着这条路一直走下去,再也不能回头。

她想去一个陌生的地方,没有人认识她的地方,无依无靠的地方。长长的芦苇被风吹拂,向河边伏倒。几只孤单的雀鸟从河床里飞起。水洼里长出密密集集的杂草,荒芜中的生息。阳光孤苦无依。

她不能问为什么,也不能要什么。不能去追究这一切的原因是什么,只能走下去。这是世界上最简单的道理,除此之外什么也没有。任何人都可以做得到,所有死过的人如果他们活过来,他们也能做得到。只要他们能走出这条干枯的河床,只要他们能从死的睡梦中醒来。他们就可以做得到。她只要穿过这片芦苇,其他什么也不要。她能要什么呢。她走得那么远,就是要告诉他们她什么也不要。

走出村子的时候,阿静看看时间,已经是下午三点。

她来到路上,打了车,来到约定的东山脚下。迁坟的师傅已经到了,几乎等得不耐烦。她递上烟,师傅的脸色才有些好颜色。师傅说时间已经有些晚了,恐怕今天来不及了。她把牛皮纸袋子从包里取出来，掏出里面三叠用白色腰封捆好的纸币，数好了递给师傅，又掏了些零散的，塞到师傅口袋里，这样才平安上路了。

师傅本要做法事，因她说时间仓促，就削减了大半内容，潦草唱了几句。坟头上早已没有了任何装饰，挖起来并不费力。荒坟野地，并不与谁比邻，也不用和谁打招呼。掘出破烂木棺，装上货车，运到东山远离镇子的一侧，在师傅事先选好的、不会拆迁的一块地方修了新墓。烂木棺落入新墓，新墓仍然带着被人遗忘的荒凉之气。

"四野无喧斗之声，八方有瑞霭之气，有灵之大，佑人平安。"

工人一边干活，师傅一边唱着。浑厚的声音在日暮的天际显得凄切苍茫。

她的心在唱词里平静下来，默默地看着全过程。死亡的暗影被歌声冲散，生者要走了。把最后一件事做完了，从此离去了无牵挂。

在封土前，她把怀里的小黑瓶拿出来放进土坑里。这是她从中学起一直留着的小药瓶。它支撑着她所有困难的时刻，是她最后的防线。现在她终于不需要了。她把它放进土里，让它随着一铲一铲的土埋到地里，沉沉睡去。

火车快开了。是时候该走了。

写一本书

母亲坐车离开后,叶阑站在十字路口,犹豫要不要给姐姐打电话。

在刚刚的两个小时里,阿阑经历了非常不愉快的一段过程。先是母亲带她去看新楼盘,反复讲涨房价,然后是一顿午饭,和母亲的几个老同学相见,席间少不了自我贬低与相互恭维,自我贬低子女和相互恭维子女。阿阑又被母亲说了几次"这孩子没天分,又不知道上进",然后听了几次"别人家孩子"的故事,不外乎是工作家庭双重稳定。阿阑冷冷地听着,心里一直在数数,1,2,3……45,换了话题。1,2,3……85,又换了话题。

她想着母亲给她计算的数字,2003年如果买一套房子,2007年卖了换大的,2010年再卖了,买个更大的到今年,能涨几十倍,能换一个两千多万豪宅,这是多么不可思议的数字关系。她几乎想以此写一个故事了。

人流从她身边经过,分流向两边走去。仰头看高架桥,对岸的绿灯看上去遥远。城市在灰色的天空下露出森严的内核,从玻璃墙俯瞰人间,笔直的线条没有修饰,黑蓝色立方楼体,上端和阴霾的天空融为一体,下端向两侧磅礴延伸。城市之网在头顶悬浮,越压越低。

她掏出手机,找到姐姐的电话,犹豫着,不知道该不该打。她把手机里自己打印的书稿翻出来看看。她想把书给姐姐看,求一个评价。只是越到关键时分,越不敢拿出来。人流从她的两侧分开又合拢,她用耳机给自己制造了一个泡泡。

她并不满意,书稿从第二章开始就有些欠妥。主题并不吸引人,有一点平庸,前面显得繁复啰唆,后面又跳跃得太快。她翻着翻着就有些羞赧,几乎想随手扔在路边,但不知为什么,她不但没有动手,还鬼使神差地拨了姐姐的电话。她看着号码拨出,想挂断,却没有挂断。她是有一点不好意思拿出来,但是更不甘心不拿出来。

"姐姐,你今天下午在家吗?我能去一趟吗?"

"阑阑,是你啊!好啊!"姐姐的声音听起来欢愉,有一点惊讶,有温和笑意从听筒里溢出来,"好久不见了,你来吧。"

公交车穿过城市,阿阑坐在窗口。

阿阑想起一年前和母亲第一次斩钉截铁。那么多年,她就勇敢过那么一次。省城嘈杂的购物中心五层,大排档美食中心,她在母亲端来虾仁馄饨和炒面之后尚未坐稳之时,就脱口而出:"我要去北京找姐姐。"美食中心的广播和麻辣烫的气味掩盖住她的胆怯和母亲的错愕。她很后悔自己没有在高三的时候有勇气说出这句话,以至于大学只在省城度过。她在人生的前二十年有太多次想和母亲说"我要……",可是最后总是点点头说"好的妈妈"。

那一天到今天,已经过去快一年了。她到北京,辗转奔波,租房子,去她书里看过的地方转,只是仍然没见到姐姐。

阿阑坐在座位上,想起除夕那天下午她一个人出门坐公车,从五环到二环,只花了不到半个小时,呼啸而过的马路,灰色的天空。室友提早回家了,其他在京的同学朋友也都走了。这个世界仿佛就剩下了她一个人。春节假期她没有回家,留在房间里写小说。那时她经常想起《人生的枷锁》中在巴黎自杀的学画女孩;想起毛姆的另一个短篇,有热情但没才能的在慕尼黑学钢琴的男孩;想起《青春》里,在伦敦工作之后写不出一篇小说的男孩;想起库普林写过的故事,很有天赋却堕落得靠乞讨为生的油画学生。

她想起中学的时候坐在操场上,和室友一起读书。她们在跑道边上的铁架子看台上坐着,看细沙跑道上的学生一圈一圈循环。她们读喜欢的书,交换对喜欢的作者的看法。在她们的膝盖上,一直有姐姐的书。狂野、不羁、叛逆的青春和诗歌、曲调、酒精混杂的朋克生活。姐姐的笔调灵动而无章法,年少成名的桀骜不驯和目中无人,那么令人向往。阿阑羡慕姐姐,又有几分自豪。她们是姑表姐妹,很近的表亲,从小一起长大。她也希望像姐姐那样写一本书。

她想起记忆中的金色湖水,想起许愿时的冲动和每每试图放弃时的不甘心。想起大学时日复一日读书,从图书馆出来,绕着操场一圈一圈走,一个方向能被太阳照亮,跑道泛光,另一个方向看到清晰的阴影。冬天下了雪,雪地里只踩出她一个人的脚印,阳光照在雪上,整个世界化为影子。那时候她的心里多么静,抱着雪地一般无人知晓的愿望。

阿阑忍不住从随身包里把打印的书稿拿出来。她一直想找时间修改,却一直都没有头绪。《金色湖水》,打印的黑体字仓皇简陋地印在蓝色封面上。她翻开第一章的某个段落。

她小时候也是喜欢游泳的,在她还小、姐姐已经不那么小的时候。她曾经跟着姐姐和姐姐的朋友们去游泳,因为还小,没有什么可害羞的。看着姐姐修长的身体,那已经微微蓬勃而有了线条的身体,在燥热的夏日阳光里,在湖边嬉戏。姐姐游得很好,不像这个世界的生物,而是在这个世界和另一个世界自由穿梭的生物,一会儿消失不见,一会儿又出现在任意角落。金色的水面一会儿平静得没有一丝涟漪,一会儿又突然爆破开,只见到一个女孩钻出水面,身体矫捷,线条悠长,饱满湿润,几步攀爬,就爬到湖边山下的一块大石头上,朝大家挥手笑。有时候打水仗,姐姐还穿着裙子就掉到水里,就穿着裙子接着游。上岸的时候裙子包裹身体,姐姐就躺在石头上吃雪糕等它晒干。她在湖边的角落里看着。姐姐不怕和任何男生打水仗。她和他们对战,有时也拥抱或接吻。六月阳光总是潮湿的,柔亮而潮湿。

她知道她放不下。微弱的希望像一点光,在风中摇曳,忽明忽灭。

站在姐姐家的门厅,阿阑静静打量着房间。这是她第一次来姐姐家。

房子是联排别墅的三四层，精装修，小区里有大片竹林和小桥流水。

姐姐刚才在电话里跟她笑道，新居很没品，开发商装得千篇一律跟住旅馆似的。阿阑站在门厅看着，觉得很好，并没有姐姐形容的那么糟糕，暗金色电视墙，顶天立地的玻璃隔断，沙发是很厚很软的那种，摆满了胡乱丢的绸布垫子，沙发后有棕色绢花，墙上是抽象画。

阿阑站在脚垫上，彷徨，不知道下一步该干什么。一个年轻男人来到客厅。很高，瘦长脸型，头发立着，眼睛不大，横平的眼型，但眼神有光，微带笑意。

年轻男人和人有自来熟的本领，并没有寒暄，直接给阿阑拿了拖鞋，问："堵车吗？小区还好找吗？"

姐姐在厨房里，瘦了，似乎稍稍黑了一点，看上去健康，穿一件黑色吊带背心和蓝色的长衫，长衫下摆一摇一摇，从身后看去，极显腰身窈窕。姐姐向阿阑粲然一笑。

"皓明今天晚上有事，要早点走，"姐姐说，"给他随便弄点吃，咱俩慢慢吃。"

这是阿阑第一次见到姐夫，姐夫比她想象的干练精明得多。

阿阑进入厨房帮忙。姐姐说姐夫比她大两岁，之前在美国留学，在华尔街工作了两年，从纽约高盛派到英国参加培训，姐姐参加了他们的结业舞会，姐姐弹古他唱歌，两个人由此认识了。之后英美两国之间飞来飞去几次，很快结婚。

两个人说着，姐姐开始切洋葱，一边切，一边讲。阿阑的眼睛被洋葱香刺激出了眼泪。芝士凤尾虾，先融化黄油，再加入奶酪，半融化状态放入虾和洋葱，加白葡萄酒烹煮。上桌之前再加奶酪略微烤一下。剔骨牛排，前一天晚上就要用盐与胡椒腌好牛排，煎锅要热，煎的时候要加红酒，洋葱和蘑菇加蜜汁炒成配菜。

餐桌上有细白的瓷餐盘，银色手感很沉的刀叉，雕花的铜烛台，五只长蜡烛，与高脚杯形状很像。姐夫拿来一瓶白葡萄酒，给三个人都斟上。

"皓明，阑阑。阑阑，皓明。"姐姐笑着左右摆手，算是正式做了介绍。

阿阑尝了尝杯子里的液体，不觉得好喝。姐夫却赞了一声，姐姐也点了点头。第一道菜是蟹肉沙拉配碎面包。阿阑看姐姐先动手盛了，自己才效仿着动手。吃了两块面包还想拿，姐姐却止住她，站起身来，将吃得差不多的沙拉撤掉了，把三个人的刀叉和小盘子也撤去了。很快又摆出了更大的刀叉和餐盘，并把刚才的虾和牛排端来，让阿阑先盛。阿阑小心地盛了蘑菇和洋葱。瓷器看上去陌生而脆弱。

阿阑高三的时候来过北京一次，当时姐姐已经大四了。

那年，阿阑参加了姐姐和朋友的读书会。大学的阶梯教室，不大，人也很少。姐姐和朋友轮流读他们选出来的诗，也有人读自己写的诗。有一个男生读了姐姐的作品，姐姐不以为意，但阿阑心里是骄傲的。她坐在教室背后，台上的人说着一些神秘的话。教室的窗口外有遮住阳光的爬山虎叶子。

读书会后，她跟姐姐去看演唱会，在一条铁路边的一个院子，顺着铁路走荒僻的小径。很破旧的宅子，地上摆满装碟的纸箱子，墙壁水泥剥落，裸露着砖头，贴着各种乐队的海报。演出开始之前，吉他和线缠绕着休息，乐手吃着方便面。有的人抽着烟，有的人躺在小沙发上跷着脚，有人一边喝酒一边聊最近来的新碟真牛。阿阑就坐在后面，悄无声息看着。他们不怎么注意到她，烟雾缭绕中，未来在舌头上仿佛触手可及，无限远的未来。

事后过了很多年，阿阑仍能在梦里看到那个地方，看到姐姐在铁道边奔跑，一边跑一边回头叫她。她也跟着跑。阳光晕眩地晃在她的眼前，墙边的爬山虎叶子一闪一闪。

铁道，院子，酒瓶，海报。风在耳边缭绕。

再往以前，是高一。

阿阑还能回忆起来姐姐那年夏天给她读书的样子。当时姐姐放暑假，去她家玩。姐姐读的不是她自己的书，而是她们系现代文学林教授的书，那本书很动人，姐姐坐在窗口，声音平稳好听，窗外是深秋散逸浓郁香气的桂花。姐姐常给阿阑讲她们教授的事，讲他们上课的事，讲她读的书。阿阑喜欢听。姐姐还会给她读卡夫卡和福克纳，她说这两个人的书有力量，有相同又相反的力量。哦，班吉明，我那苦命的孩子。

姐姐说，好的小说家是这个世界的创造者。

阿阑想留在北京。她从没想过在这里买房子，那是多昂贵的事物。她只想要一个阁楼。姐姐前两年去伦敦留学，她记得姐姐说过，在伦敦，很多人都租阁楼住，城里都是几百年前的老建筑，都是人家家族遗产或者整栋楼买下来的，没有人轻易卖，居住者都只能租。姐姐说她英国导师年轻的时候曾在城里租了十多年房子，直到第三个女儿出生,才在郊外买了一套房子。

姐姐说伦敦很好玩,泰晤士河南岸有好多好玩的艺人,伦敦的骨子里有股闷骚,就是 Suede 那种闷骚范儿。泰晤士河雨过天晴的时候最好看,塔桥都是金色的。姐姐在英国搬过好几次家,和中国人住过,也和英国老太太住过。姐姐说她喜欢搬家,她说每一次坐着搬家公司的车,又突突突地开往下一个目的地,她就觉得一种全新的生活在眼前豁然展开。

姐姐说四海为家,风是唯一的伴侣。

恍然间,那已经是很久以前的事情了。

姐姐一直聊家常,问阿阑家里的事、学校的事,问她是不是恋爱了,是不是考研了。

"姐,"阿阑问,"你现在做什么呢?"

"我啊?在一家投资公司,做文化产业。"姐姐说得干脆利落。

"你去做金融了?"阿阑惊讶道。

"也不算,就是投投影视剧,看看项目。也没什么正经的,瞎闹。"

"那你现在自己也做电影吗?"

"我?"姐姐笑笑,"我可不做。现在国内做电影的没几个靠谱的,都是一窝蜂。我才不要凑热闹。"

皓明这个时候凑热闹,打趣道:"说得跟自己多清高似的。你不愿意凑热闹,那上个月谈 IP 的时候怎么不见你推辞?"

"我那是了解了解行情。"姐姐也不着恼,似乎类似的打趣随时随地都在发生,"不了解行情,以后怎么去跟别人谈?上礼拜那公司,明显就不靠谱,大股东就是个钢铁厂的老板,现在有闲钱了,拉出来做个基金,想捧自己手底下那俩姑娘。我能跟他们签吗。"

"那你跟他们谈了多少?"

"没多少,几十万吧。也就一个短篇。"姐姐轻描淡写地说。阿阑注视着姐姐的眉眼,想从中读出情绪,她想知道让自己这么震惊的数字是否对于姐姐真的不值一提,"他们承诺给一些公司股权,我不同意,要影视收益分红,他们说再想想。"

"哎,你说到这个我想起来了,"皓明把盘子里剩下的两个虾分给阿阑和姐姐,然后提起了一个网络上的超级红文,"据说那个大 IP 整体卖了快 1 个亿?"

姐姐嚼完嘴里的牛排说:"没有一个亿那么夸张,但几千万是有的,这也正常。这么大的 IP,多少粉丝呢。你看上礼拜,有个网上征文比赛的第一名,一个短篇,也卖了一百万。我看了一下真没什么的。"

说到这里三个人静下来。突然的一个气口,只听得刀叉相碰的叮咚声和刀子划过盘面,于是三个人都更加意识到谈话的中断。姐姐停下来看着阿阑,歪着头想了想,似乎想要寻找一个重新开始的话题。空气有一点凝滞。阿阑感觉自己也有责任。

阿阑小心地开口道:"姐,我前一段时间去你们学校旁听过课。"

"哦?"姐姐显得很有兴趣,"什么课?"

"西方现代文学。你们系林老师讲的。"

"啊,林老师啊,我超级喜欢他。"姐姐放下叉子,看上去很高兴。

"嗯,我知道啊,"阿阑说,"他说话好幽默。他又讲到那句'就是为你开的!'了,果然很震撼。"

"什么'就是为你开的'?"

"卡夫卡的《法律》啊,还是你给我讲的呢。"

"哦?是吗?我都忘了。"

皓明笑了,又打趣道:"还想当文艺女青年,露馅了吧。"

"讨厌!谁是文艺女青年!"姐姐轻捶了皓明手臂一下,"你这个中二男青年少说我。"

阿阑低下头。她不知道是什么地方出了问题,是姐姐的问题,还是她的问题。也许什么地方都没有问题,是她觉得有问题这件事有问题。她不说话了,用刀子费力地切一小块牛筋。姐姐和姐夫谈了一会儿影视公司估值,又谈股市,谈新三板融资的可能性。

过了一会儿,皓明不吃了,站起来,从姐姐身后经过,俯身低头,凑近姐姐脸庞,姐姐很自然地抬头,两个人轻吻了一下,又相互笑了一下。整个过程流畅自然,简单得像是两个人都只是下意识的。阿阑却突然有点脸红。

皓明在门口换鞋,对着穿衣镜正了正领带。姐姐趁这当口对姐夫说:"皓明,你最近闲的时候帮阑阑留意一下工作的事吧,你也不必刻意,就顺便问问,你们公司或者你同学那儿谁要招人,就帮阑阑递个简历,她本科学工商管理,一般财务什么的应该也能做。"

"OK。"皓明比了个手势,"我就不陪你们了。"皓明出门前笑着说,"你跟你姐好好聊,不行就住这儿,客房还空着。"

他的背影有一种义无反顾的力量。关上的门给房间带来气流的冲击,一时间安静无朋。钟表指针连成一条线,似乎从疯狂的转动中突然停下来,像是给时光画上一条截然的分割。阿阑松了口气,又似乎更僵硬了。有片刻时光,她和姐姐都没有说话。她不知道姐姐为什么要说那些话,也不知道自己该说什么。然而她似乎必须说些什么,一切似乎都等着她开口。她想谈谈她的小说,可是无从谈起。

"姐,我有些话想说……"

"嗯,你说,"姐姐微微笑笑。

"找工作的事,我想……还是不用麻烦姐夫了。"

姐姐没回答,却反问她:"你知道我为什么跟你姐夫说吗?"她伸过手轻轻拍了拍阿阑的手,顿了顿,然后说,"今天你说你来,我就给你妈妈打了电话……"

"我妈?"阿阑放下刀叉。

姐姐没有抬眼睛,继续用平稳的语调说:"你妈妈让我帮你留意一下,看有没有合适的工作,早点定下来,也好谈朋友,还问我有没有合适的男生给你介绍一下,也让我劝劝你,早点安定了,把工作家庭的事情安顿好了,还有什么爱好再发展也不迟。"

阿阑沉默了。母亲的叮咛仿佛一道无形的烟尘竖起来,让距离一瞬间变得无限遥远。

好一会儿,阿阑问:"你怎么说?"

"我说好的。"姐姐顿了顿又说,"我确实觉得你妈妈说的有道理。"

姐姐特意笑了笑,她或许希望阿阑也笑笑。但阿阑没有笑。两个人都沉默了。刀叉切在盘子上都有些潦草。余下的菜很快吃完了,阿阑也不记得味道。姐姐撤了刀叉盘子,又端上来焦糖布丁。柔软得像心事一样的布丁,甜得令人不敢碰的焦糖。吃过甜品还有水果。姐姐点了根烟,冲了杯咖啡,问阿阑要不要,阿阑说不要。姐姐抽烟的样子一点都没变,仍然是拿得远远的,就像是拿一支笔或者一根筷子。那个姿势似乎是连接过去与现在的唯一支点。烟圈轻盈地飘荡到空中，在两个人头上萦绕。有两次姐姐坐直了身子，弹了弹烟灰，似乎想说些什么。

最后还是阿阑开口了："姐，我最近也写了一本书。"

"哦，是吗？什么书？"

"一本小说。"阿阑接着未消的最后一丝冲动把书稿拿出来，"一个长篇。刚写好。想给你看看，求一些指点。"

"好呀，我看看。"姐姐说，"阑阑也写书了，真不错，我一定好好看看。不过你着急吗？我可能得下个月再看了，过几天出差一圈。"

"不急不急，"阿阑急忙说，"不知道你还有没有认识的出版社编辑……"

"有。我回头给你发几个联系方式。"

房间里又静下来。阿阑觉得一切都似乎很对，又一切都不对。

"姐，你最近写什么呢？"

"我？"姐姐摇摇头，"最近什么都没写。早就不写了。"

"你……太忙了吧？"

"嗯，"姐姐想了想又说，"不过也不是。没什么意思。"

姐姐的话淡淡的，不带强烈的情绪。阿阑低下头。初春暖气已停，气温仍然未升，夜晚越来越冷，仿佛有隆冬的温度。阿阑不自觉地抱紧了双臂，手指轻轻地抠进皮肤。姐姐燃尽一根烟，又点燃一根。阿阑不禁想起姐姐本科时玩乐队，做主唱，在摇滚音乐会结束之后，也总是这样，不说话，一根一根抽烟，眼影会在眼睛周围晕开成黑色的一圈。

姐姐的最后一支烟，细长而没有味道。这是姐姐少年时绝不碰，而且会嘲笑的女士烟,姐姐轻轻抽了一口,然后将烟交在左手,轻轻用右手抚过阿阑的头发。

"其实呢,"姐姐终于开口了,阿阑不由得有点紧张,"阑阑啊……"

就在这时,姐姐的手机忽然响了。姐姐歉意地笑了一下,掐了烟,接起来。是姐夫。

"嗯,对……是Chanel,黑的,要黑的……嗯。多少钱?换算成人民币是1万4?那也不便宜啊。算了,改天我还是自己买吧……好,没事了。"姐姐刚要挂电话,忽然想起阿阑,"皓明,等一下。你给阑阑买个钱包吧……随便,秀气一点就行。"

电话挂了,屋子里一下安静下来。姐姐少有地微微地红了一下脸,须臾一瞬,阿阑注意到了。她知道姐姐从小就很少脸红。其实没什么吧,阿阑想,这一切都没什么吧。不是吗。但她什么都没说,姐姐也没再说。一种无言的气息笼罩在两个人上空。

收拾完,姐姐要找几件衣服送给阿阑。阿阑推辞,姐姐说自己的衣服买多了,放不下,阿阑和她身材相似,穿了肯定好看。有瘦长的裤子,阿阑觉得合身就收下了。有露背短洋装,阿阑怎么都没要。她试了一条黑色的连衣裙,姐姐连说这件好,让她直接穿回去。

姐姐又说要是再化化妆就更好了。阿阑连声说不要,姐姐说女孩子大了该学学。补水就弄了半天,画眼睛又画了半天。阿阑乖乖地坐着,像一个娃娃,听姐姐的吩咐将眼珠向上转,向下转,嘴张开,嘴闭上。她偶尔用余光从镜子里看到自己的样子,眼角鼻翼弄得很精细,眼眶很黑。镜子里的自己越来越陌生,发光的边框像环绕着另一个世界。

离开的时候，姐姐披上黑色的斗篷，送她到小区门口，叮嘱一番。阿阑一一答应了。她回身朝姐姐挥手，姐姐的身影在昏黄的路灯笼罩下渐渐变成一个黑色剪影。

阿阑走到公车站，心里一片空旷，空旷到怆然。

她从一站坐到另一站，从一个终点站坐到另一个终点站。她坐在座位上，春夜的凉风让额头清凉到麻木。路上空寂的灯光像没有内容的故事。车穿过飞驰的夜，穿过暗夜中沉睡的工地大门，穿过繁华富丽和苍茫困顿。夜晚的苍茫从四面八方包裹而来。说不出哪里难过。学校里静默的雪。读书，写作，身体的藤蔓，有这么多不归的车，都在匆匆奔向什么。

她仍然记得姐姐的那些句子。姐姐的书有信马由缰的快意。姐姐说小说要有力，有些人比喻奇妙，但读久了却觉得不够有力。姐姐不喜欢伤春悲秋。只有福克纳是永恒的，她说，无论什么时候都是最好的。八月之光。我弥留之际。喧哗与骚动。

阿阑靠着窗户，心里有种说不出的茫然。马路延伸着像是无尽头的长廊，一辆辆小车闪过，车窗映出阿阑的影子。她像是看到自己穿过这一切丰沛变幻的不属于她的风景。这一切成了夜晚与不安的象征，我觉得好像是躺着，既没有睡着也不醒着。我俯瞰着一条半明半暗的灰蒙蒙的长廊，在廊上一切稳固的东西都变得影子似的影影绰绰，难以辨清我是谁不是谁。

路灯的余晖勾勒楼盘的塔吊，光亮的车窗上映出一张面孔，一个不像自己的女孩。近在咫尺，远在天涯。姐姐坐在镜子前，给自己画上眉毛和眼睛，就像给镜子前一个乖巧的娃娃。班吉明那孩子。

他老爱坐在镜子的前面。百折不挠的流亡者在他身上冲突，受到磨炼沉默下去不再冒头。班吉明，我晚年所生的被作为人质带到埃及去的儿子。哦，班吉明。

　　姐姐说她穿上她的衣服就像她，可是她看不出来。她怎么可能像她。姐姐的身体那么美。而自己这么瘦而平，这么羞涩。

　　姐姐躺在湖边的石头上，她正躺在水里，她的头枕在沙滩上，水没到她的腰腿间，在那里拍动着，水里还有一丝微光，她的裙子一半浸透，随着水波的拍击在她两侧沉重地掀动着。这水并不通到哪里去，光是自己在那里扑通扑通地拍打着……

　　这水并不通到哪里去。这路也不通到哪里去，光是自己在那里延伸，可是延伸不到哪里去。她以为它能通到哪里去呢？以为它能带她离开这个世界到另一个世界去？可是最终还不是哪里也到不了只能和其他人到同一个地方去……

　　回忆如水从四面冲击，现实交杂在回忆中间，切割阿阑的心。

　　她意识到自己在姐姐说出不再写作的那一瞬间，她心里升起的复杂情绪。她有那么一瞬觉得愤怒和解脱：你也就是沽名钓誉，最终还不是这么轻易放弃，我还是比你走得远。但是下一瞬间她有意识到自己的悲伤：我走了那么远，就是想和你站在一起啊。

　　阿阑突然跳下车，不知道自己是在哪里。她看到一座正在拆的房子。一座小小的古建筑，在一大片在建的广场之中，在大刀阔斧建设的中央，像洋流湍急环绕的一座孤岛。水流中的孤岛。它的房檐，它的灰墙，它的窗棂。从容，古旧，孤立无朋。

　　她向它走去，不知为什么，莫名被吸引。危险而又静谧。

　　她走着，忽然在墙上看到了姐姐。一个清晰的身影。她向那影子跑去，离近了才发现，那是自己映在旁边工地里靠墙放置的大玻璃板里的倒影。路灯将人映得很亮。黑色的裙子，黑色的鞋，金属的项链，镜子里的脸。

她再仔细看，发现镜子里是姐姐。她看到姐姐的眼睛和笑容。

是你吗？姐姐。

阿阑伸手碰触清楚映照着倒影的大玻璃，玻璃很凉。

是的，是你。我知道是你。她好像松了口气似的笑了。

我知道，你没有离开，你一直都在的。

她看到镜子里的人向她笑了一下。她心里有一种酸涩的释然。她站在大玻璃前面，落满石灰的废墟台阶上，抬起手，轻轻触摸镜子里的人的脸庞。镜子里的人眼神怜爱而忧伤。她的指尖没有触感。背后夜行的汽车呼啸而过，刮起她的头发和衣角。

你一直都在对不对？姐姐。我知道你一直在。

这才是真正的你。你没有走。阿阑的手继续抚摸镜子。

姐姐，你知道吗，我很想你。

突然一瞬间，镜子里的风景变了。玻璃尽头出现高二那年的铁道边，杂草茂盛，头顶是明亮的阳光。姐姐在前面轻捷地跑，头发一甩一甩，阳光照在发梢上，金棕色发亮。姐姐穿着黑色短裙，就那么跑着，像一头小鹿，背影轻捷，脚步跃动，却并不真的跑远，像是在等她。

阿阑感到天启。她抬起右脚，轻轻跨越镜子的边界，走进去。镜子的波纹悠荡了几下，很快回到平静如湖。她感觉进入了真正的自己，在镜子里奔跑起来，脚下的杂草触感柔软。黑色的短裙在阳光下发亮。她觉得身体充分解放了，心也变得轻盈。她的眼睛被照亮了。她很快乐,从来没有这样快乐。她的脸上充满笑容。她飞了起来。她笑了。她回头看。她知道自己很美。

第二天早上,有人在拆迁的土地庙前,发现了一个昏迷不醒的女孩。

在她昏倒的地方,身边的玻璃上出现一个漂亮女孩在奔跑。画面印在玻璃上,面容很像前几年出名的一个写作的女孩。人们来往经过,都没有发现奇异,都以为那就是一面原本就印了画的玻璃。

三根弦的小提琴

吴波第一次和小金师傅说话是秋天的一个下午。

那天他一身慵懒，刚学完琴，将琴扔回家里，就出来买瓜子。瓜子摊是刘老爷子看着的，吴波没事时就去买，顺便和刘老爷子唠唠嗑。他见过小金师傅，但一直未加注意。这天下午，天很蓝，云难得的白，阿波等着找钱的时候，仰着头闭着眼睛享受阳光的倾洒，微生醉意。小金师傅借着机会凑过来笑着问："你刚才拎的是小提琴？"

"嗯？"阿波听见声音，下意识应了一声，但没反应。他从阳光里睁开眼，一阵炫目，什么都看不清，明亮的光闪闪烁烁，给他一阵温暖的晕眩。他一时不想转脸，也没听清声音问的是什么。好一会儿才定了心思，晃了晃头，眯着眼睛看清楚旁边的小个子男人，忙问，"你说什么？"

小金师傅是修自行车的，摊子就摆在刘老爷子的花生摊旁边。阿波不知道他是哪里人，只知道他只身一人在北京，家里还有老婆孩子。他见过他修车，一般是低着头手抓着自行车脚蹬转，或者用两根手指接过骑车人的零钱，扔进小塑料桶里。但阿波从来没有见过小金师傅弹琴。此时修车工具在脚旁，还有一辆二八男士自行车倒立着躺在地上，链子悬荡着，小金师傅却没有先干完活儿的心思。

"你刚才拎着的，"小金师傅用手做出拎盒子的动作向上提了提，"是小提琴？"

"啊，是。"阿波说。

"你是学小提琴的？"

"学过一点。"

"厉害，厉害。"小金师傅竖起大拇指道。

阿波不好意思了，讪讪地道："不是专业的，就是大学里有免费的小提琴课，我就报了个名。不专业，只是半路出家。"

"那也很厉害了，我就羡慕人家学乐器的，"小金师傅说，"回头你教教我吧。"

"你也拉琴？"阿波诧异道。

"我，就自己学着玩儿，不懂，也不会看谱。"

刘老爷子指着小金师傅笑道："你那哪是学啊，你那就是瞎拨拉。"

"是，是，就是瞎拨拉。"小金师傅忙不迭地点头道。

这次之后，阿波经常和小金师傅打招呼。每次买瓜子，每次背着小提琴从门口出来时，他都客客气气跟小金师傅问好。

有一天下午，小金师傅忽然叫住他，问阿波有没有空帮他听听曲子。

"好啊,你弹一首我听听。"阿波说。

小金师傅转身进背后的平房里,从黑漆漆的房间里拿出一把吉他,竟然是蓝色的琴面,刷着亮色的琴漆,琴头边缘处有黑色晕染。琴很旧,琴身底部开裂,翘了起来,木质酥松。不知道是哪里来的。小金师傅的手指上的油泥都没洗,颜色黑黑的,按在琴头的弦上,留下黑色痕迹,和琴头的暗色花纹混在一起。他弹起剩余的三根弦,试探性地拨了几个音,叮叮咚咚,刚开始听还是个调子,接下来又听不出了。

小金师傅一门心思弹起吉他来。他起初很紧张,拨两下就抬头看一眼阿波,笑一下表示不好意思。接下来却慢慢放松下来,渐渐能听出调儿了。是《两只老虎》,踉踉跄跄,小心翼翼,左摇右摆,稚拙滑稽,哦一只没有尾巴,一只没有耳朵。小金师傅还没做到左右兼顾,必须一会儿看看左手,一会儿又看看右手,但是他目不转睛,显得专注而快活。弹到一半,他用手背蹭蹭额头,额头上留下一抹乌云。

"不错啊,"阿波赞叹道,"《两只老虎》,我听出来了。"

"嘿嘿,"小金师傅道,"瞎弹。"

"你跟谁学的?"

"哪学过,就是自己跟着收音机听,"小金师傅挠挠脑袋,"自己瞎找音呗。"

阿波听了凛然起敬道:"那不简单啊,耳音不好的人听了也找不着。"

"我耳朵也不怎么好,"小金师傅把吉他靠墙放下,把手在口袋众多的工装马甲上擦了擦说,"但我觉得吧,音乐就是两点,耳朵音准好，节奏好。我不识谱，也不懂乐理什么的，就想着多用耳朵听听，听听人家是怎么弹的，把耳朵练好一点。"

"你这话说得很有道理啊，"阿波说。

阿波惊讶修车师傅竟能有这样的见识。他这话说得看似普通，可实际上极为精当。练琴最重要的就是耳音要好，小孩子练任何乐器的第一步都是视唱练耳，耳朵灵敏，开头就成功了，不仅要听出音高，而且得听出音质好坏。初学者先不要专注背谱子，先学用耳朵听。这一点阿波的老师也总强调，阿波听得进去却做不到。他不好意思说其实他的耳音就不太好。他拉琴最大的障碍就是耳音不好，听一首曲子能哼出调儿，却完全写不出那是哪些音，想把听过的曲子在琴上一个音一个音找出来，也着实困难。虽说勉力去做也能做，但他又没那份耐心。他练琴和抄写课文差不多，看一个音符拉一个音出来，心里只想着别拉错了，至于用耳朵仔细听，一般是顾不上的。

"我吧，没文化，就想找个懂的人教教我。"小金师傅带着点期待看着阿波。

"哎，我也不行。"阿波不是谦虚，而是颇有些心虚地说。

"我就是不懂和弦，"小金师傅又说，"我知道和弦应该能让音乐更丰富，不那么单调，但是就不太懂。我总觉着吧，这和弦里面得有哪个音主要、哪个音次要，但到底哪个主要，自己也搞不明白。这种东西，不学不行。"

"这我也只懂一点点。"阿波说，"总的来说，哆咪嗖就是大调和弦，听起来比较明亮；小调和弦听起来就比较闷了。"

这一天，他们聊得挺好。小金师傅又把他的小录音机找出来给阿波看。灰色小录音机，可以播磁带，听广播。小金师傅调着天线，直到调出来北京音乐广播《古典也流行》，就跟着咿咿呀呀哼哼。

挥别他们的时候，阳光偏西了，夕阳刚好挂在残垣一角。破旧平房瓦片零落，阳光被旧屋檐挡住一半，照着屋顶上发亮的杂草，荒芜却温暖。平房几乎快塌了，被屋顶上的灰尘和杂物、被掉下来一半的残破招牌、被时间压塌。小店门口摆着水桶脸盆，屋后瓦砾碎石铺满一地。屋檐下的人气定神闲，悠悠然坐着，似乎不在意荒废。刘老爷子坐在花生摊边上听嗞嗞啦啦的广播评书，小金师傅又回去转车轮子了，车轮忽悠悠转，像是转着时间的发条。

晚上，阿波躺在床上，想起白天和小金师傅的对话，心里感触颇多。他知道小金师傅是刘老爷子家的租客，从外地来打工的，没什么知识，也没什么财力。平时修的车子一般是小贩卖早点的推车和地铁口的黑三轮，动不动需要趴在地上把头钻到车轮子底下。小金师傅年纪不大，约莫也就三十来岁，个子不高，听口音听不出哪里人，感觉是北方人。他的头发总是乱蓬蓬的，前额的头发紧贴在脑门上，后脑勺的头发却翘起来，额头上有深深的抬头纹，一说话眉毛抬起来，就把皱纹挤得更深。他说话的时候眼睛很灵活，并不望着阿波，而是仿佛不好意思似的四处看，偶尔抬眼睛看着阿波时，眼睛里闪光显得很高兴，像个孩子一般。阿波觉得，他比自己更喜欢音乐。

阿波学小提琴学了三年多了，从大三到现在研二，只是他学得断断续续，学习不忙就练几天，学习忙了就扔下，三天打鱼，两天晒网，练的时候也没有特别用心，以完成作业为主，因此一直到现在也没有学出个门道。他起初是在学校选了课，之后又找了一个音乐学院退休的老先生做老师，老先生一生什么人都见过，颇有点恃才傲物，说话一针见血、不留情面。有一次阿波很努力地拉了好长一段练习曲之后，老先生问他："你是不是从来不知道什么样的是好的声音？"之后，阿波拉琴就更多了几份紧张，还没拉琴，就在心里念叨平稳连贯平均、双手松弛。他会心跳加速，眼睛紧盯着谱子，生怕拉错。谱子里的音符向他游行逼近，如同电子游戏里要征服的小怪人军队，他必须眼不错眼地击打、跳跃、躲避，稍微一个不小心，就被追上掉进深渊。时间长了，练琴就成了一项怵头的差事。

但要说为什么不干脆放弃，阿波有点不好意思说。一方面是不甘心，学了这么长时间，投入的沉没成本实在也不少，放弃了可惜；另一方面也是点虚荣心，他都跟不少好朋友说了自己学小提琴的事，虽然极少给人表演，但是出去跟人一提自己会拉小提琴，还是觉得倍儿有面子，尤其是在不认识的姑娘面前，自己不说，由好友添油加醋地介绍一番，感觉好极了。他还没有女朋友，很珍惜每一个和女孩接触的机会。有一次带一个女孩去他宿舍，本来只是普通同学，去拿一本书，但女孩看到他竖在写字台一边的小提琴，好奇地想听，他也就带着点儿得意地拿起来，示范地拉了几个音。她也想试试，接过琴，摆架势，拉出来却是锯木头一样的暗哑和虚弱的嗞嗞声。他站在她身后教她按弦和拉弓，两个人离得很近，他心里美极了。

那个女孩最终没有成为他的女朋友，但一拿起那把琴，他还是常常回忆起当时的甜美。那把琴是他买的第二把琴。学琴第一年，同学多半用学校的示范琴练，他就买了一把一千块的普及琴，以示决心。过了一年，仍然拉不好听，他怪罪到琴的身上，又花四千多块买了一把好看得多的琴，琴身侧面有虎纹似的花纹。拿去到老师那边，本以为会领到表扬，老师却不以为然地责怪他："你这钱花得可不值，这顶多是从夏利换了辆富康。"阿波失望之余安慰自己道，不管怎么说，以前那琴侧面连花纹都没有，这把好歹像个样子。

　　他躺在床上，想着小金师傅的热情，回忆中，自己似乎一直都没有那样的专注和热情。他想得太多，还没拉琴，就坐在那儿想，假如自己将来练好了，能在公司年会上露一手儿，让公司小妹赞叹，那还是挺爽的。这么想得多了，就没耐心练下去了。看着那些密密麻麻的练习曲，怎么都练不完，大曲子又实在拉不来，半途中难免有气馁之情。相比他自己而言，小金师傅抱着吉他，专心致志一个音一个音弹的样子显得很投入，就好像拨几个音符就是天大的乐子了，未免令人钦羡。

　　想到这儿，他从床上蹦起来，用脚把转椅钩过来，蹦上转椅，坐到写字台前，噼噼啪啪开始往电脑里敲字。他有个博客，虽然近来随着风气变化看的人逐渐变少了，但他还是保持每隔一段时间更新一次的习惯。他更新的内容包括社会热点、观点意见，比如近来暴力事件增多反映出社会躁动、房地产开发过速等于经济上的吸毒、大学生目光短浅再无社会关怀、远无信仰意味着近无良知、社会阶层固化于国有害、南海问题上的退让意味着国际上被动，如此等等。他打开博客，先看了一下未读留言，都只是广告，令人失望。随后他迅速浏览了一下常关注的几个博客，有朋友的，也有几个名人，都没有更新。写博客的人越来越少了，博客日渐萧瑟。他迅速点开新博客页面，敲进去一行字：对艺术的真挚感情与阶层无关——又想了想，这个开头未免有点刻板，语调上像他原来最厌倦读的教条文章，于是删掉，重新写。"当代艺术在争名逐利中已经远离了质朴的愉悦——"想了想又觉得论题太大了，这么写下去注定脱离白天的具体感觉，转而成为高谈阔论的批判。

他很想说点什么，又不知道该如何入手。他站起身，去厨房找水喝，从冰箱里拿了一罐百威，站到阳台上喝。冰镇啤酒进入身体，畅快至极，他打了个嗝，心里的烦躁渐渐平复下来。他站在阳台上向下望，落地窗大玻璃视线澄明，半个城市的灯火都能看见，远处的公路桥和近处高楼林立的小区，汽车在公路上呼啸，路灯勾勒出桥的线条。光织成网。

低下头，可以看到工地，巨大的地基坑，蓝光照射出脚手架的纱网。阿波家的小区仍未建完，楼后就是在建的新楼，地基才打下去。半夜里一片荒弃的空洞，钢筋林立，密密集集竖直在坑里，断口指向天。从工地的一角，能看见平房区的一隅。一半已经拆迁了，一半等着拆迁。赵老爷子的在视线尽头露出一角，从二十七楼望过去，能见到半个摊子上盖着的塑料布，既清晰又遥远。阿波叹了一口气，回身回到客厅里，这个房子是父母给他自己住的，父母都在国外居住，这么个房子，客厅空洞洞吓人。他打开头顶的射灯，点光源向下打出幽暗的光锥。他躺在沙发上，手枕在头下，用遥控器点开电视，却转来转去看不进去。不知道什么时候睡着了。

接下来一段日子，阿波和刘老爷子的摊子相熟了起来，来来回回经过总要搭上两句话。有时候小金师傅在，有时候不在。刘老爷子不爱说话，但总是笑眯眯的，笑看世事的模样。时间久了，阿波才明白，刘老爷子确有充分的理由笑看世事。他家有两套平房，隔一条巷子。一套已经拆了，盖成了阿波家现在住的这栋楼，拆迁时开发商赔了四套商品房。另一套就是现在花生摊后面的院子，也是小金师傅租住的院子，过不了几个月，也会拆，刘老爷子已经做好了随时搬走的准备，现在留下来卖花生一是看着点旧宅子，二是图个乐呵，跟路人说说话。这一点阿波最初不知道，只看到刘老爷子在寒风中缩手坐在摊子背后，一开始还以为他也是打工者，直到有一天小金师傅告诉他。

"刘老爷子家赔了六七套房吧。"小金师傅说。

小金师傅则不一样，他是外地来的，妻儿老小都还在老家，他只身一人，挣点手艺钱。小金师傅健谈，说话有时候啰唆、没逻辑，但和人自来熟。他修车子是主要的，顺便还可以修修鞋、修修锁，一个月挣千百块，但花的更少。他老家里有一儿一女，女儿上小学，儿子才两岁。他羡慕会乐器的人家，就给女儿买了一架电钢琴，一只手风琴，让媳妇带女儿去县里学，县里的小班水平不高，但收费也不高。女儿不怎么爱学，练几天就又荒废几天。他很想接妻儿来北京同住，可以带女儿去学琴。

"你可真舍得在艺术上投资啊。"阿波赞道。

小金师傅笑道："我还想给闺女买个古筝呢。"

"哎，乐器精学一样也就够了，学太多了也学不过来。"阿波劝道。

"我觉着吧，这乐器练的就是乐感，一通百通的。"

阿波渐渐注意到，小金师傅说起话来很喜欢总结，说得有板有眼，他听起来总是忍不住莞尔。小金师傅有一次问阿波道："小吴你懂乐理吧？赶明儿教教我乐理成不？"

阿波摆手道："我也不怎么懂。"

"你太谦虚，"小金师傅笑道，"我是觉着吧，不懂乐理，就不懂曲子内容。音乐这东西，说神秘也神秘，说不神秘也不神秘，一方面是指法什么的，另一方面就得知道讲的是什么。知道讲的是什么，才能把感觉拉出来。是这个理吧？我现在啊，就是这方面不懂。"

阿波看着小金师傅诚心求教的样子,既不好说自己不懂,又不好说自己懂但不愿意教,于是只说改天有空再探讨。他看着小金师傅的脸。远看是一张娃娃脸,眼睛很圆,看上去很年轻,但近看皱纹林立,笑起来眼角的鱼尾纹深深的,再加上胡子拉碴,又显得年纪挺大。说起话来,尤其是说起音乐就兴奋,眼睛里冒着光,还是显得很年少。跟阿波说着话的时候,小金师傅一般不停下手里的活儿,一边给三轮换外胎,低着身子弯腰钻在车底下,一边说,说到一半停下来,抬头笑着看阿波,头上的抬头纹要重了。阿波又想写文章了,他想写一篇《论劳动人民的艺术情怀和艺术的自然感动》。好多自诩的艺术家在小阁楼里闷着,还不如一个修鞋师傅情感质朴。艺术家还是需要接触广阔的社会。他在心里打腹稿。

小金师傅的琴艺,阿波听了一次之后就明白了。小金师傅说自己瞎弹并不是谦虚。阿波又听他弹过一次吉他,还拉过一次小提琴。音基本上是对的——说明他还是有一些天赋——但无论如何不连贯,像喘不过气,弓和琴头蹭来蹭去,发出吱吱扭扭的声音。

小金师傅的小提琴只有三根弦,最高音一根断掉了,钢丝断碴还弯弯地支棱着,不知道小金师傅是从哪里捡来的。

很旧的一把琴,琴骨边缘也有磨损的痕迹,音色尚可,七扭八歪的不连贯的音符中,偶尔还能听出一个明亮的音。但琴的边缘已开裂,多数声音听起来很扁。又只有三根弦,很多曲子都拉不了,不时需要空出一个音,看上去像跛脚的人。小金师傅拉的时候眼睛一刻也不离琴弦,显得很紧张,但碰到长音还是不忘了皱着眉摆摆头,努力陶醉一下。

小金师傅说很想听阿波拉琴,阿波却不好意思拉,一天天故意拖下去，仿佛遥遥无期。尽管如此，小金师傅却并未失去热情，见了他就主动拉着他说来说去。刘老爷子每次都摇着蒲扇，一边看黑白小电视，一边似笑非笑地听着。

终于有一天，阿波学了琴回家，从巷子口下出租车，远远就听见一阵音乐声。

他看见小金师傅，小金师傅也远远地看见了他，抬起手向他打招呼。因为这招呼，音乐单薄了片刻，像大喘气一般暂停。阿波走过去，发现音乐的主要部分是二胡，小金师傅仍然操持着那把三根弦的小提琴，在旁边伴奏。拉二胡的是一个鬓角花白的老先生，脸长又瘦，一边拉还一边撇着嘴。阿波认得出来，他是平时在十字路口卖金丝豆腐的，总苦着脸，不爱笑，但是他家的豆腐味道好，顾客还是很多。他们正在配合着拉一首民乐曲子，旋律听起来很熟悉，但阿波一时想不起名字。老师傅的手法还是相当不错，水平明显比小金师傅高得多。一转音一颤音，悲如秋叶欲坠，瑟瑟一息尚存。小金师傅就是跟着渲染，与二胡拉同一个长音，相当简单，只是进入的节奏把握得不错，与曲子相得益彰。

正午的阳光在雾霾中散开，苍白如雾，照在已经拆尽的碎砖瓦砾上，如蒸腾的轻烟，将瓦砾间零星的荒草荡漾开来，给荒僻的风景一丝飘逸。音乐在飘，飘在小店开裂的招牌旁，飘在炙烤烧饼的铁炉上，飘在来往小贩的平板手推车上。三五闲人聚拢来，流鼻涕的小男孩踮着脚巴巴地望着。

那一瞬间，不知道为什么，阿波觉得很动感情。

音乐在他的身体里引起一种膨胀的悠荡感，就像酒喝得多了心脏向上漂浮。他第一次觉得，音乐在草缝里，跟着空气飘。

一曲结束，阿波禁不住叫起好来。小金师傅向阿波介绍老师傅，姓孙，山东人，原先在村里参加过戏班子，什么乐器都会搞。小金师傅说他已经和孙师傅学了一阵子，长进不少，连二胡都能拉上几下了。

　　说着，小金师傅笑嘻嘻地从老孙师傅手里把他的二胡接过来，坐到老孙师傅的位子上，拉开架势，左手食指、中指点住弦，右臂拉开呈弓形，顿了一顿，起了个势，然后喜气洋洋拉起《西游记》里猪八戒背媳妇那段伴奏。换弓换弦一愣一愣，但喜庆劲已经有模有样了。老孙师傅低眉叉手站在一旁，仍无笑容，但隐隐有满意的神气。

　　小金师傅拉完，阿波连连称赞，小金师傅有点不好意思似的，把二胡交给老孙师傅，连连揉头发，弄得头发更乱了，像屋顶上的野草他。既想表示谦逊，又有点自我满意的飘飘然，看向他背后的小提琴盒说："哎，你带着琴啊，你也拉一段让我学学吧。"

　　"啊，哦，"阿波敷衍道，"我不怎么行。"

　　"来一段吧，怎么也比我强吧。"小金师傅笑道。

　　阿波推不过，也觉得一再推脱实在不像话，就把琴拿出来，盒子撂在脚边，拉了一曲。他拉了首流行歌，曲子不难，但因为曲子是大家都熟的，给人第一印象的好感，因而效果还相当不错。抖来抖去的音没被注意，旋律还引得一旁一个十来岁的小姑娘跟着哼。小金师傅更是在曲子结束时呱唧呱唧地鼓起掌来，眼角的鱼尾纹笑起来如喷泉喷涌。

　　小金师傅非常自然地上前一步，看着阿波手里的小提琴笑着问："我能拉一下试试吗？"

　　阿波愣住了。小金师傅说得是那么简单自然，仿佛就是问"我能不能坐在这块石头上"这么简单。而他眼睛里的钦羡又是那么明显，让阿波觉得自己仿佛真的是音乐高手,而手里捧着的是前所未见的宝贝。他还从来没有过这样的感觉。他不由得低头看了看手中的琴,将琴微微举起来半寸,几乎要递出去。琴身上的木纹在阳光照射下微微发亮,表明琴的血统。他感觉手心里有了汗,琴头握在手中打滑。他咽了咽唾沫,想说话,但不知为什么却说不出。没事,不过就是一次而已嘛,他对自己说。可是低下头,却清清楚楚看见小金师傅的手指,指缝完全是黑的,沿指甲绕成黑黑的一圈。手心有汗水。

小金师傅或许是感觉到什么,连忙低下头,从旁边一只塑料小盆里的清水中漂洗了一下,从马甲上的口袋里掏出一块小方巾擦了擦。阿波心里觉得应该感动,可是顺着小方巾和小金师傅手掌心的缝隙里,能看见滴下的水珠的黑色。

阿波怔了好一会儿,有点慌张地把琴盒捡起来,悄悄后退了两三步。

"唉,我这琴,不是我的,是我老师借我的,"他踉跄着撒谎,试图轻松地笑笑,"老师一般不让我把琴拿给别人玩。我下次问问他。他要是说行,我下次给你拉。"

阿波逃跑似的向小区里走去。他走得很快,心怦怦跳着,像怕被捉住似的,一直不大敢回头,直到小区停车场入口才回头。

没有任何人捉他。远望过去,没有什么特别反应,小金师傅和老孙师傅都开始收家伙了。阿波想向他们招招手,转身,不知道他们是否看到了。他又想逃,逃开自己不愿面对的感觉。那一瞬间,他觉得身体里有一个空洞裂开了。它一直都在,只是他试图去遮掩它的存在。

之后好多天,阿波再也没经过这边的巷子。几个月后,阿波再次经过花生摊的时候,摊子后面只有刘老爷子一个人的身影,仍然是亘古不变微笑着看电视。摊子边上空空如也，没有了修车摊。

阿波凑上前招呼，问刘老爷子小金师傅去哪儿了。"回老家了，"刘老爷子说，"怎么，找他修车？"

"哦，哦，不是，"阿波忙说，"就是……以前跟他聊音乐来着。"

刘老爷子哼笑了一句："跟他有什么好聊的，大字不识一个，回头你找有文化的聊。"

阿波有中说不清的感觉，不知道是怅然，还是松了口气。他懵懵懂懂离开了。后来，他再也没见过小金师傅，也再也没有机会告诉他，他可以让他摸摸自己的琴。

长生塔 ◆

开标发布会一结束,陈工的脸色就不对。老陆主动上前,想说几句宽慰的话,可是陈工已然开始,将他堵了回去。

"做这么绝,还想不想混了!这帮孙子!"陈工开始骂人。

老陆知道,陈工一旦开始骂人,不会那么容易停。他是在说刚刚坐飞机走的两个专家。老陆完全理解陈工的心境。这回漏标是栽在他们手里。虽然说每家都贿赂专家也不是什么秘密,但一般不会有人把事做得太绝。这是行情,大家都知道,抬头不见低头见,总还要留点退身路。这回他们公司找了两个专家,心慈手软,给自己这边打5分,给对手打4分。对方找的专家却给对方打5分,给他们只打0分。老陆跟标这么多年,从没见过这么搞的。这一项就差出8分,最后总评差2分。

这就算栽了，任你标书厚实、报价公道、声誉良好也没办法。被人偷标。陈工不甘心。老陆知道，对这个项目公司投入很大。派了最好的队伍不说，还花钱揽了前面几个小工程，在同一片规划区，先期盖几间办公室。那种小活儿根本不挣钱，说白了，就是撒钱打地基，为了拿下来后面的大标。大标很大，要是真能拿下来，一二三期工程，足够做几年的。陈工为此也是下了本儿，几天晚上没怎么睡，昨晚最后核的报价，今天开标压得极准，本来以为志在必得了。

老陆听陈工发飙，想劝两句，但人在气头上，老陆也不知道能说什么。陈工当总工这么多年，这么憋气还是头一回。老陆去后面找过李冬，问他们算分的权重还能不能再调，李冬意味深长地看着他说，不是跟你说明白了吧，早干吗去了。老陆听了也是哑然，叹口气回来。这一层他没敢告诉陈工。

小谢跑过来，向陈工哈腰敬礼，问："陈总，今儿咱怎么安排？工人们遣散了？"

"嗯。"陈工挥挥手打发他。

他们一般是两支工队混合，一支是他们自己人，从北京带过来的四川工队，一支是本地雇的。自己的工队过两天还带回去，本地队伍只能遣散了。

"哎，回来回来。"小谢刚转身，陈工又招呼他。

"陈总，还有吩咐？"

"你去跟李队说，前两天那点活儿，可能工钱没法全给了。本来是按照大合同商量的，现在这样了，也没法算。我尽量给一部分。你让他今晚上带着工人，把咱给地基里提前立上的钢筋，能割的就割了吧,割下来多少都算他们的,权当工钱。"陈工说着看了看老陆,哼了一声说,"不能便宜了那帮孙子。"

傍晚,老陆跟着陈工到工地,陈工背着手沿工地走。工人见了陈工,纷纷抬手打招呼。快到晚饭时间了,伙房传出酸菜的气味。老陆走到地基边缘,看着那巨大而插满钢筋的坑,觉得有某种东西在坑底吸引,让他忍不住往下栽。他一直不敢站在这种地方。有年轻在小工在二层高的脚手架上闲庭信步,去摘脚手架上的网。

落日里的鸟群在人头后飞过。风扬起一阵灰尘,缓慢地降下来。天有点凉了。所有人都有点萧索,撤离的工地像一座废墟。

陈工忽然回头,问老陆江声哪儿去了。老陆哑然一愣,思忖了好一会儿该怎么说,最后只说不知道。陈工没追问。老陆倒也没撒谎,这个时候,他确实不知道江声在哪儿。

他可能在天边,也可能就坐在一团尘土中呢。

老陆自打前一天夜里就没见到江声。前一天下午,老陆找李冬和他的一个同事来打牌,吃饭聊天,江声一直在。按理说招标公司的不能和投标单位的吃吃喝喝,但老陆认识李冬,这层关系不能不用。他跟李冬原本只有一面之缘,这回没过几天倒也熟了。李冬也不戒备,想来这种小人物的拉拉近乎不碍大局,也没人管。李冬曾说过一次爱玩三国杀,老陆就热情叫他来他们宿舍杀。

老陆尽量学点新东西,他五十三了,再有两年可以退休了,但他还是想能学点就学点。三国杀牌面字小,他看着费劲,但一帮年轻人都喜欢玩,每天晚上杀到两点,他若是不会就只能干晒着,时间长了,看看就也会了。老陆在公司是闲职,领导就是看上他的千杯不醉,留他只为了陪客人喝酒,走到哪儿都带着,福利待遇一样不差。他知道年轻人对他占的位置颇有微词,他就争取亲和以对,拉拉人缘。对年轻人而言,在外地做项目是最寂寞的,老婆孩子都留在北京,一群工程男挤在宿舍里,也没网络,除了三国杀实在没什么可做的。

李冬和同事赵炎都挺开朗,尤其是赵炎,又高又胖,说话声如洪钟,有种能吃五喝六的气势。江声这天也挺随和,不仅玩,还开玩笑。江声有时不跟大家一起,自己跑一边去看书,大家玩的时候也就不非要叫他。这天难得大家兴致都高,前几天为标书折腾疯了,好不容易交给陈工了,大家也就解脱一下。玩着玩着就起哄起来,赵炎做主公,洪亮的笑声还真有那么一点董卓的意思。老陆注意到,江声竟也能说会道,他是反贼,认真地劝说内奸,脸上一本正经,连同伙都笑了。

江声到公司时间不长,也就半年。公司名校毕业的学生很少,老陆多多少少注意过他。陈工以前反对招名校学生,说没什么用处,还总是傲气。老陆观察了一下,江声给人的感觉倒不是傲气,而是偶尔让人摸不着头脑,大多数时候不怎么说话,做什么事也不和人打招呼,但有时莫名其妙地兴奋了,又不怕当众犯二,逗大伙开心。

宿舍热烘烘,开了窗户也还是热气腾腾。大家的脸都红里透着油光,开了几瓶啤酒。玩着玩着,开始聊天。从各地的吃开始聊,聊到各种出差经历,再聊各自公司的工作。赵炎问老陆在公司干了多久了。

"三十三年啦!"老陆拍了拍肚皮。

"哇噻。"赵炎叹道,"一辈子啦!"

"是啊。二十岁顶替老爹的位置。那会儿还不是公司,八几年才改公司。"

"那您这也是资深荣誉老干部啦。"李冬恭维道。

"什么干部,还给口饭吃就不错啦。"老陆笑道,"差点连这口饭也没得吃。"

李冬不明所以,老陆就补了一句:"当时跟我一块儿进公司的老哥们,就剩我一个了。"

旁边的小解释说,1998年公司裁人,一批老员工就不要了。现在公司还得给他们发津贴,每到年底,这些老员工就围在公司外面,直到拿到钱才走。

"那几天我们都没法出门。出门得从小门溜。你们不知道,可搞笑了。我们就准备几天的盒饭,住公司里。我们扒着窗户往下看。那帮老人可精神了,在底下喊口号。"小谢说着学夸张的动作。

"公司不给钱?"

"给。但有时一时给不出来。"小谢说,"你是不知道这包袱有多大。公司也缺钱。我们这行最悲催了,利特别薄,就三个点的利润,好多时候还有别的东西周转,很可能没闲钱。这年头工人的工资又不敢拖,有些事就只能缓缓。"

赵炎笑着敬老陆一杯:"那您不简单啊。独善其身,一定有厉害之处。"

老陆举起杯子自嘲:"厉害什么,不过就是为这杯黄汤子。"说着咕咚咕咚干了,跟赵炎一起笑着。酒杯放下的当口,老陆看到小谢描述的画面。十二月的天空,干枯遒劲的树枝子,高楼顶端升起白烟,空气里都是烧煤的味道,街上人用围巾裹住嘴,低头赶路。楼底下聚着带皮帽的老人,都是熟悉的面孔,似乎没怎么变样,穿的黑棉衣蓝夹克也还是当年的款式。老陆缩在屋里，不敢探出身，只是偶尔在窗边抽根烟。

小谢顺着刚才的话，开始讲建筑行业的不容易。老陆觉得这些事李冬他们应该完全清楚，长年干招标，这里面的斤两他们怎么可能不清楚。只是小谢喜欢跟人侃，说话坦直，倒也不招人烦。他们这一行，是整个产业里最不讨好的一环。干最累的活儿，拿最少的钱。出资方、业主永远拿大头儿，钢材水泥挣得不多也不算少，他们做总包剥掉一层薄皮，工队捡个零碎，分包和零工一层层扒皮。前几年他们还能从工人身上挤点利润，这两年工钱疯涨，两年涨了百分之七十，一个月三四千块还雇不到好技工，连小工都动不动走人。他们就成最悲催了。招标价又压得越来越狠，吐血投标，稍微赶上材料涨价，连成本都回不来。话说这招标制度也不算合理，价是压下来了，给资本家和当官的省钱了，可是质量不也得压吗。小谢说着问李冬，对啦，你们的这次总分怎么算？

"这可是得保密的哈。"李冬笑着说。招标公司怎么算分，怎么给不同项目派发权重，一般是保密的，也是招标公司可以看人下菜碟的空间。这里面就可以动作。李冬故意顿了顿才说："不过跟你透露一点也无妨。谁叫你刚才救我几次呢。"

他和赵炎就捡了几点告诉他们，大致公式是对他们有利的。投标价会很看重，专家评分也会看重。这两项都是他们长项。

"哎，"小谢压低了声音，"你们有没有那种时候，内定了中标的，想法把结果凑出来？"

"当然有啦。"赵炎不以为意，哈哈笑着，"多着了。有时候好办，有时候也难办。当然内定也得差不多才行，不能太不靠谱。总得有一两项好,只要是调权重能调出来的就好说。"

"什么情况会内定啊?"

赵炎擦了擦自己的络腮胡子,说:"一般人说话我们是不怎么理的。除非高层、市领导什么的打了招呼的,不理不行。一般局级的我们就不怎么care了。其他人就更不用理了。上一次在另外一个地方,有个局长特搞笑,他好像私下里拿了两家还是三家建筑公司的钱,说能跟我们打招呼。可是我们谁理他啊。结果开标出来那三家都没中,一块儿去找他要钱,他就玩命给我们打电话,最后也没人理他。"

小谢听了哑然失笑:"这人胃口也忒大。没那金刚钻,揽这瓷器活!"

"可不是!"李冬赞同道,"现在人们胃口都大啦。"

江声忽然站起来,在屋里转腰扩胸,小跳四五下,又高抬腿几下,然后做了两个太极拳的起式动作,然后白鹤亮翅,又白鹤亮翅,再白鹤亮翅,旁若无人。李冬和赵炎看得愣了。老陆笑着解释道,别管他,小江有个性,喜欢闹着玩。小谢于是介绍江声,说他们公司难得招到的名校生。江声对着小谢笑,仍然打着太极拳。

"高材生啊。"赵炎带着点打趣的味道对江声恭维道,"将来前途无量啊。来,我得先跟你喝一杯。你们学校出来的做官都特行,就这市里新来的副市长就是你们学校的,特年轻。以后你升官发达了,想着罩着点小弟。"

"是那个姓白的吧?"老陆想起来,"前两天吃饭见过一次。"

"就是他。从区长升上来的,升得特快。"

话题于是转到升迁,又转到各种小道消息听来的政治流言,哪个人升上去了,哪个人又倒下去了,从地方到京城。赵炎说起这些头头是道,颇似圈内知情人。众人听得热心。小谢问赵炎怎么知道这么多。赵炎说他以前做过销售,很大单的那种,自然要多打听。小谢问他销售用什么招。赵炎说一般情况下去 KTV 花几万块钱请喝顿酒就会好说话,最多带上两个出台的。有的稍微麻烦一点,不吃请,就得看他喜欢什么东西,必要的时候帮他去约人。

"你还记得去年选秀里有个很个性的那个吗?当时挺出名的,长头发那个,"他说着,比了比手指,"她就这个价。她们都有价,出名的贵一点。也有专门这方面的经纪人。"

小谢一阵惊呼,充满好奇地问价。赵炎一个一个解答。

忽然,江声从他一成不变的白鹤亮翅中跳出来,变了个招式,说这句"咦"这是什么,然后跨到窗边,往窗台上一拍,从手掌下取出一只苍蝇。他面目严肃地捏着苍蝇的翅膀,转过身笑着说,原来是苍蝇,一方水土养一方蝇,这里的苍蝇都特别大。然后问大家,谁知道苍蝇到底几条腿。他拿着苍蝇走回桌边,低头看,仿佛是一个真对苍蝇感兴趣的昆虫生物学家。他将苍蝇给赵炎看,苍蝇的小脚来来回回地蹬着。赵炎被他吓了一跳,粗胖的大个子哆嗦了一下。江声却像没注意到。

"善哉善哉。"江声说,"救蝇一命,胜造七级浮屠。你们先聊,我去将这小蝇放生,去去就来。"

他说着挥了挥左手,出了屋子。房门打开又关上,带出一股气流,暂时冲散屋里的热气,让屋子凉了片刻。江声来到楼道里,手一松,苍蝇晃了几下跌到地上,踉跄几步又飞了起来。江声看着,等看不到了,慢慢踱到楼道的窗边。楼道很长,一串宿舍排在一侧,另一侧窗子视野很好。这幢小楼是临时盖的,很简易,外立面和屋顶是带棱的白蓝色铁皮。他们每到一个城市,就先要建这么一座小楼。

窗外的视野很通透。这次的项目工地地理位置黄金,三面都是繁华街区,只有这片地,广大荒芜,被繁华围绕。从小楼的窗户望出去,刚好能看到工地里已被翻起的土壤,大坑,坑边的铁皮护围,护围外的高楼,高楼侧边勾勒轮廓线的小灯,灯下的大字招牌,招牌已经开始闪烁,照亮黯淡的天光。土地的疮痍也被繁华照亮。

冬天天黑得早,虽然还不到晚饭时间,但天色已经暗下来。月亮初上,大而淡白。转天是正月十五,这一天的月亮已经很圆。淡蓝色天空中,工地脚手架上挂出的绳索很像渔网。空中有烟花,庆祝已逝的除夕和尚未到来的元宵。

远处能看到高高的塔吊,被烟花照出轮廓。这个城市正在大兴土木。这次投标的项目,一个国际会展中心,一个酒店,加上一个高层写字楼,作为未来的金融中心,规划在同一片中心区域。这个城市国际会议不多,但是规划者相信将来会多的。城市的其余部分已经改造了不少,挖了一条人工河,沿河建上了购物街和酒吧。城市边缘的部分还能看出乡土气息,城南还有一大片六层红砖筒子楼。

江声看着头顶的烟花,烟花让小楼显得很安静。他想起《拼贴城市》里的一句话:现代拼贴匠是介于艺术家和科学家之间的人。他觉得那是美化了的拼贴匠,下一层次的拼贴匠是用红布补绿裤子的人。东一块西一块,直到补成红裤子。除了过程的凌乱和让人眼晕的色差,没有任何地方是真正多元的,最后都是一样的。本质没有规划的决定却显得像是最有规划,一个城市和另一个城市再也看不出分别。这过程其实很平庸,但太多事要做,太多空间可以插手,就让各种人找到发挥的余地,因而兴致勃勃。江声觉得,自己做不到的就是那种可以不顾一切的兴致勃勃。

他站了一会儿,老陆忽然出了屋,拍了拍他的肩。

"晚上吃饭是不是也让你去了?"老陆问他。

"哦,是。"江声说,"让我去帮忙开车。"

到外地做项目,公司为了省钱,通常就不带司机了,让他们这些做方案的轮流充当司机。今天轮到江声。老陆是每餐必去的。老陆回自己宿舍洗了洗脸,换了套西装,叫着江声一起下楼。江声也换了件衣服。

下楼的时候,老陆看着江声。江声没什么表情,脸上有一丝心不在焉,但看不出是高兴还是恼怒。老陆故作轻松地问道:"不喜欢赵炎?"

江声回头看了老陆一眼,笑了一下摇摇头:"我只是喜欢苍蝇而已。"

老陆没说话。

江声想了想又补了句:"对不起。让你尴尬了吧?"

老陆也笑了:"没什么大不了的。"

两个人上了车,一路无话。晚饭是在郊外一个新盖的庄园度假村,酒店标准很高,园子里显出精心规划的草坪形状,没有野趣,但气势不凡。酒店大堂的人听他们报了姓名,就带他们来到大包间。包间有一面弧形的玻璃墙对着花园,能看到园子里的池子。包间里没人,桌上已经摆好了凉菜和酒盅。老陆想叫江声也留下一起吃,江声坚持说不,说自己不能喝酒,上了桌也是别扭,不如自己到大堂吃碗面条。老陆也就没坚持。

江声刚走，陈工、徐总就带着客人进来了。老陆连忙起立跟着接待。这样的酒宴他吃得多了。他不需要多说话，也不应该多说话。徐总会说几句开场白，几句感谢的话，然后大家举杯，然后开始吃，然后在第三个菜上来的时候，老陆会起身，敬第一轮酒。在第六个菜时再起身，敬第二轮。然后就不分时机了，一杯一杯敬。敬到三四杯的时候开始称兄道弟，在五六杯的时候开始更掏心掏肺的表达。基本以感谢为主，感激大力协助，盛情扶持，讲如果没有对方，就没有自己公司的一切。老陆没醉过，但能满脸通红像是醉了。桌上的菜一般是不动多少的，只有前两个炒菜能吃上几口，最后端上来的多宝鱼通常没空下筷子。老陆觉得自己也算清心寡欲，鱼翅海参摆上桌，不吃也没有胃口。饭桌上的客人酒品不大一样。领导很少放开了喝，专家往往醉倒在桌上。

这天晚上一切正常，庄园也放了烟花，从包间的大玻璃能看见花园里的时亮时灭。桌上的自动转盘自顾自地转着，炖鸡几乎没人动筷子，死去的鸡头仍半闭着眼睛，顶着虫草花。老陆的海参也一口没动。他喝了约摸半斤，不算多，也不算少。桌上已经有人趴下。

饭后，徐总由司机送回家。陈工陪着房管局的刘局单独里去，老陆和江声陪两位专家去洗浴中心。江声大概早已吃完晚饭，老陆到大厅的时候，他已经安安静静在大厅看报纸了。洗浴中心就在庄园里，一幢独立小楼，三层高，功能各自不同。

帮两位专家开好了按摩的套餐，一人一个单独的房间。送二人上去，二楼大堂黑漆漆的，开着幽暗的壁灯，走道两侧一字排开沙发床和茶几，没有定包间的顾客躺在沙发床上休息，背后是一道道日式拉门。老陆和江声本来也开了个房间等着，但是到了房间，开了电视,却进来两个大胸的小姑娘,无论如何都要给二人按摩。他们都不愿在这样的地方浪费钱和时间,就又下楼回到前台退了房,回车里等着。

车停在庄园中心的停车场,四周寂静无人,只能远远地看见餐厅和洗浴中心闪烁的灯。老陆正想和江声说话,忽然手机响了,他接起来,原来是两位专家都决定留宿在洗浴中心,让前台通知他们次日清晨再来接。

车子拐出园子,在郊区崭新而荒凉的公路上前行。新修好的庄园像荒漠里的孤岛,周围没有其他居民区。开上了主路,有了路灯,江声把电台打开,流行歌频道。

"你是哪年大学毕业的?"老陆问江声。

江声开车平稳而专注,笑了笑:"06年。后来又上了两年研究生,08年出来工作的。"

"你是学建筑的是吧?"

"本科是。研究生学的建管。"

"建管是什么?"

"建设管理。学工程造价、项目开发、现金流量什么的。赚钱的招数。"

"毕业之后呢?"

"先去了一家建筑设计事务所。"

"事务所多好啊。"老陆由衷地说,"后来怎么不干了?比我们这单位强多了。"

江声笑了一下,似乎有点自嘲:"我这几年瞎混,绕了好多弯子。"他似乎犹豫了一下。"当时我站队站错了,没站到 boss 那一边。确实是我自己太傻,其实本来没我什么事的。但是后来心情实在不爽。再加上那时候状态也不好,就辞了。不过后来我听说,那家事务所也分裂了。"

"那后来怎么不再找一家事务所呢?"

"还是我自己的问题。事务所吧,有好多东西我挺不愿意做的。当时在那儿的时候,他们接的好多活儿我觉得不该接。可是他们觉得钱多,就接了。你见过那种山上盖个元宝的照片吧?就跟那个差不多。反正最后尽量不留设计师的名字。干一票就走人。其他事务所也差不多。当时我觉得接受不了。现在想想,也有点意气用事。"

老陆想从他的话里分辨出他的情绪,但似乎并不鲜明,也听不出他是不是如他所说那样感觉后悔。"后来呢?"

"后来?"江声笑出了声,"后来就更二了。"他说着摇了摇头,就像一个大人在感叹一个失足青年。"我辞职是在 2009 年底。后来有一段时间我什么都没干,炒股票来着。也不完全是炒股票,我当时喜欢写点愤青小文章,想发杂志写专栏,我挺羡慕那些能给杂志写专栏的。我就住我们同学他们单位宿舍,在西山那头,每天也不出去,闷头写东西,想靠炒股票养活自己。"

"结果不行?"

江声哈哈地笑着:"你见着哪个想炒股票养活自己的有好结果了?那会儿我有一个朋友也辞了职,在北京炒股,别人都劝他说不行,他就觉得他行。他有一套理论,自己觉着牛,得谁跟谁说。后来,过了半年多,他就回老家了。上个月我打电话问他,他已经在老家上班结婚了,都快有孩子了。我是 10 年初进去的,正好是个悲催的小高点,3000 多,从那以后就跌得地下室都找不着。前两天看了一下,还全套着呢。"他安静地笑着,看了老陆一眼,"你见过比我更二的吗?"

老陆异常一本正经地说:"那你见过从 5600 点进去,到现在已不幻想能出来的人吗?"他看到江声扑哧笑出来,又加了一句,"只要再提股票,我老婆都不理我了。"

江声笑着点了点头。

"没有最二,只有更二。"老陆说。

收音机里传出《戏说乾隆》的老歌,江声跟着收音机哼了几句。

"那我再给你说一个吧。你见过学建设管理,以为就能保障工人工资的吗?"

老陆知道,江声他们现在做得最多的事,就是跟工队打仗。他们是总包,下面有分包,分包下面还有分包。总包要做的正经事,就是尽量压低分包的价钱,因为所有分包都要尽量虚报成本,为自己争取更多资源。分包的工头都很有经验,会在每一条边上尽量多算出钢筋,购置得多了,没用完的就拿去卖掉,总包就是要挤掉所有这些水分,于是二者斗智斗勇。若算不过工队,那公司就不赚钱,利润本来就薄,盖一座大楼就白辛苦。流动资金有时候紧张,总包也得撑住了,把工资推后,保证建材采购,以工期为重。

老陆看着窗外的公路,单车道的平滑路面在路灯的照耀下泛出温柔的光,通向看不见的黑暗尽头。老陆觉得自己老了,他越来越经常地感觉到这一点,那是一种因为觉得无力做到某些事,就不再去想的感觉。他看很多事情都更平淡,既然没办法改变,那只能接受。局面就是这样,也不是谁对谁错的问题。他看看江声,尽量笑着:"那么你见过裁员时留下来,以为这样就还能帮老同事说话的吗?"

老陆这么多年，什么都没有做到过。当年，这是支撑他度过心里那道坎的理由。别人都走了，就他没走，他觉得不好意思。这么想了就过得去了。可是后来却什么都没做到。他的肝脏变紫变绿，头脑也晕了又醒，事情完全在他可控的范围之外变化。他现在什么都不想，只等着退休，让心脏和衰老的皮肤一起松弛卜来。慢慢等衰竭。

江声好一会儿没说话，最后笑了："好吧，我们打平。"

车忽然慢下来。前面有车排队停着。很奇怪。这条路车一直很少，没多少车夜晚进城，又不是国道，货车也不多。看来是出事故了。

他们停在一辆黑色的奔驰后面。前面还能看到四五辆车。对面的车道却一辆车也没有，想来事故是横亘在路中央，两边都截住了。

老陆下车查看。去了一会儿回来，钻进车里说："没大事，就是一辆小车撞了右侧护栏，甩过来，后面一辆SUV没刹住，碰上了，横在路中央。小车撞残了，估计是司机喝了酒。倒没人伤亡，SUV右车头瘪了，就没挪地方，等着交警来认定事故呢。据说打过电话了，就快来了。"

江声点点头："那就坐这儿等会儿吧。"

老陆却摇头："不能坐着。你知道我刚才看见谁了吗？"

"谁？"

"就咱前面那辆大奔里，坐着你师兄。"

"什么师兄？"

"姓白的副市长。你们学校毕业的。最近刚升上来。他刚才把车窗摇下来，向外看。我跟他吃过一顿饭，我这人记相貌最准，错不了。"

"哦。那怎么了？"

老陆咽了口唾沫，镇定地说："后座那个皮夹里，不是有十二万吗？"

"你是说……"江声下意识看了一眼后座。黑色的长方形文件包立着，靠着后座靠背，就像不露面却有气场的某个人坐在那里。"可是那钱不是给工队的吗？"

"你傻啊。"老陆拍他手臂，"明天不是还能再取吗？今天要用就先用了嘛。"

江声不说话。

老陆调整了一下，沉声说："我估计，你是不愿意去。你刚毕业，个性比较强，我理解，我原来个性也强，但其实没必要你知道吗。有的时候我们不能太注意细节，要看结果。该做什么就做什么，最后只有做成和做不成的区别，其他什么都不是。你现在拿着这些钱有什么用？你把这些钱分给所有人有什么用？拿不到这个项目，最后什么都没有。你今天又不是没听见李冬他们怎么说，有时候就是一个电话的事。有人打个电话，就什么都搞定了。拿到项目，谁都有饭吃。你看陈工这些日子有多紧张。陈工真是个了不起的人，我这么多年没佩服谁，就佩服陈工。十来个亿的项目估价，他能估到正负五百万，你知道这是什么功夫吗。全都是这么多年一点点磨出来的。我是见到过的，不容易啊。徐总也厉害，咱们公司项目差不多都有他个人关系在。到了关键时候，一切资源都得用。最后剩的只有结果。"

江声似乎松动了些。他抬起眼睛，看了看老陆："可徐总是不是已经打过招呼了？你们不是一起吃过饭吗？"

"据我问李冬,这次还没有人替咱们打招呼。当时只是请了顿饭而已,没有下文。"

江声还是犹豫:"那要不你去吧。你们反正打过照面。"

"我不行。我只是个陪酒的,谁都能看出来,说不上话。但你们不一样,你们是校友,冲这层关系,也会给你个面子。"

江声看了一眼后座,又看了看老陆。两个人都沉默着,电台的歌声显得异常响亮刺耳。老陆有点心急,交警随时可以过来,鉴定了事故就会拖车。道路一清理就通了,然后就各奔东西,再也不会有遇到的机会。江声还在犹豫,手抓着方向盘,盯着前面的车。

一分钟,或者几分钟之后,江声终于点点头,放开方向盘,探身到后座上拿过公文包,打开看了看,又拉上,打开车门,走下车子。

老陆盯着江声的背影。江声走到奔驰旁边,俯身,和车里说话,脸上带着拘谨的微笑,然后伸出手,和车里的手握了握。然后大概是寒暄,江声说了一会儿,点头,又摇头,又笑,气氛还不错。然后又说了些什么。然后弯腰点头致意,挥手。然后走回车子。

江声开车门,上车,坐在驾驶座上,看了老陆一眼。黑色公文包躺在他腿上。

"什么情况?"老陆问。

"没什么情况。问了个好就回来了。"

"那这……"

江声笑了一下,笑得极为嘲讽,显得有点凄凉:"我肯定要犯傻一辈子了。"

老陆怔了怔:"到底说了什么?"

江声没回答,反问他:"你知道我当时为什么不写稿了吗?炒股票不好不是最主要的,我当时还有钱,还能撑着,但最主要的是我觉得好多作者都是站着说话不腰疼。因为是看客,所以好多事说得轻巧,想批评谁就批评谁。我当时看了一些牛人的传记,能用自己的力量去推动一些事的人。我觉得还是得靠做事来推动。要不然永远是看热闹。

"可是这就是问题。从古至今。过去有两个人看得开,他们一直批评一个看不开的人,说他妄图改变世界是徒劳的,但那个看不开的人也看得到这层,所以才说知其不可而为之。他知道行不通,但又放不下,不愿意只是看着。所以最失败不过。"

老陆觉得江声是认真了。他有点自责自己推动得太过了,于是说:"算啦。没给就没给吧。这事也说不定是好还是不好,也许不给也好,看造化吧。你也别想太多了。"

但江声像是什么也没听到,接着说:"你听过这么一个笑话吗?说一个男孩和一个女孩冬天里逛街。女孩说她冷。男孩就说:'你听过一个笑话吗?一个女孩说冷,普通青年会脱下自己的衣服给女孩,文艺青年会搂住女孩说给你温暖,另外一些则会蹦跶蹦跶,对女孩说,你也蹦跶蹦跶就不冷了。'结果女孩沉默了,说:'还有一个傻子只会讲笑话。'

"我就是那个傻子。把各种人嘲笑一番,但自己是最傻的那个。我以为我是看客。可我要是真能当个看客就好了。我既不愿意,又做不成别的。"

江声说着,把脸转过来,看着老陆,脸上一片复杂的倦意。车外的路况开始有了转机,拖车闪烁的红灯慢慢挪动,道路清空,排队的车辆开始一寸一寸向前滑动,通过狭窄的清理出的通道。江声也跟着启动。老陆没有再说什么,他不知道该说什么。他们的车子跟着前面的奔驰,通过狭窄的单行车道。奔驰在下一个路口转弯。他们分道扬镳。他们离城市越来越近,离工地也越来越近。

在接近终点的时候,江声说:"还有一个特别老的笑话,你肯定听过。说的是有一个人在高速上开车,一边开一边给他家人打电话说:'嘿,你们知道吗,今天大家全都疯了,路上除了我之外,所有人都在逆行!'他是个傻子。"江声一脚踩下刹车,车子停在路边,工地外面,市中心的马路上,"我就是傻子。我以为其他人全在逆行,实际上只有我一个人在逆行。"

他说着,熄了火,手放在钥匙上,好一会儿才拿下来,交到老陆手上:"麻烦你把钥匙给陈工吧。如果有机会,替我说个对不起。我会给陈工打电话的。都是我不好。"

"你……"老陆狐疑着,不接钥匙,"你这是要干吗?"

江声打开车门,将车钥匙塞入老陆手里,说:"好多事,我也不是觉得一定不对,只是如果我做了,就再也不能说别人了。你就当我是自私,为了能嘲笑别人吧。"

他下了车,开始朝宿舍相反的方向走。向着马路中心走。老陆试图叫他,但他没有回答。他走上马路,沿着宽阔的街道,向逆行的方向走。他还走在马路中间,沿着两条车道之间的白色虚线,冲着车开来的方向走。老陆继续叫他,可他就像没听见。老陆有点反应不过来,愣在原地,看着江声的背影一点一点向前,一步一步走在逆行车道上,迎着对面开来的车,并不停留,慢而匀速地消失,消失在迎面而来的黄色的车灯之间。

老陆不知道,这是他最后一次见到江声。

周错早上出门之前,总会低头闻一闻窗台上的植物。

植物还没开花,但它的绿色是整个房间最亮眼的颜色。

周错小心翼翼,担心它会变黑。他理智上知道不会,但他还是下意识担心。

他不想回头看房间。整个房间的墙和地板、与墙相连的装饰和桌面都变成了灰黑色,他低下头,只看着自己的脚尖走出了房间,他的鞋踏在地上,像是踏过一片烧过的灰烬。那种灰黑色刺眼,他不想看,闭上眼睛,仿佛被辣椒刺激出眼泪。

在积极城市,所有建筑和家具都能感知人的情绪,只要你接触它们——任何部位——你身体里的情绪因子就会被它感知,它们就会变颜色。积极情绪是暖色,负面情绪是灰黑色。

再睁开眼时,楼道里鲜亮的红色和金色撞了他的瞳孔。

周错打开楼门的一瞬间,迎着阳光,展开了灿烂笑。

"周错,早上好呀!"楼下卖包子的阿姨特别热情地招呼他,"看到你我就有好运气!我真是太高兴了!"

"阿姨,您的笑容太暖了!如果您的笑容转化为热量,那么整个早晨您蒸包子都不用火了!"周错笑着说。

在他们脚下,地面晕染开莲花般的粉彩。

"周错,你真是太有礼貌了,实在是一个好小伙儿!"周错楼下的阿姨经过他们,见到刚刚的一幕,笑着地拍着周错的肩膀,让自己身后羞涩的孩子向前站一站,"快跟周错叔叔学习一下,以后也得做给人带来快乐的人!"

"这是我应该做的!"周错说,"我是一只蜜蜂,只愿您的心里开花。"

周错看见孩子向后退了退,脚下的地面隐约有一圈发黑,他有点慌了,连忙单膝跪地,撑住孩子的肩膀,对他说:"你不需要说话,现在想象就好。想象一个有月亮和发光小船的世界,你坐在小船上,能飞到云层里。"

他微笑着说这些,看到自己和孩子脚边的灰黑色都褪去了。他松了一口气。

他站起身,伸出手指向前方,说:"阿姨,我要先走了!我要去上班,实现我的理想,为人带来快乐!做一个快乐的人,做一个能给别人带来快乐的人,是我最大的骄傲!"

街头的彩虹色风景，很像明媚天气。屋顶是淡红色，墙壁是橙色，楼梯和窗口是黄色，窗帘是鲜嫩的绿色，整体看上去，像鲜花绿草的阳光野外。小镇的街道变换着绚烂的色彩，随着踏上去的人心情不同，变幻出赤橙黄绿青蓝紫的莹亮颜色。

周错坐车行驶过这一切，心里有点恍惚。他警醒自己不要让出租车外壳变黑，但时不时地内在思绪，常常将他拉出灿烂的画面。

周错今年27岁，还没有过女朋友。他每天一个人上班下班吃饭，即使生了病也没人照顾。但是他努力在每天的日常生活中忽略这一点，否则无法做好白天的工作。

积极小镇有积极政策：每个人都应该表达积极情绪。快乐、幸福、满意等积极情绪可以感染人，让其他人更积极；悲伤、痛苦、恐惧、愤怒等消极情绪也可以感染人，让人产生消极的情绪。小镇的科学研究系统得出报告结论，只有积极情绪允许被展现出来，这样才能让情绪材料变得鲜艳。如果谁的情绪让情绪材料变得灰黑，一旦蔓延开来，影响到其他人，就得把他送去隔离。

周错和他16724个同事一样，都是这个城市的积极心理按摩师，他们每天的工作就是在街头巷口和电视节目演播厅，表演开心快乐的节目，让小镇所有人感到开心。周错特别有用肢体语言逗乐的天分，对着镜头格外有表现力。虽然他职位低微，但对自己有期许。

办公室里还没有几个人，但是来的人都有一种暖春的气氛。

"你今天看起来气色真好呀！"王洁见到周错，对他说，"你是我们办公室的新星。"

"你也很美。"周错说，"这条裙子把你衬托得像路灯一样明亮温柔。"

他经过一张桌子,两个同事在低头微笑着说话。

"Wesley,你上礼拜查了账户吗?是不是有点不对劲?"Authur 和 Wesley 说。

"别说这个。"Wesley 的脸上有一闪即逝的仓皇,但迅速转换为大笑,"我给你讲一个小故事,今天早上刚看的,乐死我了。"

他们的手臂撑在桌子上,桌上的灰白色瞬间变为跳动的金黄色。周错经过他们,对他俩微笑,假装没听见任何事。

周错走到自己的桌旁,刚一坐下,就看到屏幕上的一则弹屏提示:他没有通过初选。

他有点发蒙,眼睛像是瞬间蒙上了一层雾,他揉了揉太阳穴,闭上眼睛又睁开,这一次总算是能定睛看一看了。他确实是没有通过初选,原因写得模糊不清,而且充满了奶油糖果的安慰:他的表演很聪明、很有创意、很好笑,但是缺了一些特色,因此没能通过初选。

周错感觉到一种不祥的情绪在身体里蔓延。这个选拔活动是他们公司内部的节目海选,能够通过海选的人可以成为公司重点主推的新星,有希望成为整个积极城市的快乐大使。他原本以为自己能够一路通关,进入总决选,成为大街小巷屏幕上的新星,他甚至设计了决赛表演的趣味桥段。但他怎么也没想到,自己连初选都没有通过。

他有点惊恐地发现,他手臂接触的桌面正在变黑,他下意识抬起手臂,手臂悬在空中,哪里都不敢接触,但是他屁股和脚下的座椅与地面也在变化。一丝丝的灰色像墨水蔓延。

他弹起来,不敢坐,脚也跷起来,想尽量减少与地面的接触。

但是这样又引起周围关注。他知道这样不是办法,还是无论如何必须稳定住自己的情绪。他又重新坐下,像往常那样,想他喜欢的古诗:孤帆远影碧空尽,唯见长江天际流。孤帆远影碧空尽,唯见长江天际流。他想象远处的白云山谷,想象白云底下的绿草如茵。想来想去,黑色终于褪去了。

刚稳定了一秒钟,突然屏幕上弹出另一行字:周错,请到总监办公室来一趟。

周错的心怦怦跳了几下,连忙对着镜子整理了一下仪容,敲了敲总监办公室的门。总监办公室里有着最心旷神怡的米黄和新绿颜色,很有自然气息,让人感觉总监的积极情绪满格,很有积极影响力。周错有点自惭形秽,但在脚下地板变灰之前及时止住了这种内疚。他重新整理了一下精神,开口笑道:"总监,您找我啊?我今天是怎么了?怎么这么荣幸,估计是我昨晚上吃比目鱼带来的幸运。"

总监微笑着儒雅地说:"周错啊,今天你可能收到一个通知,说你没有通过公司初选,你现在还好吧?"

周错笑着说:"看您说的,这是好事儿啊。没有通过初选,我接下来就可以做观众啦,我从小最擅长做观众了,我会一百种啦啦队的本领,保证在现场给选手营造出特棒的气氛。而且我妈说了,我这人从小有一优点,就是越挫越勇,您看我的名字,周错,就是爱出错,越错越神清气爽,越错越喜笑颜开。"

他说着,做了两个滑稽的拍屁股的动作,逗得总监也不由得笑出声。

"周错,你还是很有才华的。"总监慈祥地说,"其实呢,我们这次也还是给你有安排,虽然不是选手,但是这个职责更加光荣一些。下礼拜市长要在全市巡游,看看我们积极城市的快乐面貌,所以从这礼拜开始,就需要各个街口更加色彩斑斓一点。所以我们公司准备派几位亲和力强、幽默感强的心理按摩师,站在街口,让来来往往的人都绽放快乐心情。"

"这个使命太了不起了!"周错激昂地答道,"您对我真是太好了!"

"那就去吧。"总监笑得很满意,"加油哦!我很看好你!"

周错真的觉得内心泛起一阵壮怀激烈的兴奋。这一次,当他走向自己办公桌的时候,第一次踩出双脚赤橙的颜色,一瞬间,地面发出闪闪亮光。

整个下午,周错都站在街上,用自己的唱歌、跳舞、扮鬼脸、讲笑话和温暖的问候,让每个过路人都露出和煦的笑容。

在他周围,一切颜色都是那么美丽。地面的砖块时而金色橙色闪烁,时而晕染开柔和的玫瑰红。周错在表演的过程中一直用余光扫过地面,每当出现心旷神怡的青草绿的时候,他就格外受到鼓舞。他觉得这些砖块真的不可思议,轻盈的质地和表面的亮泽,像是降临人间显示智慧的神器。

他只有偶尔想到自己的落选和灰黑冷寂的家,才会产生出一丝丝墨汁般的忧郁。但是他绝不让这种情绪蔓延,总是及时用一个笑话止住,用鲜艳的红色像瀑布一样冲走一切。

"女士,您知道什么叫刻舟求剑吗?就是我周错见到了像您一样美的女士,要把我自己刻出烙印,只为了求见你一面。一面,此生足矣。"

女士笑得花枝乱颤,地面也蔓延开粉紫色的水波纹。

忽然,周错看见两个同事。他们下班从他所在的街口回家。周错兴冲冲地过去打招呼,但他们没注意到周错就走到前面去了。周错想起来,自己身上还穿着一身一百年前的西装,戴了夸张的黑圈眼镜和礼帽,还贴了两撇小胡子。从外观上,看不出自己是正常的。

他又从他们身后赶了两步,想追上他们,跟他们告别。两位同事在等红灯的路口停下。但就在追到他们身后,没来得及拍他们肩膀的时候,周错突然听到了自己的名字。

"周错,"他听到一个人说,"他是最可惜的。要不是总监小侄女插队,他还是挺有可能入选的。"

周错一愣,手悬在空中。

"是啊,"他听到另一个人说,"周错初选时的章鱼舞其实挺有想法的。"

绿灯亮起来,周错犹豫了须臾,两个同事就向前走远了,追不上了。

到了下班的规定时间,周错摘了礼帽,准备回家。但不知为什么,他的双脚不由自主带他向办公室方向走去。

他有点恍惚,内心一片空白,也说不上自己此时是什么心情。等到他回过神来的时候,已经刷脸进入了办公室。

面对空无一人的硕大房间,他突然一激灵,明白过来一些。周围墙上彩虹一般的颜色,在空寂的环境中仿佛清淡了下去。他不知道哪里来的劲头,突然想进总监办公室去看看。

总监办公室还是像早晨进来时一样和煦。周错想找到任何有关总监侄女的信息，不知道该在哪里下手，有点慌张地翻了翻总监办公桌上的电子纸阅读器，没看出什么端倪。偶然碰了总监桌上的电脑屏，屏幕的智能程序声响起来：面孔未识别，请输入其他身份验证信息。声音划破寂静的傍晚，把周错吓得几乎惊跳起来，他下意识向后退，退到书架边上，后背碰到书架，在书架上印出一个相当昏黑的背影。他一吓，一屁股坐在地上。

他没看见任何有关总监侄女的信息。但他看到一个让他忘不掉的画面：总监的书桌下，在一般人看不见的角度，有一个深黑色的脚印，深陷到地下，那么深，那么黑，像是陈年的墨汁深埋在地下。

他呆滞了片刻，落荒而逃。

当天晚上，周错在自己的小房间里，默默抱着被子，缩在干硬如黑炭的床上睡不着。他原本以为只有自己一个人会有灰黑色的家具，但总监办公室里看见的深黑色脚印深深印在他的脑海里，挥之不去。他越想越觉得很多事情超出他的思想范围，越想床就越漆黑坚硬。他感觉身体被硌得生疼，最后只好把被子抱到地上躺下。

他打开网络电视，想要解闷，但是屏幕中全是欢腾，跟他的情绪格格不入。有一个女孩在跳积极街舞，另一个屏幕里是两个人在庆祝分手。每个人都开开心心甜甜美美蹦来蹦去，吵得周错脑仁疼，也让他找不到共鸣。他一个人窝在被子里，抱着双膝，被子也变成了灰色，缩成小小一团，他冷得发抖，想让被子恢复原样，可是被子怎么都回不去了，于是他更沮丧，情绪更坏，似乎整个房间都缩成水泥了。

他觉得自己到了无计可施的地步，想找人说话，但又完全不敢暴露自己，不敢跟人说。就在他困顿得无法自拔的时候，敲门声响起来。他本不想开门，但谨慎地想了想，还是勉强爬起来，来到门外，发现是他的邻居，王叔。

王叔的手和脸都被一层雾气氤氲遮住了。周错定睛看了，才发现王叔端着一碗热腾腾的水饺，一看就是刚煮出来的。

"今天包饺子包多了。"王叔说，"给你拿一碗来。趁热吃吧。"

"您对我真是太好了，"周错的眼睛被涌起的感动弄得有点湿润，赶忙压下去，"不过，您还是多留一些自己吃吧，别给我这么多。"

"不用，你别管我。"王叔摆摆手，"反正我过两天可能要搬家，家里的吃的都得处理，到时候搬不走。家里还有好多呢。"

"搬家？为什么要搬家？"

"这边的房租太贵了。"王叔有一丝无奈，"不过还没定，还要等一些消息。"

当晚，他回屋趁热把饺子吃了，烫口的肉馅在嘴巴里跳舞，醇厚的满足感从心底升腾。他感动得无法自拔，心里获得巨大安慰，终于沉沉地睡着了。

第二天晚上，他想去给王叔送还碗筷，可是怎么敲门都没有人。第三天清早上班前敲门，也没有人。一连两三天都如此。

周错以为王叔已经搬走了，只感觉还没来得及送别，十分遗憾，但直到第四天，见到另一个邻居，才知道王叔因为在马路上跟人发脾气，被带到了情绪拘留所，造砖块。周错大吃一惊，他一直觉得王叔很好脾气，没想到也会被带到情绪拘留所。他连忙打听详情，邻居说，王叔最近可能遇到一些麻烦，情绪一直不太稳定。

周错连忙预约去拘留所看望王叔。他上班都有点恍惚,一下班,连忙跑去情绪拘留所。这是他人生中第一次去这个传说中的地方。他原本以为它会在郊外很远很远,就像疗养院,却没想到就在城市边缘,离市中心不过十公里远,外表看上去很像是普通的公园。

"您好,周错先生,"门口的引路机向他打招呼,"欢迎来到积极情绪干预与引导中心。请您严格按地上亮起的发光箭头走,就能见到您想看望的人。请不要走下发光箭头指示的路,在园区内随意行走,否则会有危险。积极情绪中心,你最贴心的人生服务站。"

周错犹豫了一下,问引路机:"什么人会来这个地方?"

引路机说:"让自己的消极情绪影响他人的人。"

"那什么人可以离开呢?"

"能焕发积极情绪示人的人。"

"为什么不能有消极情绪呢?"

"在伟大的积极城市,一切都舒适美好,每个人都用自己的积极情绪感染他人,这种情况下,如果随意展示消极情绪,那就是无视他人的伟大努力,给城市搞破坏。"

"你有情绪吗?"周错问引路机,它看上去像一个石柱子。

"我永远积极向上,为人送去温暖,我认为这就是我的情绪。"引路机答道。

周错进入探望室,看到了准时等在探望室里的王叔。王叔由一台巡视机器引导进房间,周错感觉心里有点酸楚,凑近玻璃对王叔说:"王叔您还好吧?"

"还行,还行,没什么。"王叔像是宽慰他,笑了一下。

"在里面都干吗啊?会有人对您动用什么强制或暴力手

段吗?"

"暴力手段倒没有,"王叔摇摇头,"不过也有点强制。在这里吃的睡的还不错,但就是让人劳动,造砖块。嗯,真的,就是动手捶打,就跟咱们在电视里看到的古代砖窑一样。我也不知道为什么这样……是,造的就是咱们这建筑和家具的材料,说是什么新型高分子聚合材料,就是你看到这些……"王叔伸手拍拍面前的桌面,"不过我们造的算是原胚吧,之后据说还会拿去加工厂做成各种各样的造型。"

"这跟改善情绪有什么关系呢?"周错问。他从小就听说情绪拘留所是很可怕的地方,因而也一直提醒自己,生怕被抓进去。

"我也说不清楚,"王叔说,"好像听说,这种材料能够感知你血管神经里的不知道什么化学元素,特别灵敏,能帮助你改善情绪。不过我觉得可能也就是简单的体力劳动的作用。小时候听我爸说,体力劳动能让人心情舒爽,我当时不信,但这两天过后,我倒确实有一种舒爽的感觉。"

"这么说还好。"周错舒了一口气,"我特别怕你在里面受苦。"

王叔摇摇头:"那倒是没有。就是有点不自由,还是早点出去的好。"

"哦,对了,"周错想起来,"王叔,您是怎么回事?您怎么进来的啊?"

"欠人钱,"王叔说,"没控制住,在街上跟人吵了起来,把整个街口弄黑了。"

"您怎么会欠人钱呢?"

"唉,"王叔叹了口气,"其实我这两年就没有稳定工作,我就找人借钱做了点生意,但……没什么结果。"

周错知道,所谓"没什么结果",肯定是赔了很多。借钱,多半也是不小的数额。

"但你怎么会没工作呢?"周错问,"您不是公司的创始员工吗?"

王叔说:"创始员工有什么用?老板说你没用了就是没用了。我听说是我们老板前妻的儿子回国了,据说是拿过国际大奖的,顶了我的位置。我这个年纪,再找工作实在是难。"

周错想到自己的经历,也是感同身受,隔着玻璃试图拍一拍王叔的肩膀,但是手接触到玻璃的窗框,把光泽柔亮的窗框直接按出一个黑手印。他像烫了火一样缩回手。

"王叔,我最近跟你一样,"周错也不知怎么着,一时冲动,就把话说了出来,"我也在公司遭遇滑铁卢了。我们公司最近的选拔比赛,我也被顶替下来了。这是我期望了好久好久的机会,如果错失了,不知道又要等多久。我听说是因为总监的小侄女。我也不知道是不是真的。反正我也是跟你一样。王叔,我真特别明白这种感觉。"

周错说着,他胳膊下面撑着的小桌板就开始一点点变灰。这次不是黑色,而是深灰色的氤氲,如同墨汁滴进水里,一丝丝荡漾开去。他说着说着,不知不觉用手抓住了玻璃外框,外框也被手掌按得如斑马斑驳。

周错身边,巡视摄像头的警报开始响起。由于周错和王叔说得投入,两人对身边的笛声充耳不闻。他俩平时很少这样交流,今天隔着一块玻璃,仿佛反而更为通透,多日心里憋闷的愤懑都说了出来,简直太投机。随着颜色越变越深,摄像头的警报也越来越响。

突然,两辆小巡视车从周错背后的小门行驶进来,伸出两个钳子,一左一右夹住周错的胳膊,让他动弹不得,周错想挣扎,但钳子越夹越紧。"干什么?!你们干什么?放开我!"周错徒劳地跟两辆小车叫喊着。它们不为所动,又一左一右将周错的腿固定在它们的车身上,然后裹挟着周错向楼道开去。只是这一次,并没有驶向门口,而是驶向楼道深处的一道绿门。周错惊恐地大喊。

"为什么?"周错大叫道,"你们为什么要绑我?"

"因为你展示的消极情绪,超出了正常阈值,进入不健康领域,如果回到社会,会危害他人,因此必须将你隔离治疗。"巡视车不带感情地回答。

当天夜里,周错躺在拘留所的小房间里睡不着。

平心而论,拘留所的小房间并不算艰苦,相比周错自己的房间,这间屋子甚至还算相当舒适了。至少这里的床是簇新柔软的,不像周错自己的床,早就变黑变硬,板结成一块了。周错早就想换一张新床,但现在的家具实在是太贵了,他一个月的薪水总共买不了两件家具,很久都没舍得换。在拘留所的小房间里,他算是终于睡到了久违的软床上。

但他就是睡不着。

他特别担心自己在半梦半醒之间,或者是睡着之后的噩梦里,坏情绪太多,把拘留所的床也变黑,这样或许永远都出不去了。他也担心第二天要开始的捶打砖块的过程,他不知道那会是怎样的体力劳动,会不会像古时候奴隶那样,被机器人的鞭子抽打着工作。

他又想到自己和王叔的对话过程,虽然他很懊恼自己没控制情绪,跟王叔一起吐槽,但他内心深处又冥冥感谢这样一个下午,让他知道自己遇到的烦恼也有人跟自己一样。

凌晨,他疲惫而纷繁的大脑终于支撑不住,眼看要进入梦乡,突然,一个闪念划过他的脑海,把他彻底惊醒了:当他从公司下班的时候,公司的电脑还开着,而电脑上,有他试图潜入总监电脑、寻找舞弊证据的记录。

当周错想到这一点,他从床上蹦起来,他知道自己必须从拘留所出去,在大家还没上班之前,把自己电脑上的证据清空,把电脑关闭。

他试图拉门,拉不动,推门也推不动。他试图找到开门的按钮或钥匙,但遍寻了一大圈,还是没有找到。他拉开窗户,发现窗玻璃外面还有加固的栏杆。最终,他在卫生间顶部发现了一个没有护栏遮挡的小大窗,看高度也刚好够一个人爬出去。

他来到楼道里,完全搞不清楚方向。楼道都是一模一样,有多个岔口,仿佛一座迷宫,更让他头昏脑涨。他沿着一条最长的笔直一路向前跑,想跑到尽头的门。但是当他气喘吁吁终于到达的时候,他推开门,却看见自己最不愿意看见的景象:砖窑。

他停下脚步,瞪着寂静中空旷的砖场。砖场空无一人,却好像有无数人声鼎沸。

他情不自禁走了几步,走到边缘的一块劳动场,挥起锤头,捶地上材料池里一堆原料。原料发出一声闷响,触手的感觉有弹性而异常奇特。他忍不住又捶了一下。又捶了一下。他看到材料池里的原料逐渐变得有形。这个过程中,他体验到一种独特的爽快的感觉。

他好像把自己长时间以来的不快全都一锤一锤挥了出来。他非常使劲，越用力，越有痛快的体验。锤子底下的材料也非常奇怪，他捶得越猛烈，材料也变得越坚硬成型。很快，材料就跟随着材料池的形状和他的捶打，变成了长方体砖块的形状。

他还想继续捶打，但突然听见警报的声音。他回头看见三辆巡视车的身影，突然清醒过来，意识到自己需要立刻行动。

他跳到离自己最近的窗玻璃跟前，挥起手里砸砖块的大锤，用尽全力向玻璃砸去。一锤下去，就出现了极为明显的巨大裂痕。他用余光判断巡视车，又使尽全身力气继续砸窗户。三锤之后，玻璃碎裂，他清除了一些碎玻璃，然后在巡视车抓住他之前几秒，翻身到了玻璃窗外。他的身体被碎玻璃刮出了伤痕，但巡视车的钳子没有抓住他的手臂。

园区的警报都响起来。周错沿着窗台边的排水管向下滑了一段，就双眼一闭跳向地面。双腿着地之后，又全身就地滚了几圈，才爬起身向前跑。右脚脚踝在落地时有一点扭伤，但不算严重，他拖着腿全力向园区外面奔跑。脚踝的隐痛和身体的玻璃刮伤，让他忍得辛苦，心底的紧张和恐慌也在放大，所到之处，地面踩出一个又一个黑色的脚印。

园区的大门闭锁，而身后的巡视车又越来越近。周错看看身前的大门，又看看巡视车，退无可退，就站在大门前迎接巡视车的到来。就在巡视车离他只有一米左右时，他闪开身，跳到一侧，又从后侧方跳上巡视车，双手紧抓住巡视车两条长长的铁钳手臂。不出他所料，当巡视车朝向园区大门驶去的时候，大门识别了巡视车，无声敞开。

周错身后，另外两辆巡视车一直在追。周错不敢跳车，只好按键，把自己依附的巡视车改成手动操作，控制着方向一路向前。约莫两三公里，就看见了车流熙攘的城市街道。

拐上城市街道之后，身后的两辆巡视车消失了。周错松了一口气，想找一个没有人注意的地方弃车而逃。

周错拐向一个小的岔路，在一座巨大的工地旁。他怎么都没法让巡视车停下，只得来回拍击巡视车的控制键，最后没办法，只好跳下车，想让巡视车撞到旁边的墙上，自行停下。

谁知道，这座工地的墙，只是临时搭建的隔离，并不稳固，全金属制的巡视车撞上去，竟然使得相当一段墙塌了下去。墙砖碰倒了旁边刚刚支起来的一根支架杆，还未完成，相当不牢固。

支架向旁边一张放食物的桌子倒过去，周错三步并作两步冲过去，抱住倒下的支架杆，他被支架杆的动量冲击，踉跄着坐到地上，但支架杆从餐桌旁边生生擦过，最终搭在旁边的吊车架上，没有造成损失。

周错长出一口气。但就在他放下心，以为万事大吉的时候，他带着惊恐地发现，他死死抱住的支架杆上，出现了巨大的一团黑影，并且以飞快的速度向周边扩散。

他或许是经历了整个凌晨的惊慌失措，从而忽略了自己情绪上的巨大起伏。他忘记了，自己的惊恐、担忧、压抑和愤怒，都积攒在他胸中，在奔跑逃窜的过程中也不曾释放，此时此刻，当他紧紧抱住支架杆，所有的一切情绪像是洪水得到了突然的倾泻通道，一瞬间开始外溢奔逃。只用几秒钟，他的情绪就把支架杆染黑了。

这还不是结束。支架杆的黑色搭在吊车架上，吊车架也开始变黑。周错以前也见过黑色蔓延，但是他第一次见到这样快速的蔓延。

他也不知道是怎么回事。他来不及思考和反应。工地上的人听闻声响，开始向此聚集。他们看到变黑的支架杆和正在发黑的吊车架，发出了"哦，天啊——"的惊慌呼叫。一群人一拥而上试图扶起支架杆，或者控制吊车架，但这种措手不及的惊慌失措，使得吊车架的黑色愈发加深。吊车司机赶来了，他想把吊车架转向，但恰好有一群人往另一个方向拖拽。轰隆一声，吊车架向工地的建筑倒下。

这一倒不要紧，刚建起来一半的高楼，直接有半面墙被撞塌。人们惊愕地发现，高楼的墙内，竟然整面墙的内芯都是黑色的。楼体全是用积极材料建成的，而每一块积极砖块内，都藏着深黑色的内芯。一地破碎的砖块，每块都有黑色核心。

工地上的人们惊呆了。他们一直在建造晶莹美丽的高楼，所有积极砖块都有莹亮的外观，随着人们的激昂和骄傲，高楼的外观总会幻化出七彩光辉。建筑师和工人一直在建造高楼，但从未击穿积极砖块的核心。

看见这一点，所有人都感觉到震惊、恐慌，黑色在眼前蔓延，也在许多人内心中蔓延。恐慌催生恐慌，当人们看见大片蔓延开的黑色，心里埋藏的压抑释放出来，隐藏的负面情绪快速蔓延。一会儿工夫，就从工地出发，蔓延到街头。

整个城市都在变黑。从一座楼到一座楼。楼面上光鲜亮丽的色泽消失了，取而代之的是砖块由内而外释放出的灰黑色，还有复杂的幽暗纹路。路人看到这铺天盖地的黑，引起更大范围的恐慌和情绪释放。城市开始瘫痪。

城市大脑接收到信号，开始从智能设备中提前设定的积极程序，播放出积极音乐和画面，音乐响起的地方，转回五彩颜色，但是旁边有冲过来的恐慌逃散人群,又让城市街道的地面转回黑灰色。城市就像雨后水坑一样,深黑色上漂浮着五颜六色的油彩,不断浮动。然而,这是杯水车薪,无法阻挡恐慌和负面情绪充斥的民众陷入奔跑。而悲观情绪还在不断传染。最终,人群被恐慌尖叫充斥,整个城市在混乱中变成黑色萎缩的建筑集合体。

整个过程中,周错目瞪口呆。

他一方面震惊于每一块砖内在的黑色芯,另一方面震惊于自己的偶然失误引发了如此重大的城市动乱。他看到整座城市在自己眼前变黑、混乱、倾覆,始终不敢相信自己的眼睛,深刻的自责将他裹挟,他拼命想冲出重围,挽救局面。

他冲上街头,大喊"请冷静!请冷静!",又试图站在十字路口,表演他平时习惯的演出。他讲笑话,扮演小丑,可完全是徒劳的,没有人还在这一刻有心观赏。

他在混乱的人群中看到一个哭泣的女孩。女孩被人群挤掉了自己的娃娃,娃娃在泥里,被很多人踩了很多脚印。女孩大哭着,想要去捡,捡不到,只能看着娃娃被踩,痛苦钻心。周错扒开所有人,钻到人群脚下,用自己的后背护住娃娃,被踩了好几脚,最终捡回娃娃,送到小女孩手里。

"娃娃回来了。"他对小女孩说,"她只是去找宝藏了。她去了火山口找宝藏,所以才会一身泥灰。"

"真的吗?"小女孩揉揉眼睛,止住了眼泪,又吸了吸鼻涕。

"真的。真的。"周错说,"你听,她在说:嘿,我找到了火山口里晶莹璀璨的宝石,在最深的熔岩里,才能酝酿最璀璨的宝石。你看,宝石在发亮呢。"

周语说着,摊开娃娃的手心。小女孩就像看到真的宝石一样,开心地笑了,说"真的,我看见了!"

在他们脚下,街心荡漾开一抹彩虹,如同暴风雨中的一眼五彩清泉。